紅い砂

高 嶋 哲 夫

幻冬舎文庫

紅い砂

目次

プロローグ……7
第一章　砂漠のウォー・ルーム……16
第二章　コルドバへの道……61
第三章　革命軍……93
第四章　父と娘……153
第五章　独裁者と麻薬王……197
第六章　真実の裏側……258
第七章　首都ラキシへ……310
第八章　最後の戦い……360
エピローグ……439
解説　ロバート・D・エルドリッヂ……453

プロローグ

陽が昇り始めた。

砂漠が赤く染まり、まるで血の海のようだ。その中に五千名以上の難民集団が息を殺して潜んでいる。

〈キャラバンが野営を始めて一週間になります。アメリカ政府に難民認定を要望していますが、まだ返事はありません。痺れを切らし、今日にもウォールを越えてアメリカ側に入ってくるという情報が流れています。世界は、この状況を見守っています〉

耳にあてたラジオから女性レポーターの興奮した声が聞こえた。

上空ではマスコミのヘリが、十機近く飛び交っている。極度に緊迫した状況が続いていた。

アメリカとメキシコとの国境には高さ九メートルの「ザ・ウォール」と呼ばれる、断面の縦が三センチ、横が十センチの鉄杭を十五センチ間隔に打ち込んだ壁が数十キロに亘って造られていた。

〈中米の国、コルドバは現在、ゴメス・コルテス大統領による独裁政府の圧政と頭領ホセに率いられた麻薬組織ディオスの残虐行為によって、難民集団となって国を出る者が後を絶ちません。その数は今年になって一万人を超えています。今後ますます増えるでしょう。テイラー合衆国大統領は保守勢力に押し切られる形で、入国拒否を打ち出しました。軍隊を派遣して、国境警備を強化しています〉

ヘリの高度が下がった。

ウォールを警備しているアメリカ陸軍の指揮官、ジャディス・グリーン大尉はラジオを耳から離しボリュームを上げた。若い兵士たちの緊張の糸はずっと張り詰めている。何かのはずみで一気に切れる恐れがある。

前方を見ると、巨大な鉄杭を等間隔に打ち込んだウォールの間から、メキシコ側の砂漠が見えた。

砂漠には、中東の難民キャンプのような光景が広がっていた。大小様々のテントが無数に張られ、難民が一週間前からここで生活をしている。その数は増えつつあった。

ジャディスの脳裏にシリアの隣国、トルコでの光景がよぎった。イスラミック・ステートから逃れてきた難民たちのキャンプだ。飢えと恐怖から未来への希望を絶たれた人たちだ。くぼ地に設置されたキャンプに、粗末なテントが並んでいた。雨が降ればぬかるむ土地で、裸足に近い子供たちが食料を求めていた。時折来る、国連や民間支援団体の救援物資を運ぶトラックには、キャンプ中の住民が群がった。生きること、それのみが彼らの目的だった。

ジャディスの思考をレポーターの声が遮った。

〈難民が国境に押し寄せています。祖国コルドバをひと月前に出て、およそ四千キロを歩いてきた人たちです。子供、女性、老人も多くいます。最初千人余りだったキャラバンと呼ばれる集団が膨れ上がり、メキシコ人が合流して、今では五千人を超えていると思われます。対するアメリカ兵は五百人ほどです。全員銃を構えていますが、難民たちは恐れる様子もなく、国境の壁に向かって進んでいきます〉

明るくなるにしたがって、彼方から重い唸りのような音が響き始めた。赤い砂漠の地平線には黒い影が広がっている。

夜通し歩き続けた新たな難民の集団が近づいてくるのだ。やがて一人一人の姿が確認できる距離になった。

若い兵士たちの間にさらなる緊張が走る。兵士たちが難民に向かって銃を構え直した。

「引き金から指を外せ。脅すだけだ。彼らは銃を持っていない。きみらが傷つくことはない。落ち着くんだ」

ジャディスは兵士たちに告げて回る。一時の気休めにはなるがいつまで続くか。

砂漠の砂のように紅く染まった群れが壁に向かって進んでくる。それは否応なく若い兵士に恐怖を植え付けた。

眠っていたはずの難民たちが、いつの間にか立ち上がっている。気が付くと砂漠からは赤い光が消え、壁の前は難民で溢れていた。

数人の男たちが壁に走り寄り、上り始めた。

壁に取り付く難民たちが次第に数を増し、いつの間にか壁を護る兵士の数倍に膨れ上がっている。彼らは手にはしごや鉤爪のついたロープを持っていた。

〈キャラバンの先頭集団が壁に取り付きました。上っていきます〉

ラジオからは興奮した声が聞こえてくる。

「全員、マスクをしろ。催涙弾を撃て」

ジャディスの命令とともに、数十発の催涙弾が発射された。

それを合図のように怒号が飛び交い、難民が壁に向かって走ってくる。数千の難民たちが壁に取り付き、上り始めた。壁を護る兵士たちに動揺が走る。

一発の銃声が響く。すべての動きが止まった。砂漠の上空からヘリのローター音が降ってくる。

最初の銃声の残音が消え切らないうちに自動小銃の音が鳴り響いた。兵士たちの銃撃が始まった。

「撃ち方やめ。命令だ」

「中止命令は発砲と同時に現場の指揮官が出しています。しかし、この状態です」

「最初に発砲したのはどっちだ」

「調査中です」

もし、アメリカ側だったら――。大統領は出かかった言葉をのみ込んだ。収拾がつかなくなると言いたかったのだ。国内外からの非難は避けられない。これはあきらかに虐殺だ。

「すぐに国防長官と国務長官を呼べ。国家安全保障会議を開く」

大統領は立ち上がった。

ドアの方を見た大統領の動きが止まる。

開いたドアの前に、こわばった顔のパトリシアが立ちつくしていた。目はテレビ画面に張り付いている。二人の会話も聞いたに違いない。彼女は大統領の一人娘で、十三歳になったばかりだ。

パトリシアの視線が大統領に移った。

「部屋に戻ってなさい。パパの仕事場には来るなと言ってるだろう」

思いがけず強い口調の言葉が出た。

パトリシアが持っていたファイルを落とした。先週生まれたばかりの子犬の写真が床に散らばる。朝食時に話を聞いて、見せてくれと言ったことを思い出した。

茫然としていたパトリシアが、我に返ったように駆け出していく。

「パパなんて大嫌い」

走り去る前に大統領を見つめ、発した言葉が大統領の胸に鋭く突き刺さった。パトリシアの目には涙が溜まっていた。政治にも関心のある賢い娘だ。テレビ映像と会話ですべてを理解したのだろう。

コルドバ難民の死者百十五人、負傷者三百三十二人、アメリカ軍の死者ゼロ、負傷者八人。「ウォールの悲劇」は、リアルタイムで世界中に報道されていた。

マスコミは一斉に、アメリカ政府の対応を非難した。軍の現場指揮官、ジャディス・グリーン大尉は、「ウォールの虐殺者」「虐殺の指揮官」と呼ばれ、バッシングの対象になった。

軍法会議にかけられると終身刑の可能性があったが、昔の上官スチュアート大佐の配慮により査問委員会で司法取引を行った。自分の非と未熟を認めたのだ。軍もジャディスの処分を早急にすませたかったので、不名誉除隊となった。履歴書への不名誉除隊明記義務が課せられ、州によっては選挙権剝奪、銃器所持禁止となる。ウォールの悲劇は、一指揮官の重大なミスとして片付けられた。

軍はこの予想外の出来事を一指揮官の責任として早急に決着をつけることができた。

ホワイトハウスでは事件の影響を把握するため、ただちに支持率の調査が行われた。五十二パーセントあったテイラー大統領の支持率は三十七パーセントに下がった。わずか一日で、十五パーセントの急落だった。その程度で済んだのは、事件後すぐにテレビ会見を行い、犠牲者に対して哀悼の意を表し、厳しく事件の真相を究明することを明言したからだ。同時に、法を守り、押し寄せた難民を入れなかったことを強調した。

テイラー大統領にとっていちばん骨身にこたえたのは、パトリシアの口から出た「パパなんて大嫌い」という言葉と、自分を見つめる娘の非難に満ちた目から溢れた涙だった。

事件の第一報が知らされると、ただちにコルドバの独裁者コルテス大統領は、国民に呼びかけた。

「国から逃げるな。アメリカに虐殺される。コルドバ国民の国はコルドバだ。コルドバ国民の国はここだ。ここが祖国だ」

以来、コルドバを逃げ出す国民は、ほぼいなくなった。

第一章　砂漠のウォー・ルーム

1

ジャディスが部屋に入ったとたん、スマホに着信があった。

表示を見て、そのままテーブルに置くと泥で汚れた上着を脱ぐ。ドラッグストアの紙袋から缶ビールを出して一気に飲み干した。全身にアルコールが沁みていく。身体は疲れているが、眠りたくはない。どうせすぐに悪夢で汗まみれになって目を覚ますだけだ。

ロサンゼルス郊外のモーテルの一室。ベッドとテレビだけの部屋は隣の部屋の声も筒抜けだ。テレビをつけて、音を消した。

現在の建設現場で働き始めて一週間になる。一日十時間働いて、日給は百七十ドル。身元を隠して得られる仕事はこれしかなかった。

元アメリカ合衆国陸軍大尉、ジャディス・グリーン。軍を辞めて十カ月になる。

「ウォールの虐殺者」という呼び名は想像以上に知られていた。変えた仕事は九件。働き始めた翌日に解雇を言い渡された職場もある。上司はジャディスの写真が載った新聞記事をデスクに置き、文句はあるかという顔で彼を見ていた。思わず殴りつけようかと思ったが、拳を握り締めて耐えた。

　今もネットを見れば、記事と写真は見ることができる。鉄杭を並べた巨大な壁の前には遺体と負傷者、数百人が倒れている。半数以上が子供と女性だ。頭を撃ち抜かれた遺体もある。兵士たちの背後で、拳銃を空に向かって撃つジャディスの姿もあった。それは部下の兵士たちを鼓舞しているようにも見えた。

　非難の対象が必要だった。それが自分だ。言い訳はしたくなかった。いや、できなかった。指揮官は自分だ。その事実は否定しようがない。

　ジャディスはもう一本缶ビールを飲み干すと、テーブルのウイスキーの瓶を取って飲んだ。流し込むという方が合っている。ある一定量を超さないのは、自分の中にかろうじて残っている軍人としての自制心か、それとも四歳になる娘デイジーへの思いと養育費のせいか。

　事件の日からジャディスの自宅を取り囲んだマスコミと野次馬は、家族が出てくるのを待っていた。昼夜を問わず嫌がらせの電話が入り、車のタイヤはパンクさせられた。深夜に石を投げ込まれることもあった。当時三歳のデイジーの夜泣きは連日続いた。匿名の手紙やメールも数え切れなかった。中にはカッターナイフの刃が入っているものもあった。深夜、少しの物音にもデイジーは目を覚まし泣き出した。妻のシャリーはデイジーを抱きしめ、部屋の隅にうずくまった。

ジャディスは、二人をシャリーの実家に避難させた。

最初の二カ月はジャディスは、毎日電話をした。

家でじっとしていると、否応なくあの日のことを考える。

しだいに夜、眠れなくなった。夢の中にウォールの隙間から出た腕が、ジャディスをつかもうとする。「やめろ。やめてくれ」自分の声に目覚めることもあった。

酒におぼれるのに長くはかからなかった。シャリーへの電話も、二日に一度になり、一週間に一度になり、やがて自分からかけることはなくなっていった。

半年後、シャリーから離婚届が送られてきた。シャリーを責めることはできない。翌日にはサインをして返送していた。

テーブルのスマホが再度鳴り始めた。

今度は無意識のうちに手に取っていた。

〈やっと出たわね。十回以上かけたのよ。今日も、養育費は振り込まれてなかった。まだ昔の仲間に送ってるの。私たちの生活をメチャメチャにしたのは軍なのよ。困るのはデイジー。私もだけど。デイジーと会いたいんでしょ。だったら、それなりの義務を――〉

シャリーが一方的にまくし立てる。ジャディスはスマホを耳から遠ざけた。それでも声は聞こえる。

ドアベルが鳴った。

ジャディスはスマホをベッドに置いて上着をかけた。

覗き穴から確かめてドアを開けると、軍服姿の長身の男が立っている。白髪で陽に灼けた顔。右頰から首にかけて皮膚がえぐれた跡がある。イラクでの戦闘で銃弾がかすった傷だ。

「銃をしまってくれないか」

男が低い声で言った。ジャディスは背後に持っていた拳銃の撃鉄を戻して、ベルトに挟んだ。

スチュアート・ゴベル大佐、ジャディスの元上官だ。軍に入って以来、ジャディスをなぜか高く評価してくれて、部隊が変わってからも関係が続いている。

事件のときもジャディスを弁護して、除隊を条件に軍法会議を回避する根回しをしてくれた。

「俺を訪ねてくるのは、ロクな奴がいないんですよ」

「三度だったな。命を狙われたのは。きみはうまく解決した。どれも警察沙汰にはなっていない」

最初は路地裏、次はレストランのトイレで襲われた。数人の若者で、アメリカの恥、ウォールの虐殺者を殺すと息巻いていた。一人は右腕を折り、もう一人はトイレの便器で歯を何本か折ったはずだ。残りの者はそれを見て逃げ出した。

二カ月前の三度目は最悪だった。コーヒーショップで食事をしているとき、いきなりステーキナイフで襲い掛かってきた。腕を切られたが、ナイフを奪って喉元に突き付けた。相手はどう見ても老人だ。それもかなり高齢だった。

〈俺を殺せ。そして死刑になれ。ウォールの虐殺者め〉老人はしわがれた声で叫んだ。ジャディスはナイフを捨てると、金を払い、店を出た。

「何か用ですか」

部屋の中に視線を走らせているスチュアート大佐に言った。

「連絡してくれればよかった。力になれた」

「あんたは退役後の俺を十分に知っている。また、へまをやらないように、いつも見張っているんでしょう」

「自分を哀れむな。きみはもっと強い男のはずだ。私がよく知っている」

「買いかぶりです。指揮官として俺は適格ではなかった。だから、あの事件が起きた。軍にはもう迷惑を掛けません」

「金が要るんだろ」

「養育費のことも知っているんですね」

「負傷した部下に金を送ってることもな。文無しになったことも離婚の原因だろう」

スチュアートが軽いため息をついて、ジャディスに視線を止めた。

「二万五千ドルだったな」

「すべてお見通しなんですね」

「だからアメリカ軍は世界最強を保っている」

「そう思っているのは、あんたらだけじゃないんですか。競り落とした者の名前も知ってるんじゃないですか」

「彼女はクマのぬいぐるみに付けている。買い戻そうと言う者もいた。アメリカ軍、最高の名誉が金に踏みにじられた」

ジャディスはシルバースター勲章をネットオークションで売り払った。その金を負傷した部下にすべて送った。これも離婚の原因になっている。

「ただの金属のメダルです」

「だが、その裏に秘められたモノは限りなく尊い」

「それで、買い戻したんですか」

「私が反対した。きみは最も有効にシルバースターを使った。名誉より仲間を救おうとしたんだ。私がきみを信じる大きな理由の一つだ。形はどうあれ、名誉は国につくした者に、等しく与えられるべきだ」

　スチュアートがジャディスを見つめて言う。

「アメリカ陸軍はよほど暇なんですね」

「明日午前八時、ここに来れば、きみの口座に十万ドルが振り込まれる。仕事が済めばさらに五十万ドル。期間は二十日間だ」

　スチュアートはメモ用紙を出した。ジャディスが取ろうとしないので、ワークシャツの胸ポケットに押し込んだ。

「俺はもう軍人じゃない。あんたの命令は受けません」

「話を聞くだけでいい。いやなら断ることもできる。それでも十万ドルは返す必要はない」

「軍の指示ですべてを失ったんです」

「その身体と頭があるだろう。私が鍛えた」

「だったら、あんたがやればいい」

「できれば、私がやりたい」

　スチュアートがズボンの裾を上げた。義足が見える。ヨーロッパで、テロに巻き込まれたと聞いていた。彼はジャディスの肩を叩くと、ドアを出て行く。

ジャディスはドアを閉め、メモ用紙をゴミ箱に捨てた。ベッドのスマホを確かめると、留守番電話が入っている。

〈――どうせ、私の言葉なんて聞いてないんでしょ。だったら、今後一切、デイジーには会わせない〉

「俺は精いっぱい働いて金を――。くそっ」

ジャディスはスマホをベッドに投げつけた。

窓際に行ってカーテンの隙間から駐車場を覗いた。スチュアートが黒塗りのセダンに近づいていく。車に乗る前に、ジャディスの部屋に視線を向けた。ジャディスは慌てて身体を隠した。

ベッドに座ってしばらく考えた。立ち上がり、ゴミ箱からメモを拾い上げた。

2

翌朝、指定されたロサンゼルス空港、プライベートジェット用の特別搭乗口に行くと、紺のスーツの男が近づいてきた。

ジャディスの荷物を持とうとするが断る。

男について滑走路に出ると、離陸準備のできたジェット機が止まっている。タラップの横に立っているのはスチュアートだ。

ジャディスを見ると、無言でタラップを上っていく。ジャディスも続いた。

座席に座るとキャビンアテンダントがトレイを運んできた。コーラと振込証が載っている。

「酒はもうやめろ。シャリーにきみの名で十万ドルを送っておいた。領収書にサインをしてくれ。ボスがキッチリした性格なんだ」

スチュアートもシャリーを知っている。結婚したときには、パリにいたスチュアートがシャンパンを送ってきた。

彼はウエストポイント陸軍士官学校卒業後、アフガニスタン、イラクなどで数々の戦歴を経て、ブリュッセルのNATO本部に勤務していた。その時期に休暇で行ったニースでテロに巻き込まれ片足を失った。現在はワシントンDCの陸軍参謀本部勤務のはずだ。

ボスとは誰か聞こうとして止めた。どうせ自分には関係ない話だ。

「スマートフォンを預からせてくれ。もう作戦はスタートしている」

「俺は引き受けるとは言っていません」

「位置情報を知られないためだ。帰るときには返す。十万ドルの一部と考えてくれ」

ジェット機は東に向かって飛んだ。ロサンゼルスを出ると砂漠が広がっている。一時間ほどで高度を下げ始めた。

着陸したのは砂漠の中の小さな飛行場だった。

「この空港は――」

「デザート・サンド空港。砂漠の砂だ。ラスベガス空港ができてからは、使われていない」

スチュアートの言葉をジャディスが遮ると、驚いた表情を向けてくる。

「ほとんど知られてない空港だ」

「砂漠での訓練地を探しているときに写真で見ました」

タラップに出ると砂漠特有の乾いた熱気が全身を包んだ。下にリムジンが待っている。

車は砂漠の一本道を走った。このまま三十マイルも走れば、ラスベガスに着く。

途中南に曲がった。十分ほどで古びたホテルが見え始める。

リムジンはホテルの地下の駐車場に入っていく。数十台の車が止められていた。燃料用の大型タンク車と、稼働中の二台の電源車がある。

エレベーターで一階に上がった。ドアが開き、一歩踏み出したジャディスの足が止まる。

巨大なドームのような空間に、最新の電子機器と人が溢れていた。一階と二階の宴会場をぶち抜いて作ったのだろう。鉄骨の見えているところもある。

正面に百インチの大型スクリーンが三つ配置されている。中央のスクリーンには美しい緑が連なる風景が映っていた。航空写真、いや衛星からの中継だ。

ドームは二つに分けられ、一方には大型のU字型のテーブルが置かれている。二十脚ばかりの椅子が並び、それぞれに小型モニターがセットしてあった。

ドームのもう一方には一人用のデスクが数十台並び、パソコンと書類が置かれている。

中央の大型スクリーンの上にゼロが二つずつ三組ならんだデジタル表示がある。

「作戦開始と共に動き出すデジタル時計だ。日にちと時間が表示される」

ジャディスの視線を追っていたスチュアートが言う。

ジャディスはスチュアートに促されてドームの中に入った。

U字型の大テーブルの中には台があり、地図と模型が置いてある。

「コルドバと首都ラキシの地図ですね。模型は大統領官邸だ」

「いい思い出ではなかったな」

「あんたは、何をしようとしている」

ジャディスはスチュアートに向き直った。

「ようこそ、ウォー・ルームへ」

ファイルを抱えたジーンズにTシャツの若者がジャディスに声をかけ、通りすぎてから立ち止まった。

「あんた、ひょっとしてウォールの虐殺者か」

振り返った若者が大声を上げる。

その瞬間、ジャディスは部屋中の視線を感じた。

「ついに主役が現れた。作戦開始というわけか」

戸惑うジャディスの背中をスチュアートが押して歩き始めた。

「あのバカはビリー・カーター。この作戦のために、刑務所から出してもらった。名目は社会奉仕。服役中の男だ」

彼は銀行とIT企業、FBIへのハッキングで三度逮捕されている。三度目のFBIハッキングで七年の禁錮刑を言い渡された後に、司法省との取引でここに来たとスチュアートが話した。

その名はジャディスも覚えていた。クレイジー・ビリーとも天才ビリーとも呼ばれている。

ジャディスはスチュアートに連れられて中二階に上がった。

そこからはドーム全体が見渡せた。

「やっと二カ月前から本格的に動き始めた。きみを探すのに一番時間がかかりました」

背後をふり返ると車椅子に座った男がいる。顔には見覚えがあった。

身体にフィットした見るからに仕立てのいいスーツを着ている。折り目の目立つズボンとスニーカーに違和感を覚えた。

「あんたはたしか――」

「ジョン・クラークです。ジャディス・グリーン大尉」

ジョンが手を差し出した。ジャディスが握ると握り返してくるが、その力は弱々しい。

彼は世界でも有数のICT企業、「eテック」の元CEOだ。テレビや雑誌によく出ていたが、最近は見ていない。身体を悪くしていたのか。

ジャディスの記憶にあるジョンは有能なIT技術者であり、世界的なビジネスマン、スポーツ万能の陽に灼けた精悍な男だった。テイラー大統領のテニス仲間であり、親友だと聞いたことがある。

「eテックは砂漠の真ん中に移転したのか」

eテックはカリフォルニア州サンノゼに本社がある、ビジネス向けのデータベースソフトを開発する会社だ。その本社ビルは、複数のハリウッド映画で「近未来の建物」として使用されてきた。

ジョンが二十代で起業したeテックは、斬新な製品で市場シェアを高め、二〇〇〇年代前半にはデータベース市場のおよそ半分を手中におさめていた。現在は世界第二位のソフトウェア企業となっている。年間売上は約四百億ドルに達し、従業員は世界各国に十二万人いる。

ジョンは総資産三百二十億ドル、世界で五番目の富豪となっている。

「半年前に引退して会長になりました。ここではボスと呼ばれていますが」

「俺もう大尉ではない。ただの労働者だ」

「だったらジョンでいいですよ、ジャディス。私も好きではない呼び名です」

ジョンが笑った。たしかまだ三十代後半のはずだが、髪は半分以上が白く、五十代にも見える。どこか憂いを含んだ顔だ。

「ここで何をやってる。中央スクリーンの画面は衛星画像だ。それも軍レベルのものだ。簡単にはアクセスできない」

ジャディスの問いにジョンは答えず、階下に視線を移す。

「メガネの初老の男はサミュエル博士。五年前のノーベル経済学賞受賞者です。横のブロンドの女性はバークレーの心理学者エリザです。彼女を口説こうとしてるのが、前大統領の政治関係の補佐官ダニエルです。正面のマッチョな男は――」

「ニック・トーマス。傭兵訓練会社の社長だ。何度か見かけたことがあるが、話したことはない」

ジャディスはジョンの言葉を遮るように言う。

「その通りです。その他、通信、インフラ、教育などの専門家がいます。さらに彼らのスタッフたち。全員、このプロジェクトのために集められた者たちです」

「俺には動物園にしか見えない。今風の新種を集めた。いや、カビだらけの旧種もいる。その雑多な連中が何を企んでいる」

ジャディスの言葉にジョンは一瞬、問いかけるようにスチュアートを見たが、視線を戻し力強く言う。

「コルドバの独裁政権を倒し、新国家を建設します」

ジョンの背筋がわずかに伸び、ジャディスを見つめる目に力が入った。

「破壊するだけじゃない。その後は建設もする。新しい国造りをやります。これは新時代の〈革命プロジェクト〉です。きみにも参加してほしい」

「俺は軍人だ。いや、軍人だった。今の俺から見れば、あんたらは破壊者にすぎない。俺のような絶滅危惧種は必要ないだろう」

「建設の前には破壊が必要です。きみはキーマンの一人です」

「あんたらの戦争は頭の中の戦争だ。しかし、実際に戦い、死んでいくのは戦場の兵士たちだ」

「だからきみが必要なんです。そんな悲劇は最小にとどめたい」

ジョンがジャディスを見つめている。その目の奥に、ただならぬ力を感じた。単なる財力ではない、それは——何だ。

「きみには、作戦現場の指揮を頼みたい。スチュアート大佐によれば、きみは彼が育てた兵士の中で、最も有能で信頼できる指揮官だそうです。コルドバの革命軍を訓練し、独裁者コルテスと麻薬組織の頭領ホセを倒し、新しい国家を建設する。その後の国の再建計画もできている。そのために、強制収容所にいる指導者ルイス・エスコバルを救出し――」

「それ以上言うな。もう十分だ」

ジャディスは人差し指を自分の口に当てた。

「引き受ける気はない。このまま帰るつもりだ。一日付き合うと十万ドルくれると言われたから来た」

ジョンが意外そうな顔をしている。

横でスチュアートがジャディスを無言で見ている。

「スチュアート大佐によると、きみは最高の愛国者だそうです。アメリカは正義を信じ、貫きます。その手助けをしてほしい」

「そのアメリカが信じ、唱える正義のために、俺はすべてを失った。友人、信頼、財産、家族、自分自身さえもだ。合衆国陸軍大尉としての義務は十分果たした」

ジャディスはスチュアートに向き直り、強い意志を込めて挑戦的に見つめた。そして大げさに肩をすくめると目をフロアに向けた。

「コルドバ国民を助ける気はないということですか」

ジョンの低い声が聞こえる。

「国民なんて勝手なものだ。より良い生活を求めるためには、簡単に祖国を捨て、国境を越える。他国の迷惑なんて顧みない。アメリカには年間十万人を超える密入国者が押し寄せる。EUも同様だ。勝手に裕福な国に流れ込んでくる。彼らは税金で養われ、そのしわ寄せは自国民に来る。これでは不満が生まれて当然だ」

「安い労働力と多様性。それでアメリカは支えられ、繁栄してきました。おまけに——知っていますか。彼らの祖国の混乱は、アメリカを含めて、中国、ロシア、その他のヨーロッパの大国の覇権争いの結果でもあります。自国の利益のために、対立する勢力に武器と資金を与え、戦わせました。代理戦争です。もっと謙虚になれ、もっと寛大であれ。そうでなければ、世界から争いはなくなりません」

ジャディスは反論できなかった。頭の隅に常にあったことだ。

荒れ地に並ぶテントの列。ひと張りのテントに、祖父母に夫婦、そして子供たち、一家九人が暮らす家族もある。彼らに提供されるのは、数日を生き延びるわずかな水と食料だけだ。彼らはその半分を売って、生活費に充てる。必然的に食料は少なくなり、子供たちは常に飢えていた。

国連の食料援助に群がる物乞いのような人々。トラックの上から彼らに食料の入った袋を投げ与える国連職員。子供たちを押しのけ、奪い合う人々。ジャディスはどこか違和感を覚えながら、その光景を見ていた。

自分は子供たち、家族を飢えさせはしない。こいつらとは違う。ジャディスは小さく頭を振って、その思いを振り払った。

「戦争は人から理性を奪い、狂気に駆り立てる。もう、たくさんだ」

ジャディスは呟くように言う。

「世界の難民の数を知っていますか」

ジョンが穏やかな口調で尋ねる。

「俺にはウォールの前の難民で十分だ」

「七千万人です。この数は年々増えています。世界各地の紛争や迫害により、故郷や自国を追われる国民が多くなっているということです」

「俺なら逃げずに戦う」

「難民には女子供もいます。武器もなく組織もない。戦えば死傷者が増えるだけです。だが、私も難民を受け入れることより、彼らに祖国を与えたい。安心して飢えることのない祖国を」

ジャディスを見詰めるジョンの目は誠実さに溢れている。

「そのために力になってください。捨てなくていい祖国、誇りを持ち安心して住むことのできる祖国を彼らが造る手伝いをしたい」

ジャディスは答えることができなかった。そんなことができるのか。自分は無力な元軍人にすぎない。家族すら護れなかった。

そのとき、松葉づえをつき、片目に眼帯をつけた男が近づいてきた。顔の半分にケロイドが残っている。

「アントニオ・チャベスです。私はコルドバの革命戦線、ニュー・コルドバのメンバーで、指導者ルイス教授のもとで戦っていました。半年前、ルイス教授が政府に捕らわれたとき、私はコルドバを脱出し、アメリカにたどり着きました。テイラー大統領は私の亡命を認めてくれました」

アントニオは顔が引きつれ、つらそうだが一気にしゃべり、大きく息を吐いた。

「私の家族は拷問にあって殺され、私自身も右足と右目を失いました。娘も殺された。四歳になる前日だった」

ジャディスの娘と同い年だ。

「俺が何と呼ばれているか、知ってるか。ウォールの虐殺者だ。俺は虐殺を止めることができきなかった。指揮官として失格だ。戦争ごっこは、もうたくさんだ。血は見たくない。自分らの国だ。自分らで戦え」

「私もそう思う。逃げ出す前にまず戦うべきだ。そうすれば、あなたもウォールの虐殺者と呼ばれることはなかった。しかし、人には様々な理由がある。ウォールの悲劇。悲しいできごとだった。ひとつ確かなことは、私はあなたを憎んではいないということです。あなたはあの虐殺を止めようとしていた」

ジャディスは黙っていた。アントニオの強い視線を感じる。

「私は祖国で精いっぱい戦った」

アントニオがジャディスの前に右拳を突きつけた。指は二本しかない。

「私たちも祖国を愛している。子供たちのために、逃げ出す必要のない安全で豊かな国を造りたい。そのためには命も身体も投げ出します」

「子供たちが逃げ出す必要のない祖国の建設。いいだろう。頑張ってくれ」

ジャディスはジョンに視線を移した。

精悍な顔つきをしているが、表情は暗く世界的大企業の元CEO、世界有数の資産家には見えなかった。

「俺にはあんたがすべてを話しているとは思えない。総資産三百二十億ドルの大富豪なんだろ。作戦のスポンサーであり、総指揮官だ。なんでこんな畑違いの汚れ仕事に、わざわざ大金をつぎ込んで関わる」

「アントニオに同情したと言っても、信じてくれないだろう」

「その通り。金持ちの道楽としては話が大きく、危険すぎる。一国を引っくり返そうというんだ」

「大統領に頼まれた。ロバート・テイラー大統領と私は昔からの友人だ。ウォールの悲劇以来、彼は大いに心を痛めている。きみも同じだろう。アメリカの手によって、多くの者が死傷した。きみも犠牲者の一人だろう。二度とあのような悲劇を起こさないためには、コルドバを独裁者と麻薬組織から解放するしかない。最悪の国から国民を解放する、と言っても、表沙汰にはできない作戦だ」

ジョンの青白い顔が白くなり、息が荒くなった。続けようとするジョンを押しのけて、スチュアートがジャディスの前に立つ。

「半年前、大統領の所に、コルドバから脱出してきた複数の者たちが来た。アントニオもその一人だ」

アントニオはルイスの教え子で、コルドバ大学の政治学の講師だった。ルイスを尊敬していて、ともに反政府運動に参加したという。

「彼らは〈新しいコルドバ〉の建設を大統領に頼んだ。大統領は強く心を動かされた。しかし、大統領は他国に干渉するために自国の軍を差し向けることはできない。世界にはアメリカの介入をよく思わない国も人も多い。だから、大統領はジョンに頼んだ」

大統領の密命のもと、コルドバを再生する計画、「オペレーション・キャラバン」が進められていたのだ。

ジャディスの脳裏をこの一年のことがよぎる。今度はジョンが話し始めた。

「中東ではアラブの春以来、独裁政権は倒れたが国内は泥沼に陥っています」

二〇一〇年十二月、チュニジアのジャスミン革命から始まって、アラブ世界に独裁政権を倒す運動が波及していった。それまではサウジアラビア、モロッコ、ヨルダンなどの君主制国家だけでなく、エジプト、シリア、リビアといった共和制国家も軍事力を背景とする独裁政治が公然と行われていた。政府は監視、弾圧により権力を維持してきたが、その結果、国民の間には貧富の差が拡大していた。

そうした中で起こった「アラブの春」に象徴される抗議運動が、独裁政権を倒した。しかしその後、建国理念もなく権力争いが拡大し、混迷に陥っている。

「混乱を避けるには、新しい国造りの準備が必要です。次の独裁者が出ないように、自由と民主主義の国の建設、経済の独立までやらなければなりません。それが新しい革命、この計画です」

「うまくいくとは思えない。あんたは政治家じゃない。エンジニアであり経営者だ。企業と国とは違う」

「同じです。最新のＡＩ技術を駆使した緻密な計画と実行。難しいことじゃない」

自信に満ちたジョンの言葉を聞いていると、ジャディスの心に不安が広がってくる。しょせん、彼らの考えているのは頭の中の戦争だ。肉体的苦痛もなく血も流れない。

「俺よりも適任者はいるはずだ」

「残念です。明日、ＬＡに送らせます。今日は泊まっていってください。ここはホテルでした。三つ星ではありませんでしたが、湯は出ます」

ジョンがジャディスに手を差し出す。

やはり力のない、弱々しい握手だった。


食事の後、ジャディスはスチュアートとバルコニーに出た。

目の前には真っ赤に染まった砂漠が広がっている。ジャディスは無言で眺めていた。一瞬、ウォールの光景が脳裏に浮かんだ。あれは夜明けだったが、同じような光景が広がっていた。紅く染められた砂漠。やがてそれは――。慌てて頭を振り、スチュアートに向き直った。

「ジョンは何を隠している」

「何も隠していない。彼はすべてをきみに話した」

「俺はそうは思わない。俺には失うモノは何もない。だから、何も恐れない。彼は失うモノが多すぎる。そんな男がなぜ、こんな馬鹿げた計画を立て、戦争を始めるんです。俺がこの仕事を引き受けるなら、すべてを知っておきたい。心おきなくやるために」

ジャディスはスチュアートを見つめた。スチュアートが見返してくる。

しばらくして軽いため息をつくと、話し始めた。

「イスラム過激派によるフランスでのテロを覚えているか」

「どのテロですか」

二〇一六年七月十四日。フランス南部ニースの遊歩道で一人の男が運転するトラックが暴走した。二キロにわたってジグザグ運転を繰り返し、八十六人が死亡し、四百人以上の負傷者を出した。男はチュニジア生まれのフランス居住権を持つ男だった。

この事件の八カ月前には、パリで同時多発テロ事件が起きている。パリ市街と郊外でイスラミック・ステート（ＩＳ）の戦闘員と思われるテログループによる銃撃と自爆が同時に行われ、死者百三十人、負傷者三百五十人以上の事件となった。

一連の事件の後、難民や移民に対する風当たりが強くなった。

「ニースだ。ジョンは妻のカトリーナと一人娘ローズを亡くした。ジョン自身も両足をなくしている。あの足は義足だ。犯人はフランスに亡命してきた男だった」

「あんたは、何を隠しているんです。まず、ジョンとの関係は？」

「彼の妻、カトリーナは私の娘だ。ローズは私の孫だ。テロのとき、私と妻も一緒だった。私は片足をなくしただけだったが」

「奥さんは？」

「無傷だった。しかし娘と孫娘を同時に亡くし、精神を病んだ。そばにいながら、二人を護れなかったと自分自身を責め続けた。半年後に浴槽で死んでいた。睡眠薬の過剰摂取だ」

二人は黙り込み、赤く広がる砂漠を見つめていた。ジャディスは紅い砂の粒子が身体に流れ込み、全身を紅く染めていく錯覚にとらわれた。

「亡命者、難民の出ない国を造るということですか」

「悪いことじゃない」

「他人の国に口出しする必要もない」

「亡命者が出なければ、私の娘も孫も死ぬことはなかった。そして、妻も。ジョンも私も最愛の者たちを失った。きみだって同じだ。二度と起こらないことを願っている」

スチュアートの押し殺した声がジャディスの心に語りかけてくる。

砂漠を染めていた光がいつの間にか消えている。目の前には闇が迫っていた。

「この計画のためにあんたは俺を軍事法廷から救い出し、刑務所入りを免れさせたのですか」

ジャディスの問いにスチュアートは無言のままだ。二人はしばらく闇を見つめていた。

「きみが死んでも、金は家族に送る。もう冷えてきた。今夜は早く寝よう。明日から作戦が始まる」

スチュアートの言葉で二人は部屋に戻った。

その夜、ジャディスは眠れなかった。眠りに引き込まれそうになると、闇の中に巨大なウォールが現れる。目の前に頭や腹を撃ち抜かれ、血にまみれた子供と女の遺体が現れる。それがジョンの家族と重なっていく。

ベッドから起き上がり、デスクに備えられているパソコンの前に座った。

コルドバの衛星写真を出して眺めた。

国土の半分以上を占める熱帯のジャングルが陽の光を浴びて輝いている。西側は太平洋、東側はジャングルだが隣国を十キロほど歩けばカリブ海に出る。

クリックすると画面が変わった。コルドバについての各分野のリサーチ結果が現れる。森林資源、レアアースを含む地下資源の詳細はまだ正確には調べられていないが、かなり有望と見られている。政情と治安さえ安定すれば、世界中の企業が押し寄せると書かれていた。その他に、経済、産業、教育状況など多種、詳細に述べられている。

現在はコルテス大統領による軍事政権下にある。コルテスはコルドバ陸軍大学首席卒業のエリート軍人だった。

四十二歳で少将のときに、軍事クーデターによって政権を奪って以来、十年以上独裁を続けている。その権力は近年、ますます大きくなっている。

精神分析の欄に、「知能は高く、分析力、判断力、決断力には優れているが、異常に猜疑《さいぎ》心が強く、直情的なところが見られる。その傾向は近年、ますます強くなっている」とある。心理学者、エリザ・ワトソンのサインがあった。

3

ジャディスは必死に手を伸ばした。身体はずるずると後退して、背後の闇の中に引き込まれていく。助けてくれ。大声を出そうとするが、喉から漏れ出るのは呻きのような低いかすれ声だけだ。言葉になっていない。

砂漠に立って、血まみれの子供を高く差し上げている男の姿が浮かんだ。足元に倒れている女は子供の母であり、男の妻か。男が叫んでいるのは、アメリカに対する、自分に対する憎しみの言葉だろう。

闇がジャディスの身体をのみ込み、闇の粒子が体内の細胞一つ一つにまでしみ込んでくる。ジャディスまでを闇に変えようとしている。これでいい。俺を地獄に連れて行け。

闇の底から聞きなれた音が響いてくる。無意識のうちに手を伸ばし、スマホをつかんだ。

〈よく眠れましたか〉

ジョンの声だと気付くまでに数秒かかった。

「いや、寝不足だ。あんたの計画を考えていた。俺の役割についてだ」

受話器の声が沈黙し、動きを止める気配が伝わってくる。

〈すぐに迎えをやります。ウォー・ルームに来てください〉

五分もたたないうちに、ドアをノックする音が聞こえた。ドアの前には車椅子のジョン本人がいた。よほど急いだのか額には汗が滲んでいる。

「私が来てしまいました。用意はできていますか。すぐに行きましょう」

昨日のドーム状のホールに行くと、数十名の男女が集まっている。

「最後の駒がそろいました。本日、この時を以て〈オペレーション・キャラバン〉がスタートします。全員が責任と緊張感を持って、各自の役割を果たしてほしい。子供たちが逃げ出す必要のない、新しい国家の建設を目指して。神のご加護がありますように」

ジョンがマイクを使って、ホール内にいる全員に呼びかけた。

すべての者が動きを止めて放送を聞いている。

壁のデジタル時計が動き始めた。

ドームでは、この作戦のために集められた専門家たちがU字型のテーブルに座っていた。

「今日から二十日間でコルドバの政権を奪還し、新しい国造りに入る」

議長席に座ったジョンがドーム内の人々に向かって呼びかけた。

各分野の専門家として呼ばれた者たちは思い思いの服装をしている。白衣を着ている者、スーツにネクタイを締めている者、ジーンズにTシャツ、スニーカーを履いた若者もいた。ジャディスはジーンズにワークシャツ姿だった。軍を除隊したとき、軍服、迷彩服はすべて焼却した。唯一持っていたのは軍靴だった。履いていて足の一部のように違和感がない。

コルドバ共和国は、中央アメリカの北部に位置する、百平方キロほどの小国だ。西は太平洋に面しており、いくつかの島も領有している。人口は四百万人弱。一八〇〇年代後半にスペインより独立した。現在も公用語はスペイン語で、首都はラキシ。おもな産業は農業だ。GDPは二百億ドルを下回り、ジョンのeテックの年間売り上げの半分以下だ。

中央アメリカでも貧しい国家の一つであり、IMFによって重債務貧困国に指定されている。大統領を元首とする共和制国家ではあるが政情は不安定で、一九三〇年に最初の軍事独裁が始まって以来、軍事政権が相次いで誕生した。

二〇一〇年、時の大統領が終身大統領を狙って憲法改正の国民投票を宣言した。だが投票当日に軍部がクーデターを起こし、当時少将だったゴメス・コルテスが暫定大統領に就任した。以来、コルテスによる独裁が続いている。軍が持つ兵員は一万二千人で、そのうち七千人を陸軍が占める。その他に大統領直属の部隊として大統領親衛隊がある。

「コルドバはゴメス・コルテス大統領が牛耳っている。元軍人だ。国家予算の半分以上を兵員の増強と、武器購入による軍事力強化に使っている。周辺国の中で軍事力は最強だ。報復を恐れる隣国は、コルドバ国民の受け入れを拒否している」

スチュアートが正面の大型スクリーンに映し出される写真と図を使って説明した。

「心理学的に言えば、大統領のコルテスは猜疑心の塊ね。執念深く部下も信用していない。すでに二十人近くの側近を処刑している。身辺は常に血縁者で固めている。長期にわたり独裁を続けているだけに、頭もいいし、実行力もある。用心深く、あなどれない存在よ」

女性の声がスピーカーから流れた。エリザだ。

昨夜調べたウィキペディアではエリザ博士はＵＣＬＡの女性教授で、戦争心理学が専門とあった。さらに、とエリザは続けた。

「コルテスと同様、麻薬組織〈ディオス〉の頭領ホセもコルドバで大きな力を持っている。ディオスと言うのは――」

「〈神〉なんでしょ。スペイン語で」

ビリーの声が響いた。

「そう、笑わせるわね、〈ディアブロ〉の方が一万倍もふさわしい。〈悪魔〉っていう意味よ。ディオスはアメリカを中心に、大量のコカインを流している。今までは、両者に大きな衝突は起きていない。お互いにけん制し合っているのね。相手の力を測りかねている。でも一触即発の状況なのは確か」

「山岳地帯にスズの大鉱脈が発見されている。開発を募れば世界中から多くの企業が手を挙げる。政情の安定と治安維持が条件だ。しかし、将来的には自国の力での開発が望まれる。その他、有望な地下資源は多い。外国からの投資と技術援助が必要だろうが」

経済学者のサミュエル博士の声が続いた。

政治学者の意見だがと前置きして、ダニエル前大統領補佐官が話し始める。

「次期大統領はルイス・エスコバル教授が適任だ。国立コルドバ大学の学長をやっていた、政治学と経済学の教授だ。高潔で国民にも慕われている。ただし現在、反政府運動の首謀者としてコルテスに捕らえられている。救出して革命軍のリーダーにすれば、国民と他の反政府勢力をまとめられる」

　ダニエルはコルドバの反政府勢力について話した。

　現在、コルドバで最大の反政府勢力は「ニュー・コルドバ」という革命軍だ。リーダーはセバスチャン・ロイド。三十七歳。元コルドバ陸軍の大尉だった。六年前に数人の部下を連れて政府軍を脱走して、革命軍を組織している。コルテスの部下だったこともあり、コルテス政権にコルドバの将来を悲観しての脱走だった。厳しいが誠実で、信頼できる男――アントニオの評価だ。

　革命軍ニュー・コルドバは、現在二百名ほどだが、コルドバ全土に広く支持者を持ち、呼びかければ数十倍の兵力が集まると言われている。

「ルイス教授は、コルドバの全国民に信頼され慕われている。彼が呼びかければ、国民が立ち上がる。政府軍の中にも、ルイスの教え子は多いし、ひそかに信奉している者もいる。それを恐れてコルテス大統領は彼を捕らえ、処刑しようとしている」

「ルイスを救出して、ニュー・コルドバのリーダーに祭り上げる。それが最も簡単だ」

「しかしルイスにその気があるかどうか。私の得た情報では長期の拘束で彼は心身ともに弱っている」

　マイクからは様々な声が流れ始めた。

突然、ジャディスは立ち上がった。部屋中の視線が彼に集中する。

「コルドバの状況は理解した。あんたらが、ＡＩを使って何をしようとしているかも分かった。では、コルテスの独裁政権を倒し、麻薬組織を一掃するのに、どの程度の軍事力がいる。必要な人員と武器だ。ＡＩを利用すれば分かるんだろ」

ジャディスの言葉に全員の目が回答者を探して迷っている。

ニックが話し始めた。左の手の甲から腕に火傷のあとが続いている。彼はスチュアートの友人で、傭兵訓練会社の社長だ。この業界では有名人である。

「麻薬組織ディオスは推定千五百人の戦闘員を抱えている。武器も最新のものだ。これほどの組織は他にない。精鋭とはいいがたいが、政府軍は一万二千名。大統領の親衛隊は三百。こっちはかなり手ごわい。それに引き換え、革命軍は現在のところ、二百がいいところだ」

「話にならない。それでどんな戦略を立てろと言うんだ」

「それを考えるのが優秀な指揮官だ。あんたじゃ無理かもしれないが」

ニックがジャディスに挑戦的な視線を向けている。

ディオスは、大統領親衛隊副隊長だったホセ・モレーノが結成した。元同僚や部下に加え、軍人、警察官などを高給で雇い入れている。

資金源はコカインを主とする麻薬の生産、加工、販売で、その他に身代金目的の誘拐、盗品売買などがある。過去に他の麻薬組織と双方合わせて千人以上の死者が出る抗争を行い、コルドバの裏社会を支配する組織に成長した。現在は収益が一カ月あたりで最大六千万ドルにのぼり、ホセは四十億ドル近い金を持っている。

麻薬の栽培を拒否した農民を拉致拷問して殺害するなど、残虐なことで知られている。ホセの首にはアメリカ政府、メキシコ政府によって懸賞金がかけられている。

「この作戦の重要な点は、戦闘によって政権を取ることだけではありません。その後の民主的な国造りが最終目標です」

ジョンが立ち上がり、二人をなだめるように言う。

中央スクリーンにコルドバの工業、農業、その他の産業についての説明と生産能力や現状についての具体的な数字が映し出された。

ジョンと各分野の専門家の手で、コルドバのすべてが分析・数値化され、自立国家として成立するためのシミュレーションが行われていた。集められたのは、世界一流のエキスパートたちなのだ。

「意外と金持ちの国です。ただ、生産と分配がうまくいってない」

ジョンがパソコンを睨みながら言った。

「大統領のコルテスと麻薬組織の頭領ホセ、二人の口座に、コルドバの二年分の国家予算が入ってる」

ダニエルのあきれたような声がした。

会議は二時間ほどで終わった。主にコルドバの現状と、今後のタイムスケジュールについて説明があった。

ジャディスが部屋に戻りベッドに横になったとたん、ノックの音がした。

入ってきたのは看護師とスチュアートだ。

スチュアートが新しいスマホを出した。

「きみのスマホは作戦終了まで預かる。データはすべてこちらに移した。盗聴防止装置が付いてるスマホだ」

「この作戦に絡んでいるのは、コルドバ一国だけじゃないんですね。盗聴するような国も関係しているのですか」

「用心のためだ。大統領に迷惑は掛けられない」

スチュアートは看護師に合図をした。注射器を持った看護師がジャディスに近づく。

「腕を出してくれ。作戦に参加する者は、全員が受け入れている」

長さ一センチ、直径二ミリほどの円筒形のカプセルを出した。

「発信機だ。位置情報が得られる。その他のバイタルもだ」

「作戦が終わったら？」
「もちろん、取り出す」
ジャディスは腕を出した。

4

新入りのアダン・ソラーノ特別捜査官は、FBIアカデミーの一室にいた。上司のバネッサ・スミスの指導で、映像解析の訓練を受けていた。顔認識ソフトの使い方の練習だ。

FBIの捜査官は一般的な警察官と異なり、特別捜査官と呼ばれる。法学博士など上級学位相当の能力を有することが条件とされ、採用試験は多くの州の司法試験よりも難関と言われている。

「僕はこんなことをするためにFBIに入ったんじゃない。誘拐や連続殺人犯の逮捕や、凶悪組織の解体をやりたい」

アダンは顔を上げ、バネッサに言った。

すでに三時間近く、パソコンのディスプレイを睨んでいた。いいかげんうんざりしている。

アダンは二十六歳、チリからの移民二世で、MITの電子工学科を卒業後、ニューヨーク州立大学ロースクールを出ている。移民の犯罪問題に興味を持ち、面接では三十分に亘って不法移民と犯罪に関する持論を述べた。政府と関係組織が一体となって、もっと根本的な対策を考えるべきだというものだ。新鮮さはなかったが、何としても相手を説得しようとする熱意と真剣さが評価された。バネッサはそのときの面接官の一人だ。太り気味の三十五歳の黒人女性だ。

「犯罪捜査は地道な捜査の積み重ね。上司に言われたようにやってればいいのよ。あなたの指導教官は特別有能なんだから」

「だったらなんで、アメリカからは犯罪が減らないんですか。もっと現役捜査官が——」

「テレビドラマや映画の捜査官や警官なんてあり得ない。ほとんどの者が人に向けて銃など撃たずに定年を迎える。私を含めてね。幸せなことよ。これからはパソコンとAIを使った科学捜査の時代。犯人逮捕はあんたよりマッチョな連中にまかせておけばいいの。私たちは腕力や銃より頭を使う」

「録画映像を見ることが、頭を使う科学捜査なんですか」

「人工知能の優秀さを認識するため。でも、人間のあんたも簡単には負けないでよ」

ケネディ空港の雑踏の中に指名手配犯がいるという設定で、最新のAI搭載顔認識ソフトを使って犯人を特定する訓練だ。人の視力では不可能に近い。すでに二時間睨んでいるが、それらしき人物は認識できない。これはいじめに近い。バネッサはAIを使って、三分で見つけている。

バネッサのスマホが鳴り出し、彼女はチラリとアダンを見ると立ち上がった。

「私が戻ってくる前に、必ず犯人を見つけるのよ、ＡＩに負けないで」

アダンの肩を叩くと出て行った。

バネッサの指示通り、しばらくは目視とＡＩ搭載のない従来の顔認識ソフトで国際線の入国ゲート付近を調べていた。

三十分がすぎ、そろそろ忍耐の限界に近付いた。大きく伸びをすると、ディスプレイに過去の映像ファイルリストを表示した。数十のリストから適当なものをクリックした。「ウォールの悲劇」の映像だ。

一年前、ニューヨーク州立大学ロースクールの学生だったアダンは、テレビにかじりついて見ていた。チリからの移民二世としては、他人事とは思えなかったのだ。

「ひどいな」

無意識のうちに呟いていた。

ウォールに押し寄せる難民たちに軍が発砲する様子をヘリから映している。ヘリのローターの音に混じる銃撃音。悲鳴のような女性レポーターの声。ウォールの前に倒れている無数の死傷者たち。半数以上が女性と子供と老人だ。

一人の男が立ち上がり、少女を抱き上げて何か叫んでいる。

アダンは地上からの映像に切り替えた。スペイン語だ。

「妻と娘はアメリカに殺された。あいつらは悪魔だ。俺は復讐を誓う。必ず皆殺しにしてやる」

ひどい言葉だが、目の前の光景を見ると、男に共感する自分がいる。

もう一度、初めから映像を見始めた。なにか違和感がある。なんだか分からないが、今までテレビやパソコンで見ていたモノとは違う。表に出なかった映像なのか。

最初の発砲は――。アダンは慌てて他の関連ファイルの映像リストをクリックした。

アダンは顔を画面に近づけた。

「こんなの見たことないぞ」

思わず呟いていた。

アメリカ連邦捜査局ＦＢＩは、アメリカ国内のテロ、スパイ、連邦政府での汚職、複数の州にまたがる広域事件、被害額の莫大な強盗事件などを捜査する機関だ。

本部はワシントンＤＣにあり、行政部門をエドガー・フーバービル、また捜査部門はポトマック川をはさんだバージニア州にあるクワンティコ本部が担当する。

部署は情報部、国家保安部、刑事サイバー対策部、科学技術部、情報技術部、人事部とあり、さらに五十六カ所の地方局を持つ。この他にも、法執行機関研修施設として、バージニア州クワンティコ海兵隊基地の中にＦＢＩアカデミーがある。

ホワイトハウス、ウエストウィング。ここには大統領の執務室がある。両翼の片方、イーストウィングは大統領の家族が住む居住区域だ。

ロバート・テイラー大統領は、誰もいないのを確かめてからスマホをタップした。

テイラーは五十二歳、民主党選出の大統領だ。現在十三歳の娘パトリシアがいる。四十歳近くになって生まれた一人娘で、テイラーは溺愛していた。

ウォールの悲劇では、パトリシアに「パパなんて大嫌い」となじられた。あれからすでに一年がすぎた。娘との関係は修復されたと思ってはいるが、関連した話題はタブーとなっている。

「この回線は大丈夫かね」

〈わが社のセキュリティは万全です、大統領。問題があるとすればホワイトハウスです〉

「きみの会社のを使っている。ところで、プライベートではロバートと呼んでくれないか、ジョン」

〈分かりました、大統領。いや、ロバート〉

大統領はソファーから立ち上がり、デスクにまわり椅子に座った。

「オペレーション・キャラバンについて聞きたいんだが。メールには最後の駒がそろって、スタートしたとあったが」

〈昨日、ジャディス大尉が到着しました。最初、難色を示しましたが、参加を説得し、納得しました〉

「彼の軍歴を読んだ。申し分なかったが、彼もウォールで運命が狂った。不名誉除隊とはな。しかし、彼をコルドバに送り込んで大丈夫なのかね。ウォールの悲劇の指揮官だ」

〈分かりません。私の義父が推薦しました。ジャディスの元上官です。私は彼を信じます〉

「カトリーナとローズのことは今でも思い出すよ。残念だった。きみが私に協力してくれるのは、あのテロの影響か」

〈世界は矛盾と不条理に満ちています。あれも、その一つです。ウォールの悲劇もそうでしょう。死ぬべきではない者が簡単に死んでいく。そんな不条理を一つでも正したい〉

「本来なら、アメリカ合衆国が軍隊を送り込むべきなんだが――」

〈それは無理な話です。あなたが再選を諦めて、議会の聴聞会を受ける覚悟なら別ですが〉

大統領は言葉に詰まった。そうすべきだと本気で考えたときもある。しかし、過去のアメリカの戦いを考えると、すべてが成功したわけではない。いや、ベトナム、アフガニスタン

――失敗の方が多い。それはなぜか。わが国の南部国境に続くウォールは前大統領が造った。それは国を隔てるとともに、人の心にも壁をつくった。

〈この作戦はコルドバ国民が行うものです。我々はその手助けをするだけです。表面に出ることはありません〉

「そうだったな。アメリカ合衆国の出番はその後だ。新生コルドバを援助する。武器ではなく、経済と平和という精神で」

〈そのための準備はすでにできています、ロバート。それに、この作戦はコルドバだけのものではありません。アメリカのためでもあります〉

近年、アメリカへの不法入国者は、十万人を超えている。増えているのは、国境を越えた後、国境警備隊に自ら拘束されて、そのまま難民申請をするケースだ。アメリカの法制度では、難民申請さえしてしまえば審査中はアメリカに滞在し、就労することも認められている。また、子連れでの入国が半分以上を占める。子供が一緒なら、拘束期間が短くなるのだ。

不法入国者の多くは中米諸国からで、テキサス州の受け入れ施設は収容能力を超える状態が続く。教会やボランティア組織に食料や衣服、交通手段などの支援を求めて事態をしのいでいる。

「きみの言う通りだ。さらには世界のためにもなる。新しい難民対策、世界の難民対策にも通じる」

シリア、アフガニスタン、南スーダン、ソマリア、コンゴ、ミャンマーなど、世界には三千万人近い難民がいる。国境を越えられず、内戦、暴力、災害などで家を失って自国内のキャンプで生活する人々を加えれば二倍以上になる。

シリア内戦ではすでに三十七万人以上の命が奪われ、千三百万人が国内をさまよっている。うち五百万人が故郷を脱出し、トルコやヨルダン、イラクなど外国で避難生活を送る。彼らは徒歩で国境を越え、地中海をボートで渡り、ヨーロッパを目指す者も多い。

現在難民を受け入れているイラクも国内紛争が何年も続き、限界に近い。

難民のおよそ三分の一は子供たちだ。避難先での栄養失調、早婚の強要、暴力も多く、世界の問題として取り上げられている。

「感謝している。きみと勇敢な仲間たちの行為が報われることを祈っている」

言葉とともに、電話を切った。

大統領はしばらく庭を見ていた。

一年前の映像が蘇ってくる。ウォールの悲劇だ。ドアの前では娘のパトリシアも同じ映像を見ていた。自分を見つめる目には涙が溢れていた。

「パパなんて大嫌い」

低い声で言うと、執務室を飛び出して行った。

あのときの顔と声はいっときも忘れたことはない。今ではパトリシアも事件前と同じように振る舞ってはいるが、やはり時に自分に懐疑の目を向けることがある。気のせいではないはずだ。

北アメリカとメキシコ、中南米は陸続きだ。合衆国南部とメキシコとは同じような気候、同じような地質ながら、経済格差は大きい。合衆国に職を求めて不法流入してくるメキシコや中南米の人々は多い。

不法移民が合衆国国民の仕事を奪い、犯罪に走っている。そうした考えに基づき前大統領が国境に壁を造った。だが今も、壁を越えて合衆国に入ってくる難民、不法移民は減らない。根本原因は経済格差と政情の不安定さだ。

不法流入をなくすには、壁を造るより中南米の国々の政情を安定させ、経済力を上げればいい。コルドバに関しては、まず麻薬組織を壊滅させ、国民を恐怖と暴力から救う。次に独裁政府を排除して、国民を解放する。しかし、国連もアメリカも積極的には内政に干渉できない。

アラブの春。偶然に近い形で独裁政権が倒れたことはあった。だが、すぐに複数の新しい勢力が現れ、さらなる混乱と悲劇を引き起こしている。

ジョンたちは理想のコルドバを目指して、新しい体制を造り、経済復興までやろうとしている。成功すれば、今後のモデルとなるだろう。

大統領はデスクのカレンダーに目を向け、日付を確認した。二十日間の作戦、ジョンは確かにそう言った。

腕を伸ばしてカレンダーに印をつけた。

第二章　コルドバへの道

1

コルドバでは去年、千人以上の政治犯が逮捕され、拘束されている。完全な言論統制が行われ、コルテス大統領の権力は絶対的なものとなった。

さらに、年に千件近い殺人事件が起こっている。殺人のほか、暴行、誘拐、恐喝、レイプなどの多くは、麻薬組織ディオスが関係している。表面に出ない犯罪はさらにその数倍と言われている。貧困と恐怖が国内に満ちていた。

コルドバを独裁者と麻薬組織から解放するための準備が始まった。

第一段階は、スチュアート、ジャディス、ニック、アントニオが中心となる軍事作戦だ。まず、コルドバに先遣部隊として傭兵と武器を送って、革命軍兵士を訓練する。同時にウォー・ルームでは、コルテス政権と麻薬組織ディオスを倒す具体的な作戦計画を立てる。

第二段階として、ジャディスを隊長とする戦闘部隊を送り込み、政府軍に捕らわれているルイス・エスコバルを救出する。ルイスを革命軍のリーダーに担ぎ、コルテス大統領を倒し新政府を立ち上げる。

　同時に、ジョンを中心に、新政府設立後の国造りの準備を進める。

　主役はあくまで、コルドバ国民、ルイスやアントニオたちでなくてはならない。

　ウォー・ルームでは何度も新コルドバ建設の会議が行われた。

「AIを駆使した新しい国造りだ。地形、地質、資源、気候などの地政学的条件と、人口や人口構成、国民の教育レベル、歴史、そして現在の産業の状況などあらゆる情報を考慮した最適国家を造ることができる。育成する産業、適した農業、必要な輸送機関、不足しているインフラなどが即時に分かり、最良な国の形が提示される」

　経済学者のサミュエル博士が繰り返し説明した。

「なんだか、味気ないわね。でも、今のところそれがいちばんいい方法のようね。とりあえず、人が人として生きることのできる国を造る。後はそこに住む国民が選択していけばいい。私はその時々の国民の心理状況を分析して、アドバイスする」

「ルイス教授は政治学者であり、経済学者でもある。彼が考えている国の形があるだろう。ルイス教授に任せれば、国民はついていく」

「アメリカの傀儡《かいらい》国家の誕生か」

　ビリーが皮肉を込めて言った。

「そうではない。だから、テイラー大統領は一切関与しない」

「アラブでは失敗した。チュニジア、エジプト、リビアがそうだった。独裁政権は倒れたが、国の状況はさらに悪化した。シリアは泥沼化している。ロシアやアメリカ、中国などの大国の介入に加え、ISなどの新しい勢力が現れ、最悪の状況になった。今度はそんなことにならないように、体制が変わった後の国造りも先に詳細に計画しておく」

「まずは、国民が逃げ出す必要のない国だ。安全で子供たちが飢えず、愛せる国だ」

ジャディスは黙って聞いていた。専門家たちが勝手なことを言い合っているようにしか思えない。本物の地獄を見るのはこれからだ。二つの組織を倒して、新しい国家を造る。言葉では簡単だが苦痛と犠牲を伴うものだ。多くの血が流れ、命が失われる。

「コルドバ国内の反政府勢力をもっと詳しく知りたい」

ジャディスはアントニオに聞いた。

「ルイス教授が捕らわれてから、革命軍ニュー・コルドバは壊滅状態です。もともと、大きな組織ではありませんでしたから。ルイス教授は武力闘争には乗り気ではありませんでした。国民の意識を高めようとしていました。政府内部にも、呼びかけていました。政府軍の中にも自分の言葉を聞き、信じている者がいると思っていたようです。しかし、今回の逮捕で現実を知ったと思います」

「違う。コルテス大統領は、ルイス教授を脅威に感じたのです。だから、ルイス教授を捕らえて、国民の目から消し去った」

ジョンが強い口調で言う。

「最初にルイス教授を牢獄から救い出します。反政府軍の指揮を執るのはルイス教授です。彼なくしては、この戦いに勝利はありません」

ジョンがジャディスたちを説得するように話す。

「主役はあくまでコルドバ国民です。我々は手を貸すにすぎません。国際社会は我々の介入を認めません。国を国民に取り戻した後も、国の再建はコルドバ国民と国際連合の仕事です。我々は表には出ません」

「コルテス大統領はロシアに近づいています。軍事援助を得て、将来は地下資源の共同開発を考えている。だが、しばらくは麻薬組織ディオスの扱いで頭がいっぱいなようです」

アントニオが不自由な手でパソコンを操作して、コルドバの地図を映し出した。

会議の後、ジャディスはアントニオからさらに詳しくコルドバ現地の状況を聞いた。それをアメリカ軍の情報と照らし合わせる。今後の政権奪還の作戦を練るためだ。

直接軍事作戦に関わるのは、ジャディスとスチュアート、アントニオ、傭兵訓練会社の社長ニック・トーマスの四人だった。その他の専門家は、各自の分野の能力を生かして後方支

「あんたが、いちばんの貧乏くじを引いた。俺たち後方部隊は、一滴の血も見ず汗も流さなくて済む」

「あんたは行かないのか」

「歳を考えろ。スチュアートは行くつもりだったが、俺が引き留めた。あの身体じゃ、足手まといになるだけだ。俺とスチュアートは、ウォー・ルームであんたと送り出した傭兵の支援だ。無事に生還できるようにな」

「俺が満足できる後方支援をしてほしい」

「あんたの軍歴を見たが、惜しいことをしたな。アフガンとイラクでの活躍は目を見張るね。シルバースターまでもらっている。あの事件がなかったら――」

「過去は忘れたい。あんただって、忘れたいことはあるだろ」

「忘れたいことばかりだ」

ニックが視線を丘陵に戻した。

一時間も待って、現れたのはスーツにネクタイ姿の男だった。靴は顔が映りそうだ。背後に迷彩服を着た男が立っているが、やはり訓練場から来たとは思えない。軍靴には砂一つ付いていない。二人の背後には二メートル近くある迷彩服の大男が腕を組んで見ている。

「二組に分かれて戦闘訓練をしています。敵と味方です」

スーツ姿の男がジャディスとニックの横に来て言う。

「実弾を使っているのですか」

「必要な場合は。今日のは——」

ジャディスの問いに男が背後の迷彩服の男を見た。

「ゴム弾です。実弾は政府と訓練兵から文句が出ます。射撃訓練の時だけです」

「傭兵と武器の調達でしたね。必要な人員と武器の種類と数は？」

「精鋭の傭兵五十名と調達したい武器のリストです」

ジャディスはスーツの男にリストを渡した。

男が手に取って見る。

「スペイン語が話せて戦闘経験のある兵士はどのくらいいる。もちろん英語もだ」

振り返って迷彩服の男に聞いた。

「多くはいません。そんなインテリはここには来ない」

「三十名でいい」

ニックがジャディスの肩越しに言った。

「十名がいいところです」

ニックがジャディスの肩を叩いた。

「帰るぞ」

ドアの方に歩くニックの前に大男が立った。ニックが男の足の甲を踏みつける。腰をかがめた男の顔を目がけて脛を上げる。男が呻き声をあげて床に転がった。

ニックはそのまま部屋を出て行く。ジャディスは慌ててニックのあとを追った。

二人は建物を出て、ニックが運転する車で空港に向かった。

「どこであんな会社を見つけた」

「俺が軍にいたときに取引があった」

「軍はあんないい加減な企業と取引してるのか。道理で兵士の質が落ちてるはずだ」

「俺は訓練状況を見て報告書を書くだけだ。最終決裁は政府の役人だ」

「どうだった。まだ契約を続けるか」

「どうする。傭兵と武器は。退役軍人会にでも調達に行くか」

ジャディスはニックの皮肉を込めた問いには答えず聞いた。

「スペイン語を話せる傭兵三十人とリストの武器は二日で用意する」

ニックがジャディスの胸ポケットから武器リストを抜き出す。

自動小銃の種類、手榴弾、迫撃砲、爆薬、その他の小火器の数と弾薬数が記されている。

コルドバに持ち込む武器の一覧表だ。

アメリカ軍標準装備のM16ライフルを主とし、短機関銃のMP5もそろえてある。

「革命軍を訓練し、戦うためのモノだ」

「これで一国の政府軍と戦争しようというのか。初日で全滅だ」

「現地兵だって武器は持ってるだろう」

ニックが数種類の武器をボールペンで消すと、いくつかを書き加えた。

「この方が合理的で集めやすい。ジャングル、市街、どちらでも使える。どうしても前のがよければそうするが」

「あんたの方が、俺より適任のような気がする」

ジャディスは書き換えられたリストを見て言った。

「集めた傭兵と武器はどうする」

「十名は民間機ですぐに送り込んで、現地兵の訓練を開始する。国境まで行って、後は車と徒歩だ。キャンプに着くまでにコルドバに慣れてもらう。アントニオにはガイドを送るように頼んである」

「問題は残りの傭兵と武器の輸送だ。民間機では無理だし、かなりの量がある」

「軍の輸送機に紛れ込ませる。コロンビアの米軍基地へ輸送機は毎日飛んでいる。途中で傭兵と武器を降下させる。投下地点には革命軍のトラックが待っている。翌朝には革命軍のキャンプに到着する。これもアントニオに手配済みだ」

「軍が使えるのはラッキーだな。さすがシルバースター勲章の受勲者だ。部下の信頼は厚かったんだろう。だが、軍にはバレないのか」

「バレたら、その時点で作戦は中止だ。ジョンは大統領に影響が出ないようすべて自分の責任でやってる」

ニックが頷いている。

軍に十年以上いたが、ニックのような男に会うのは初めてだった。軍には反感を持っているようだが、内部には詳しいらしい。

2

その日の夕方には、二人はネバダ砂漠のウォー・ルームに帰り着いた。

ジョンから夕食に誘われたが、二人は断って部屋に戻った。

ジャディスは自分の部屋から昔の部下、ジェイソン軍曹に電話をかけた。アメリカ陸軍の中には、ニックの言ったようにまだジャディス大尉を慕う者が多くいる。彼もその一人だ。

シルバースター勲章は仲間の命を救った者に与えられる。かつての部下の中には、ジャディスを命の恩人と思っている者が少なからずいる。

〈大尉ですか。今までどこにいらしたんです。誰に聞いても知らないと言うし、電話番号も変えたんですね。メールも戻ってきました〉

　ジェイソンはジャディスだと分かると声を潜めた。ジャディスが軍を辞めた理由は、すべてのアメリカ兵が知っている。

「頼みがある。聞いたら、断れないぞ。どうする」

〈ダメですよ。どうせ、ロクなことじゃないんでしょ。法に触れなくても、ギリギリのことでしょ〉

「法に触れることだ。しかし、国のためにはなる。人助けになることは間違いない」

〈何ですか。気になります〉

「聞いたら、断れないと言った」

　ジェイソンは一瞬沈黙し、さらにトーンを下げた声が返ってくる。

〈ずるいですね。断ると当分眠れない日が続きそうだ。覚悟を決めました〉

　ジャディスは傭兵と武器の輸送について話した。

　ジェイソンはひと言も発さずに聞いている。

「迷惑はかけない」

〈これだけで十分迷惑です。バレたら除隊どころか、軍法会議と軍刑務所です〉

「面会に行くよ。差し入れを山ほど持って」

〈女も頼みますよ。僕の好みは知ってますね〉

「それと、もう一つだ。まだ国防情報局とのコネはあるか」

大げさなため息が返ってくる。

〈残念ながら、切れました。彼女は除隊して結婚しました。と言っても、大尉は聞いてはくれませんね〉

「やっと、俺のことが分かってきたな。調べてほしいことがある」

ジャディスは場所といくつかの名前を告げた。ジェイソンは無言で聞いている。

「公式発表は知っている。知りたいのはそれ以外のことだ」

〈それ以外のことってあるんですか。やるだけはやってみます。でも時間が必要です〉

ジェイソンのホッとした空気が伝わってくる。

「どのくらいだ」

〈三日は必要です〉

「二日だ」

イエッサーと声を潜めて言うと、電話は切れた。

一時間後、ジェイソンから電話があり、集合場所と時間が告げられた。

〈貨物輸送で飛んでいる軍用機です。途中、燃料補給と新たな荷の積み込みでコロンビア空港に着陸します。そのとき、登録してない兵士と荷物を降ろします。これは政府の極秘作戦だと言っておきます。たまにあるんです〉

「今までに何度あった」

〈今回が二度目です。集合時間厳守です。一秒でも遅れたら乗れません。何かあっても、私は知らないで通します。大尉もそうしてください〉

「了解だ。恩にきるよ」

〈しかし、兵員二十人と荷物が一・五トン。どうせ、武器と弾薬なんでしょ。どこと戦争するんですか〉

「知らないで通すんだろ」

〈必ず勝ってくださいよ。これ以上負けると、大尉には後がないですから〉

グッドラックの言葉と共に電話は切れた。

ジャディスは息を吐いて椅子に座り直した。耳の奥にはジェイソンの言葉が残っている。

二〇一八年、アメリカ軍が支援するクルド人の民兵組織は、シリア東部でＩＳ残党の掃討作戦を実施した。ＩＳは攻撃目標をタナク油田と定め、周辺のアルバフラおよびガラニジェを軍事拠点とする民兵組織への攻撃を開始していた。

ジャディスは部下五名と軍用車両で走っていた。強い衝撃で全身を車体に打ち付けられた。車が道路わきの瓦礫に突っ込んで、斜めに傾いて止まっている。車内にガソリンの臭いが広がってきた。

「被弾した。走行不能。全員、車を降りろ。爆発する」

ドアが開かない。ガンガンと銃弾が車体に当たる音が響いている。横の兵士が首を垂れている。顔を引き寄せると半分がなかった。後部座席の部下を引き出した。まだ息はしているが、咳のたびに血が口から噴き出す。肺をやられたのだ。

ジャディスはまだ息のあるただ一人の部下を担ぎ必死に走った。わき腹に強烈な痛みを感じた。膝をつきそうになったが、身体を立て直して砲撃で崩れた建物に駆け込んだ。

背後で爆発音と爆風を感じた。振り返ると、車が吹き飛んで炎と黒煙を上げている。ロケット弾の直撃を受けたのだ。

ジャディスは救助ヘリが来るまで二時間、敵の攻撃に耐えた。部下はなんとか一命を取りとめた。その男がジェイソンだ。

アメリカ軍を主体とする有志連合は、空爆および陸上作戦で民兵組織を援護したが二日間で五十人近くが戦死、ＩＳ側も三十九人が死亡する激戦だった。

ニックは言葉通り、明け方までには三十名のスペイン語を話せる傭兵とリストにあった武器を調達した。

「十名のスペイン語を話せる傭兵が今日の昼、ロサンゼルス空港に集まる。彼らはコロンビア行き航空機に乗る。迎えは大丈夫なんだろうな」

「コロンビア空港で待っている。トラックはアントニオが手配した」

「武器は今日中にLAのダウンタウンの倉庫に入れる。指示があり次第運び出せる」

「残りの二十名の傭兵は」

「全米に招集をかけている。明日中にはそろう。すでに到着した者はLA中に散っている」

「軍用機の用意はできている。傭兵と武器はそれに乗って、コルドバへ出発する」

「軍内部では、バレないのか」

「記録に残らない特殊任務はたまにあるそうだ。各作戦は独立しているので、お互いに話すことはない。信頼できる奴だ。任せた方がいい」

「そうあってほしいね」

ニックが低い声で願うように言う。

その日の夕方、ジャディスはニックとウォー・ルームで残りの傭兵たちについて話していた。

アントニオが来て、先発した傭兵たちが現地兵と合流してコルドバの革命軍のキャンプに向かっていると告げた。

「次は俺たちだ」

「俺たちじゃなくて、おまえだ。俺は現場は好きじゃないと言っただろ。ここで、おまえと傭兵を支援する」

ニックが真剣な表情でジャディスを見つめる。

「ありがたいね。涙が出る」

ジャディスは皮肉を込めて言った。

3

スピーカーホンにした衛星電話からは、雑音に混じって切れ切れの声が聞こえてくる。

ウォー・ルームでは、アントニオを通じて、コルドバ国内の革命軍と連絡を取っていた。

先発隊として送り込んだ傭兵十名が革命軍のキャンプに到着したと報告があったのだ。

〈現在、革命軍ニュー・コルドバは、兵員二百名ほどです。全員が自分たちの国を造りたいという強い意志を持っています。士気は高いです。しかし大半が農民で銃を撃ったこともな

い。武器も旧式で兵士も足りません〉

コルドバに送り込んだ傭兵のリーダー、ブライアンが言う。

「問題は質だ。短期間の訓練でどれだけ変わるか」

〈変えてみせます。そうでなければ我々が生き残れない〉

「ルイス教授の様子を調べてくれ。この作戦の成否は彼にかかっている。ルイス教授が呼びかければ、どのくらいの国民が立ち上がるかだ」

〈ただちに調べさせます。しかし、首都ラキシと彼の捕らわれている政治犯の収容施設のリアルタイム映像は必要です。政府軍の配置と収容施設の警備状況も〉

「ウォー・ルームでやっている。必ず手に入れる」

ジャディスは衛星電話を切った。

「アメリカ陸軍では新兵の基礎訓練は半年だ。慌てるとロクなことがない」

背後で聞いていたニックが比較的のんびりした口調で言う。

「銃の撃ち方と身の隠し方だけでいい。敵も一部をのぞいて大半は同じようなものだろう。正規軍といっても金で集めた即席の軍隊だ。こっちは武器は最新のものをそろえた。至近距離なら相手に向けて引き金を引けば間違いなく当たる」

ジャディスは部屋に戻って、ジョンに渡されていた封筒からルイスの写真を出した。

白髪に白い髭の男だ。ダークブルーの瞳と引き締まった口元が、厳しさと意志の強さを感じさせる。だがどこかに優しさも漂っている。この男が呼びかければ、政府軍の兵士の中にも同調する者が出るかもしれない。そう思わせるカリスマ的な雰囲気を持つ男だ。この作戦の成否はそれにかかっている。

ジャディスは写真を封筒に戻しベッドに横になった。

「驚いたね。ボスが言ったことは本当だった。コルドバ上空に衛星を固定することができた」

ビリーが立ち上がって、全員に壁の中央スクリーンを見るように大声を出した。

「いつも同じ画像じゃないか。どこに驚けばいいんだ」

「しっかり見ろよ。僕たちはリアルタイムの衛星画像を見てるんだ。今現在のコルドバなんだ。過去の写真や録画映像なんかじゃない。これって最高にすごいことなんだ」

ビリーがスクリーンに目を向けたまま言う。濃い緑の連なりと湖が映っている。

「美しい。こうして見ると地球もまだ捨てたもんじゃない。でも、この緑も過去のものになる。コルテスはジャングルの大開発を計画してる。木々を取り去って、スズを採掘して製錬所を造る計画だ。現在、ロシアや中国と交渉している」

ビリーがマウスを動かすと、緑の中に灰色が現れ、建物群に変わっていく。

「コルドバの首都、ラキシだ。町のほぼ真ん中に官邸と中央政府の建物があり、正面が建国広場だ。ここで政府の催し物が行われる。軍事パレードもだ。町中の幹線道路はこの広場に続いている」

町が画面いっぱいに広がった。

「テーブルの地図と比べてくれ。中央政府の建物の周りの四方に、軍の施設が置かれている」

「この頑丈そうな建物が収容所か」

「十年前まではコルドバ一の高級ホテルだった。革命軍との戦いでボロボロになった。外国の武器商人、地方の政府要人が利用していたので、革命軍の集中砲火に遭った」

スチュアートが説明した。

「ホテルを改造したこの収容所に政治犯が収容されている。コルテスとしては殺したいんだろうが、これから国際社会に打って出ようとしているので、無茶はやれないようだ」

「町の外には取り囲むように軍兵舎が十以上あって、それぞれ三百人以上の兵士が待機している。コルテスのいる官邸や中央政府に何が起きても、十分以内に完全武装の兵士を乗せたトラックが到着できる」

「ギリギリまで寄ってくれ」

ジャディスの言葉で、中央スクリーンいっぱいに建物が広がる。突然、画面が緑っぽくなり、その中を赤い影が動いている。

「赤外線映像に切り替えた。一メートル四方のモノをとらえることができる。動いているのは人間だ」

驚いたね、スゴイね、を繰り返しながら、ビリーが建国広場に沿って画面を移動させた。

「今後、二十日間は二十四時間、コルドバの各家のトイレまで監視できるってことか」

「ただし屋根の上からだ。契約期間を一秒でもすぎれば、国防総省に悟られ、この場所が特定される。十分後にはＦＢＩが踏み込んできて、僕たちは国家反逆罪で逮捕だ」

「注意しろよ。体験者の言葉だ」

「今のところは国家公認の悪事ってことだ。次はヘマはしない」

ビリーが文句はあるかという顔で部屋中を見回した。

午後、ジャディスがジョンと打ち合わせ中に、ルイスの処刑が一週間後に決まったとブライアンから連絡があった。ジャディスは衛星電話をスピーカーホンにしてデスクに置いた。

「ひと月後と聞いていた。確かな情報なのか」

〈そのようです。キャンプでは大騒ぎです。革命軍だけで救出に行くつもりです〉

「止めろ。殺されるだけだ」

〈他に手はありますか〉

「俺と残りの部隊が明日中にそっちに行く。武器も運ぶ。すべてはそれからだ。それまでは、早まった行動はとらせるな」

〈明日中と言っても――、今から間に合いますか〉

「これから直ちに出発の用意をする。おまえは革命軍を抑えておけ」

ジャディスは衛星電話を切った。

二人の話を聞いていたジョンが全員をウォー・ルームに集めて、ルイス教授の処刑が早まったことを告げた。ウォー・ルームに緊張が走った。

「ルイス教授の救出は、すべての計画の根幹にあります。処刑されると打つ手はない。計画は中止です」

「革命軍にルイス教授の救出を頼むしかない。しかし――」

アントニオが悲痛な声を上げた。現在の革命軍の力では無謀だと分かっている。

「俺は二時間後、LAに向かう。明日中にコルドバのキャンプに入る」

ジャディスはニックに視線を移した。

「傭兵と武器は大丈夫か」

「二十名の傭兵はすでにLAに待機している。武器は今日中にトラックに積んで、いつでも移動できるようにしておく」

ニックが落ち着いた声で答える。

「以後の行動は問題ないのか。先発隊がキャンプに入るまでに二日かかっている」

「明日、アメリカ軍の定期便でコロンビアの基地に向かう途中、コルドバの国境付近の飛行場で降りる。夜、ヘリに乗り換えてコルドバに入り、キャンプ近くまで行く。闇に紛れて行動すれば発見されることもないだろう」

「必ずキャンプに着いてください。あなたがいなければ、やはり作戦は中止になります」

ジョンがジャディスを見つめて言う。

「全力を尽くします」

「みんな、そう言う。成功しなければ失敗だ。中止も失敗だ。それも、最も大きな失敗だ。コルドバ国民の期待を裏切り、希望の芽を摘み取ることになる。これは企業が商品を売るのとは違う。国の存亡と国民の命に関わることだ」

ニックが今までにない真剣な表情で告げた。

ジャディスは部屋に戻りジェイソンに電話した。

「明日出発する。LAでの集合場所と時間を言ってくれ」

〈また無茶な話ですね。でも準備はできています。大尉にはいつも振り回される。ただし、これっきりですよ〉

文句を言いながらも時間と場所を言った。

「頼んだことは調べたか」

〈さほど難しくはありませんでした。驚きました。でもなぜ、公表しないんですかね。上の考えてることは分かりません。写真は十年以上前のものです。新しいモノはありませんでした〉

ジェイソンはさらに声を潜めて話した。ジャディスの心の中で何かが解けていった。

〈でも、なぜこんな昔のことを。いや、いいです。知らない方がいいんでしたね〉

「おまえには感謝している。もう、迷惑をかけることはない」

一瞬の間の後、口調の変わったジェイソンの声が聞こえてくる。

〈私も軍歴は長いです。今までの経緯で、大尉がやろうとしているだいたいのことは分かります。私は大尉を信じています〉

電話は切れた。

ノックの音が聞こえた。ドアを開けると、車椅子に乗ったジョンがいる。

「作戦の成否はあなたにかかっています。よろしく頼みます」

ジョンがジャディスの手を握った。初めて会ったときより、いくぶん力強さを感じる。ジャディスは握り返した。

「ヘリの用意ができています。ホテルの屋上です。デザート・サンド空港でジェット機に乗り換えてください」

ジョンがラスベガスからヘリを呼んだのだ。

「全力を尽くします。ボス」

ジャディスの口から自然と出た言葉だ。


夕方、ジャディスがヘリでホテルを出発するのを見送ってから、ジョンはスチュアートを呼び止めた。二人でジョンの部屋に行った。

「本音を聞かせてほしい。この作戦の成功率はどの程度ですか。あなたは私の義父に当たる方です。何を言われても驚かない」

ジョンはウイスキーグラスをスチュアートに渡しながら聞いた。

スチュアートは長い時間考え込んでいたが、やがて口を開いた。

「きみと一緒にこの計画を立てながらも、正直、無謀だと思った。個人が傭兵を送り込み、小さいながらも一国の政権を転覆させる。さらに、新しい国家を造る手助けをする。明らかに内政干渉だ。その計画にアメリカ合衆国大統領が絡んでいる。マスコミに漏れたら大騒ぎだ。大統領辞任を迫られるのは必至だ」

スチュアートはウイスキーを一口飲んで、グラスをテーブルに置いた。

「しかし実際に大統領に会い、アントニオの話を聞いていると、成功させなければならないと思い始めた。ジャディスも自分の人生を取り戻せるかもしれない。我々だって同じだ。後はただ、各々が全力を尽くすだけだ」

ジョンはスチュアートの言葉を聞きながら考え込んでいる。

「成功の確率は――」

ジョンは顔を上げ、スチュアートを見据えて再度聞いた。

「ゼロだ。いや、限りなくゼロに近い。しかし私は、この作戦の成功に私のすべてをかけるつもりだ。きみもそう言ったはずだ」

スチュアートがジョンを見て言い切った。

二人は窓の前に立って、視線を外に移した。

陽が沈み、月明かりに照らされた砂漠が広がっている。

4

ＦＢＩアカデミーの映像解析訓練室。

アダンはバネッサにウォールでの映像を見せていた。

「最初の発砲はアメリカ側でなく、難民側から始まっているのでは。だったら、アメリカ軍は正当に対応したことになる。コレって、絶対におかしいです。誰も気づかなかったんですか」

「この事件では常に結果が優先してる。キャラバンの避難民が四百名以上死傷した。これは動かしがたい事実よ。アメリカは世界から非難され、大統領の支持率は十五パーセント下がった」

バネッサがディスプレイを覗き込んだまま、アダンに答える。

「これ以上騒ぎが続くと、支持率はさらに下がる。ホワイトハウスはそう判断したんじゃないの。とにかく、早く決着をつけたかった。軍だって同じ。そのために現場指揮官一人を放逐した。不名誉除隊という形でね」

「もし、銃撃の真実が明らかになったら」

バネッサがディスプレイから顔を上げて、アダンに向き合った。

「バカ言わないでよ。すでに結論は出て事件は鎮静化しつつある。いえ、すでに終わっている。これをひっくり返せば大ごとになる。影響が大きすぎる」

「真実が曲げられています。百名以上の人が死に、多くの負傷者が出て、人生が狂わされました。不名誉除隊になった大尉も人生が狂っているはずです。この真実を突き止め、間違いを正すのもＦＢＩの役割じゃないですか」

「なに青臭いこと言ってるの。捜査は軍主導で行われている。地元警察もＦＢＩも口出しできなかった。やはり、ことが大きすぎる。アメリカ政府に世界の目が集まる。世界を相手に戦おうって言うの。我々の一存ではどうにもならない」

「でも、こんな重要な事実が見過ごされていいはずがありません」

「あなたは、軍、つまりアメリカ政府を敵に回すことになる。覚悟はできてるの。それにこんな映像だけじゃ――」

「だったら、先輩はしばらく黙っていてください。その間に僕がキッチリした裏付けを取ります」

「一年近く前の事件よ。あの後、軍では関係者の大幅な人事異動があったと聞いてる。彼らを見つけるだけでも一人じゃムリね」

「やるだけやってみます。先輩に手伝ってくれなんて言いません。ただ、黙っててください」

「勝手にやりなさい。どうなっても、私は知らないからね」

バネッサは大げさに肩をすくめると部屋を出て行った。

アダンは何十回目かの映像を見始め、音声に耳を傾けた。

一時間ほどしてバネッサが戻ってきた。

背後に部長のベントンが立っている。

「どうしても黙ってはいられなかったの。私が話したのは、あくまであなたのため」

「言い訳はいいです。もう一つ、新しいことが分かりました。難民側で発砲したのは一人じゃありません」

「じゃ、二人だというの」

「おそらく十人以上です。銃声と映像で分析しました。まず、M16とカラシニコフで二つに分けました。つまり、アメリカ軍の銃とそれ以外の銃です。カラシニコフも銃によって微妙に音は変わっています。その種類の違う、カラシニコフの発射音が十二」

ベントンがアダンを押し退けて、映像と音を再生した。無言で見ていたが、やがてアダンに向き直った。

「現場で発見されたカラシニコフの銃弾の弾道検査はしているのか」

「問い合わせましたがしていないそうです。でも弾丸の写真は軍で保存しているそうです。すでに送ってもらいました。研修用だって嘘を言って。ＦＢＩの鑑識に同じ銃から発射されているか、確かめるように頼みました」

「結果は出たのか」

「正式な依頼書を出すように言われて、今書いています」

ベントンがデスクの受話器を取った。

「鑑識にまわしてくれ。誰に頼んだ」

送話口を押さえてアダンに聞く。

「ユージンです」

「私はベントンだ。ユージンにつないでくれ」

ベントンはスピーカーホンにして、受話器を戻した。

ユージンが出るとベントンは名前と役職を告げた。ユージンの声色が変わる。

「アダンに頼まれた弾道検査があっただろう」

〈あれですか。百枚以上あります。数日中には――〉

「明日の朝には結果が知りたい。今日は徹夜だな」

返事を待たずにベントンは電話を切った。

「助かります。部長が来てくれてラッキー――」

「そうかな。もし、何も出なかったら、ここからまた、脱落者が一人出るわけだ。いや、二人になるか」

「冗談でしょ。私は聞いたことを報告しただけ」

そう言いながらもバネッサはディスプレイを覗き込んでいる。


テイラー大統領は三十分近くも、執務室の中を歩き回っていた。

ワシントンDCは現在、午後九時だ。コルドバは午後八時、ジョンのいるネバダはまだ午後六時だ。

ネバダの砂漠と、中米のコルドバで、一つの作戦がスタートした。表の世界からは遮断され、アメリカの歴史には残らない戦争だ。今までも幾度となく繰り返されたことだ。ただこれまでと違うのは、戦争の終結と共に新しい国の建設が始まることだ。

「私にできることはないか」

大統領はスマホに向かって呼びかけた。落ち着いた声が返ってくる。

〈バカなことを聞かないでください、大統領。いや、ロバート〉

「確かにそうだな。何もないことに、口出しもできない」

〈そうです。何も起こってはいないのです〉

「私はアメリカ合衆国大統領だ。けっこう、頼りになる存在だと思っている。大統領の地位より遥かに重要なものがあることを私は知っている。きみたちの手ではどうしようもないことが起こったときには言ってくれ」

〈私もあなたの力は知っています。我々の頼みをあなたが断らないことも。しかし、そうならないように全力を尽くします〉

静かな声で言うと、電話は切れた。大統領はしばらくスマホを握っていた。それを胸ポケットに入れると、秘書を呼んだ。十分後には中国との貿易交渉の打ち合わせに入る。

第三章　革命軍

1

ルイスの処刑が一週間後だと連絡を受けた日の夜に、ジャディスはロサンゼルスに戻った。

シャリーに電話しようかと思ったが、止めにした。十万ドルが届いているはずだ。デイジーと話をさせてもらえる前に、質問攻めにあうだろう。

ニックに指示されたホテルはロサンゼルス空港の近くにあった。

ベッドに入ったが、眠れそうにない。ここ数日のことが脳裏を流れた。これから自分がしようとしていることは――。考えれば、さらに目がさえてくる。

ノックの音がする。腕時計は後十分で日付けが変わる。銃を持ってドアの覗き穴から見ると、ジーンズにスニーカー、野球帽を被った若い男が立っている。東洋系の顔だ。中国人か日本人だろう。バドワイザーのビンを半ダースにピザの箱を持っている。

「ニックさんからここだと聞きました。今日中に会っておけって」

若者が明るい声で言う。ジャディスはドアを開けた。

「銃はしまってください。僕はツトム。アメリカ生まれ、アメリカ育ちの日系三世です。ひと月以上、一緒にいない相手にはツトムだけにしてるんです。あなたはジャディス。ウォールの虐殺者ですね。話はニックさんから聞いています」

ツトムは部屋を見回しながら、人なつっこい笑顔で話しかけてくる。一見、二十代にも見える。身のこなしには隙がなく、年齢も見かけよりは上だろう。

「デルタフォースにいたのか」

「なんで分かりました。ニックさんは何も言ってないはずなのに」

「雰囲気だ。昔、友達がいた」

デルタフォースはアメリカ陸軍の特殊部隊だ。一九七七年に対テロ部隊として創設されたといわれる。その存在をアメリカ政府は認めておらず、公式の情報はない。

本部はノースカロライナ州フォートブラッグの陸軍特殊作戦軍団基地にある。年二回選抜訓練が行われ、体力テストや空挺資格をパスしていること以外に、近接戦闘能力、複数の言語能力なども求められる。

民間人に偽装することも多いため、頭髪や服装の自由度は高い。部隊は作戦中隊、支援中隊、通信中隊、飛行小隊に分かれ、原則として四人一組で行動する。

身のこなし、雰囲気など、他の陸軍兵士とは全く違っている。そのことをジャディスはスチュアートから聞いた。

「あなたの副官になるように言われました。後の十九人は気心の知れた奴らです。何度か作戦で一緒でした。腕もいい。安心していいですよ」

「なぜデルタフォースなんだ。ニックからはシールズの方が上だと聞いてる」

「陸軍も海軍も同じようなものでしょう。殺しの集団です。僕はどっちでもよかった」

ツトムがバドワイザーをジャディスに渡した。

中肉中背、人好きのする笑みを浮かべる顔は、どこにでもいる学生のようにも見える。しかし、動きに隙はなく、時折見せる鋭いまなざしは、やはりかなりの修羅場をくぐり抜けてきたのだろうと推測させる。

「デルタフォースを辞めた理由は。優秀だったんだろ」

「給料が今の方が数倍いい。分かるでしょ。それにこれ以上――」

「聞かない方がいいな。お互いに」

ジャディスはテーブルの縁でビンの栓を開け一口飲んだ。テーブルのピザの箱をベッドに移して地図を広げた。

「計画は聞いているか」

「オペレーション・キャラバン。人員の選抜に集中したため詳しく聞く時間がありませんでした。細かい作戦は、あなたに聞けと」

ジャディスはあらましをツトムに話した。おそらく彼も知っていることだ。内容も知らずに、命がけの戦争に参加する奴は信用できない。

「かなりヤバい仕事ですね。もっと詳細を聞いてから返事をすればよかった」

「聞いたら、断ったのか」

「金は倍ほしかったですね。仲間の中には家族持ちもいるんです」

「俺たちのボスは大金持ちで気前もいい。保険もかけてくれてる」

「ニックさんは言ってなかった。抗議しなきゃ。受取人は誰になってるって」

「必ず生きて帰ることだ。相手は独裁国家と世界的な麻薬組織だ。俺たちは二つを潰さなきゃならない。そのためには——」

「二つを戦わせること」

二人が同時に言って、ビールで乾杯した。

「その方法はあるんですか」

「やってみなきゃ分からない」

ジャディスはウォー・ルームについてツトムに話した。軍事から経済、心理学まで、卓越した専門知識と技能を持った者が集まっていること、その中には有能なハッカーがいて、コルドバと麻薬組織ディオスの財務情報を把握していること、リアルタイムのアメリカ軍の衛星画像が手に入ることなども伝えた。

テイラー大統領が関係していることは話さなかった。ここまで大規模な計画だ。感づいてはいるだろうが。

「ボスは破壊と建設をセットで考えている。俺たちが破壊し、ウォー・ルームの専門家集団の計画に基づいて、コルドバ国民が自分たちの手で新しい国家を建設する。国民が難民として逃げ出す必要のない、安全で子供たちに誇れる国家だ」

ジャディスはジョンの言葉を繰り返した。話しているうちに、ボンヤリしていたものが形となって脳裏に浮かんでくる。

二人はビールを飲みながら話した。

突然、ツトムが立ち上がった。

「ゆっくり休んでください。午前五時にA地点に集合です」

ジャディスが時計を見ると、集合まであと二時間だ。

ドアのノブに手をかけたツトムがジャディスを振り返った。

「ジャングル戦の経験はありますか」

「ない」

ジャディスの言葉にツトムが肩をすくめる。

訓練は受けたが実戦の経験はなかった。アフガニスタンやシリアの戦場は、岩場と砂漠だ。シリアでは町に潜むＩＳと戦った。

「ジャングルでの敵は敵兵ばかりではありません。蛇や毒グモ、アリやサソリも簡単に人の命を奪います」

ツトムが淡々とした口調で言う。

「ジャングルで兵士を訓練し、戦場はコルテスの住む首都ラキシだ。市街戦が主となる。軍とまともに戦って、我々革命軍に勝ち目はない。毒蛇の頭を切り取ることだけを考えればいい」

「狙いはコルテス大統領の身柄の拘束。あるいは――。目的は政権交代ですね」

ツトムはジャディスに向かってウインクするとドアを閉めた。

ジャディスが指定された場所に行くと、ツトムと共に普段着を着た十九人の若者がいた。倉庫のような建物で、若者たちは冗談を言い、笑い合っていた。地面に座り込んでいる者もいる。銃器は誰も持っていない。全員がデイパックや米軍のバラックバッグを持ち、ちょっと長めの旅行にでも行く雰囲気だ。

ジャディスに気づいたツトムが立ち上がり、直立不動の姿勢になる。全員がツトムにならった。無駄のない動きは、やはりデルタフォース出身か。

「今回の作戦に参加する二十名、全員集合しました」

「初対面は俺だけか。よろしく頼む」

「イエッサー」

ツトムが姿勢を正し、敬礼した。全員が続く。ジャディスも無意識のうちに返礼していた。

用意されていた大型バスに全員が乗り込んだ。

一時間ほどでビール空軍基地に着くと、プロペラ機が待っていた。もうエンジンがかかっている。軍の中型輸送機だ。

「武器はすでに積んでいます。後は数時間前に話した通りです」

機内にはかなりの数の木箱が積まれていた。

「大尉の迷彩服です。ニックさんがスチュアート大佐から渡すように頼まれたと」

渡されたのはアメリカ陸軍の迷彩服だが、軍関係の徽章は何もない。

ジャディスが着替えると、完全武装の若者たちが輸送機に乗り込んでくる。彼らもアメリカ陸軍の迷彩服を着ている。しかし、弾倉や手榴弾、ナイフを携帯するベストはシールズやデルタフォースなど様々な部隊の装備で、それぞれに使い古したものだ。彼らの歴史が刻まれているのだろう。

「これは？」

ツトムの横には大型のスーツケース二つと、ゴルフバッグのような袋が置かれている。ゴルフバッグの方は狙撃用のライフルだ。

「中米のジャングルに行くんです。着替えは多いほどいい」

スーツケースに目を向けて言う。その目は自由に開けろと言っている。

ジャディスは機内に無造作に積まれている箱のほうに行った。

「M16が百丁。弾丸が三万発です。その他に手榴弾三百個、迫撃砲二十門、バズーカ砲五十門。それぞれに弾薬が付いています。すでに検査は終わっています」

箱の固定を確かめていた兵士が答える。


輸送機は時間通りに離陸した。

一時間ほどでカリフォルニアを出て、メキシコに入る。

眼下にはメキシコの町と砂漠が広がっていたが、すぐに緑のジャングルに変わった。

ジャディスは携帯ＧＰＳと地図を見ていた。

「全員、中米で仕事をしたことがあるようだが、今回はかなり危険なものになる。たった今から戦闘状態に入ると思え」

ジャディスの言葉を全員が真剣な表情で聞いている。集合場所で笑い合っていた陽気な若者の姿はない。オペレーション・キャラバンの危険性は、ツトムから十分に聞かされているのだろう。

「コルドバには直接入らない。国境手前までこの輸送機で行って、ヘリに乗り換える」

ツトムがジャディスと昨夜話し合ったことを伝えた。


昼を過ぎたころ、輸送機は高度を下げ始めた。

眼下には陽に輝く緑のジャングルの中に滑走路が一本走っている。

「去年までは麻薬組織の飛行場だった。今ではある軍事産業が管理している。今日はあそこに寄り道してくれる」

ジャディスが窓から覗きながら言う。

輸送機はジャディスたちと荷物を降ろすと直ぐに離陸して、コロンビアのアメリカ軍基地へ飛び立っていった。

飛行場の端に、古いＣＨ47ヘリが五機待機している。軍から民間に払い下げられ、転売を重ねるうちに元の所属が分からなくなったものだ。ここからはニックが用意した。

兵士たちが大量の荷物を手際よくヘリに積み込んでいく。

「暗くなってからヘリでコルドバに入ります。連絡員との合流地点でヘリを降りてニュー・コルドバのキャンプに向かいます」

ツトムがジャディスの所に来て確認する。


闇の中をヘリは離陸した。

五機のヘリは編隊を組んでコルドバの内陸部に入っていった。低空を飛んでいるので、レーダーには見つからないはずだ。

「全員、暗視ゴーグルをつけろ。今後一切、明かりはつけるな」

闇の中にヘリのローター音だけが不気味に聞こえている。イラクでの作戦がジャディスの脳裏をかすめた。どこからか飛んできたロケット弾で、ヘリの尾翼部が破損して砂漠に墜落した。このとき、ジャディスは負傷した部下を担ぎ、一晩中歩き続け味方と合流した。

「あと五分で目的地点です。積み荷を降ろしたら、直ちに帰還するように命令を受けています」

パイロットの声が聞こえる。ジャディスは頭を振って、意識を集中させた。

降下地点は狭い草地になっている。真ん中に小さな赤色灯が見えた。

「一度では無理だ。一機ずつ降下する」

ジャディスの機が最初に着陸した。ニュー・コルドバの連絡員がかけ寄ってくる。ヘリは兵士と荷物を降ろすとすぐに上昇していく。次にツトムが乗った機が続いた。

「全員集合しました。荷物もトラックに積み込みました」

ツトムが報告に来た。

ジャディスは衛星電話で先発部隊のブライアンにコルドバ到着を告げた。

「これから革命軍のキャンプに向かう。政府軍の中を突っ切るんだ。一台に何かが起これば、もう一台のトラックが全力で援護する」

ジャディスたち二十一人は、二台のトラックに分乗してニュー・コルドバのキャンプに向けて出発した。

「二時間後にはトラックを降りて荷を担いでの歩きだ。キャンプには明け方に着く」

ジャングルの中の道をトラックは走った。

ジャディスたちは途中でトラックをジャングルに隠して、重装備のまま歩いた。

案内人に連れられて丘を上がっていった。明るくなりかけている。丘の頂上から、斜面のくぼ地に三十張りほどのテントが見えた。背後に絶壁がそびえている。

2

キャンプに入ると、兵士に取り囲まれた。革命軍の兵士たちだ。全員が銃口をジャディスとツトムたちに向けている。銃はカラシニコフだ。銃を構えようとするツトムたちをジャディスが制した。

長身の男が兵士たちの前に出て来ると、流暢な英語で話し始めた。

「革命軍ニュー・コルドバの司令官、セバスチャン・ロイドだ」

耳を隠す黒髪、彫り込んだように痩せた顔に濃いひげが印象的な男だ。ジャディスはウォー・ルームで渡されたセバスチャンの経歴を思い出していた。元コルドバ陸軍の大尉だった。アメリカの軍事訓練所で訓練を受けている。

セバスチャンはジャディスに近づくと小声で言った。

「あんたのことはアントニオから聞いてる。気を付けてくれ。ここにいる全員があんたを憎んでいる。俺だって、いい感情は持っていない。それでも今はあんたの力が必要だ」

「俺も友達になりに来たわけじゃない。悪夢から逃れるために来た。目的を果たせば、こんな所に用はない」

「目的はお互い同じということだ」

二人のやり取りをツトムが無言で聞いている。

「キャンプの兵士の数と武器は？」

「革命軍の兵士は九十八名、あんたたちが持ってきた自動小銃が百丁ある」

聞いていた数の約半数だ。ジャディスは口には出さなかった。

「弾薬は？」

「多くはない。だから十分な訓練はできてない」

陽に灼けたＧＩカットの大男が兵士をかき分けてジャディスに近づく。ブライアンだ。

「あんたを待っていました。あんたのことはニックから聞いている。早かったですね」

「早く片付けてここを出たい。歓迎されてないようなんでね」

ブライアンが苦笑いを浮かべてセバスチャンを見た。

キャンプには、百数十人が暮らしていた。兵士とその家族たちだ。全員が痩せ細り、粗末な服装だった。テントの外で煮炊きをやっている。革命軍のキャンプというより、難民キャンプを思わせた。

司令部はキャンプの背後、切り立った崖の下にある洞窟に置かれていた。十メートル四方の洞窟で、武器もここに置かれている。粗末な木のテーブルがあるだけで椅子はない。地面には古びた毛布が敷かれていた。

　ジャディスはブライアンに連れられて司令部に入った。

「訓練は進んでいるか」

「一部の者は優秀です。しかし、彼らの半数は文字が読めず、大部分が英語を話せません。我々の武器を使いこなすのは難しい」

　ジャディスにブライアンが答える。

「アメリカ軍も五十年前は同じようなものだった。ハイテク武器を使える兵士は、今でも少数だ。訓練次第だ」

　言ってはみたが、十分な訓練をする時間はない。

　司令部の外に出ると革命軍の兵士が集まってジャディスを見ている。

「気を付けてください。あんたがウォールの悲劇の指揮官だと知ってる者もいます」

　ブライアンがジャディスの耳元で囁く。

「他に英語で話すことができる者はいるか」

　ジャディスの言葉で、ブライアンが痩せて目つきの鋭い男に視線を向ける。男が持っているのはカラシニコフだ。政府軍から奪ったのだろう。

　ジャディスは男に近づいた。

「おまえの名前は」

「フェルナンデスです」

「革命軍と俺たちとの連絡係をやってくれ」

ジャディスはフェルナンデスの銃を取り、安全装置を入れた。

「安全装置を外すのは戦場だけだ」

「あの野郎、ウォールの虐殺者だ」

ジャディスを見つめていた男がタバコを捨て、銃を持って立ち上がった。まわりの男たちの目がジャディスに集中する。

ツトムたちがジャディスを護るように立ちはだかった。ジャディスはツトムを押しのけ、前に出て男を睨んだ。

「俺の任務はあんたらを訓練することだ。ある人に頼まれて、こんなクソ溜めのようなところに来た。文句がある者は、今言え」

ジャディスはスペイン語で言うと、男たちを見回した。

「今なら好きにしろ。見逃してやる。しかし今後、俺の命令には絶対服従だ」

最前列にいた大男が飛びかかってきた。ジャディスは男をかわすと足を払った。男は頭から地面に転がる。

ジャディスは立ち上がろうとする男の腹を蹴飛ばした。男はエビのように身体を曲げる。

だが、見かけほどダメージはないはずだ。

「おまえたちはクズだ。祖国で食えないから、貧しさを逃れるために国を逃げ出す臆病者だ。誇りはないのか。子供たちのことを考えることはないのか。戦え。戦って自分たちの祖国を取り戻せ」

ジャディスは兵士たちに向かって挑発的に叫んだ。

兵士たちは唇をかみ、こぶしを握り締めて聞いている。隙があれば、ジャディスに飛びかかってきそうだ。

「他に文句のある奴はいないのか」

突然、倒れていた男が立ち上がり、ジャディスに突進してくる。手にはナイフが握られている。ジャディスはナイフをかわし、男の顔面を殴りつけた。鼻血が飛び散る。男が再びジャディスに向かってナイフを構えた。

ジャディスはナイフを突き出す腕をつかんで、肘の関節を自分の腿に叩きつける。男はナイフを落とした。ジャディスは男の身体を地面に倒し、ナイフを拾って男の喉に突き付けた。

「これで終わりだ。次は容赦はしない。喉をかき切る。分かったか」

耳元でスペイン語で言うと、男は小さく頷いた。

ジャディスは男を引き起こして突き放した。

「忘れものだ」

ジャディスは男に向かってナイフを投げた。男の横の木に刺さったナイフが振動している。

いつのまにかジャディスのまわりに何重にも人垣ができていた。

「他にいないか。文句のある奴は前に出ろ」

ジャディスは男たちを見回すが、無言で見ているだけだ。

「一度しか言わない。脳ミソに刻み込んでおけ。アントニオ・チャベス。知ってるだろう。おまえたちの仲間だった。家族は政府軍に拷問によって殺され、彼も右足と右目を失った。右手の指は二本だけ残された。俺はアントニオに、おまえたちの祖国、コルドバを救うように頼まれた」

兵士たちは思いもよらないジャディスの言葉を静まり返って聞いている。

「アントニオが俺に頼んだ。おまえたちの子供が祖国を捨てて、他国に逃げなくていい国を造ってくれと。ここにいる傭兵たちも、おまえたちを手助けするよう頼まれて来た。俺たちにできることは、おまえらを鍛えることだ。麻薬組織のディオスに恐れず立ち向かい、政府軍に打ち勝つように強くすることだ。訓練は苦しいぞ。耐えられそうにない者は今のうちにここを去れ。戦うのはおまえらだ」

ジャディスは集まっている百名あまりの者を見回した。

「子供たちのために、逃げ出さなくてもいい国を造りたい者は声を出せ」

「子供たちのための国を」

数人の者が声を上げた。

「声が小さい。おまえらに、本当にその気があるのか。声を出せ」

兵士たちの数名が声を上げたが、その目には憎しみが満ちている。大部分の者が無言でジャディスを見つめているだけだ。

ジャディスは革命軍の兵士を見回すと、その場を離れた。

「驚きました、スペイン語が話せるんですか」

追ってきたツトムが小声で話しかける。

ジャディスは一枚の紙をツトムに見せると、小さく破って口の中に入れてのみ込む。

「用意していた言葉はあれですべてだ。アントニオが訳してくれた」

「なるほどね。ニックさんがジャディス大尉に従えと言った意味が分かりました」

ツトムの声が少し大きくなった。


夜、ジャディスとツトムのテントにセバスチャンとブライアンが来た。

「ルイス教授の処刑が迫っている。その前に救出する。至急、彼と連絡を取ってくれ。救出には、首都ラキシの地理と収容所に詳しい者も連れて行きたい」

ジャディスは二人に指示した。

「ラキシには連絡員を送り込んでいる。戻り次第、報告する。兵士たちの訓練も急いでくれ。武器はあれで終わりか」

「俺たちは武器の運び屋じゃない。兵士にもっと真剣になれと言え」

セバスチャンの不満を含んだ言葉にブライアンが彼を睨み付ける。

「十分ではないが武器も届いた。使い方を教え、政府軍と戦える兵士に鍛える。我々の敵は政府軍と麻薬組織だ」

ツトムが二人を取り持つように言う。

セバスチャンがジャディスに向き直った。

「俺たちはいつも、大国に踊らされてきた。前政権は中国寄りで、巨額の援助を受けようとしていた。コルテスはアメリカが与えた武器で前政権を倒し、独裁政権を敷いた。それからしばらく、アメリカはコルドバから距離をおいていた。コルテスが中国とロシアに近づき始めると、今度は我々に突然の協力を言い始めて傭兵を送り込んでくる。我々は誰の言葉を信じればいい」

「俺の言葉だ。俺はアメリカとは関係ない」

ジャディスはセバスチャンを見詰めて言い切った。

セバスチャンは一瞬驚いた表情をしたが、頷いた。こういう直接的な言い方をされたのは初めてなのだろう。

四人はキャンプの現状とルイスの救出方法について話し合った。

セバスチャンとブライアンが出て行った後、ジャディスはツトムに聞いた。

「あの二人は反発し合っているのか。ブライアンから何か聞いてないか」

「訓練が思うようにいかないので、焦っているのでしょう」

ツトムが二人をかばうように言う。

「だったら、おまえの力でなんとかしろ」

「あなたがみんなの前で、二人をぶちのめせばすむことです。この国では力がすべてです」

「どっちを先にやればより効果的だ。二人一緒となるときつい」

「セバスチャンはコルテス政権の前にアメリカの軍事訓練所で、半年間の訓練を受けています。米軍の訓練方法は理解しているはずです。だから、余計に焦っているのでしょう」

「どういうことだ」

「アメリカの新兵とコルドバの農民は違うってことです。ここでは、まず英語と、銃の扱い方から教えなきゃならない。彼らは銃を構えて引き金を引けば当たると思っている。銃殺を見なれているからです。狙って撃たなきゃ、当たらないなんてことは考えたこともない。銃は味方に対しても危険だということも」

「真剣さも違うはずだ。職を得るためと、生き残るための差だ」

　ツトムは頷いて、肩をすくめた。


　翌朝、ジャディスはセバスチャンとブライアンの案内でキャンプ内を見て歩いた。

　先発隊として送り込まれた傭兵たちによって、革命軍の兵士が訓練を受けている。射撃、格闘技、装備を担いでの行軍などの戦闘訓練が行われている。特に、銃器の扱い方の説明には時間がとられている。

「現実を知ってもらいたい。幻想を抱かせたくないんでね」

　ジャディスたちは射撃の訓練場に行った。

　ブライアンの言葉通り、銃器の扱いに慣れていない。特に自動小銃を撃つのは初めての者が多かった。政府軍から奪ったカラシニコフはあったが、弾薬が少なく実射の訓練はしていなかったのだ。射撃の反動で弾はほとんど的を外している。

「見た通りです。訓練はあまり進んでいません。半数は食い詰めて革命軍に入ってきた者たちです。元麻薬組織にいた者も、政府軍の兵士だった者もいる。警察に追われている者もいる。彼らを戦える兵士にするためには、数年が必要です」

「十日でやってくれ。ルイスを救出したら、政府軍と本格的な戦闘に入る。長引けば勝機はない。彼らを死なせたくない。生き残らせて、新しい国を見せてやりたい」

ブライアンが眉を吊り上げている。イエスともノーとも取れる表情だ。しかし、やる気は感じられる。

「あんたらは、いつも勝手なことを言う。我々には銃も弾薬も足りない。手持ちの弾薬は訓練で消えてしまう」

セバスチャンがジャディスに向かって言う。

「俺たちには時間がない。兵士たちを集めろ」

ジャディスはセバスチャンとブライアンに向かって、強い口調で言った。

キャンプの広場に兵士たちが集められた。兵士たちは相変わらず敵意のこもった視線をジャディスに向けている。

「おまえたちに話すのは昨日に続き二度目だ。しかし三度目はない」

ジャディスは銃口を兵士たちに向け、挑むような目で見回した。

「この国は貧しい。しかし、おまえたち、国民の心はさらに貧しい。戦うことを拒否し、祖国を捨てる者もいる。おまえたちにも子供たちにも未来はない」

ジャディスは兵士たちに挑戦的な目を向けて言い放った。

「違うか。何か言いたいのなら言ってみろ」

兵士たちは静まり返っている。

セバスチャンが唇をかみしめ、射るような視線をジャディスに向けている。

「自分の子供たちを見ろ。家族に目を向けろ。彼らの生活は、命は、おまえたちにかかっている。自分自身の心に聞け。祖国を逃げ出すか、戦うか。戦って、誇りある国を造るか」

ジャディスは空に向かって銃弾を撃ち尽くすと、銃を兵士たちの前に投げた。


司令部の洞窟で、ジャディスはウォー・ルームで練り上げた今後の戦略を話した。

ジャディスの前には十名あまりの革命軍の部隊長が、地面に敷かれた毛布に座っている。

「政府軍と麻薬組織ディオスを戦わせたい。意見を言ってくれ」

「数と武器では政府軍が上。しかし兵士の戦闘能力はディオスの方が上です。お互い決定的な攻撃を加えないのは、双方が相手の様子をうかがっているからです。相手の戦力を測りかねているのでしょう。最初に大きなダメージを受けた方が駆逐されると」

「おまえらは、どっちに勝機があると考える」

ジャディスの言葉にセバスチャンたちは顔を見合わせている。そういうことは考えたこともなかったのだ。

「ウォー・ルームの分析では、コルテスの政府軍が優勢だ。兵士の数、兵器の数と質は断然勝っている。だが、それだけで判断はできない。戦う者の士気こそが勝敗を決める。コルテスが一気に攻撃を加えないのは、それを知っているからだ」

ツトムとブライアンがわざとらしく頷いている。

「政府軍の下級兵士は大半が金で雇われた兵士だ。上官はコルドバのエリートぞろいだ。下から上がるのは難しい。多くの兵士の士気は低い。ディオスは違う。実績さえ上げれば、組織内の地位は上がり金持ちになれる。どっちの士気が高いかは明白だ」

ジャディスは部隊長一人ひとりに視線を向けていった。

「賭ける奴はいないか、どっちが勝つか。俺はディオスに賭ける」

ジャディスは煽るように言う。

「ディオスだ。彼らは残忍で殺し合いに慣れている」

一人の兵士が拳を突き上げて、叫ぶように言った。そうだ、という声が一斉に続いた。

「本気でディオスが勝つと信じてるんですか」

二人になったとき、ツトムが身体を寄せてくる。

「おまえと同じだ。ここの連中に必要なのは士気の高さだ。自分たちの国を造るという強い意志だ。ああでも言わないと勝機はない」

外からは雑音混じりのラジオの音と共に、兵士たちの笑い声が聞こえてくる。ラテン系民族特有の陽気な声だ。ジャディスはふと思った。こういう状況でも笑うことのできる精神こそ、本当の強さかもしれない。


兵士の訓練は徐々にではあるが進んでいった。

運んできた武器と弾薬で、実弾での射撃訓練が行えるようになった。ジャディスの挑発に近い言葉で、兵士たちの目付きが変わり、なんとか軍隊らしくはなっている。兵士たちはジャディスに対する憎しみで、訓練に耐えている感じさえした。

しかしやはり、寄せ集めの集団に近いことに変わりはない。

「おまえらには、国を逃げ出す勇気がある。俺には、そんな勇気はない。俺はおまえたちから、祖国を護るためにウォールで戦った。次に同じ任務が与えられれば、同じことをする」

ジャディスの挑発は続いた。

「兵士たちから憎しみの声が上がっています。これ以上続くと、どこかで爆発します。そろそろ限界です。挑発は止めてください。俺からもお願いします。続けると、ヤバいことになる。彼らがあんたの命を狙うってことです」

ブライアンが耳元で囁くこともあった。

「おまえらの敵は政府とディオスだ。俺を憎むのと同じように彼らを憎め。彼らを倒して、子供たちが安全で飢えることのない祖国を造れ。他国に逃げ出すことなく、祖国で子供たちに囲まれて幸せな生活を送れ」

ジャディスが挑発を止めることはなかった。


ルイスに関する情報を待つ間、ジャディスは頻繁に訓練の様子を見て歩いた。

司令部前のテントでは、英語を話せる女性によって、英語と銃器の扱い方の訓練が行われていた。

分解した銃を組み立てるのに手間取っている小柄な兵士がいる。

「名前は」

「ジョージだ」

ジャディスが聞くと反抗的な目で見返してくる。

「歳はいくつだ、ジョージ」

「十七だ」

「もう一度聞く。ジョージ、歳はいくつだ」

周りの兵士が二人を見ている。ジャディスの背後にいたフェルナンデスが前に出て、困惑した顔で言う。

「ジョージは十三です」

「こいつを村に帰してやれ。両親が心配している」

「ジョージに親はいません。父親は政府軍に殺され、母親と姉はディオスに連れ去られました。こいつは九歳のときからここで育ってきました」

「だが——戦闘はまだ早すぎる」

ジャディスは困惑しながら言う。

「こいつは銃も撃てるし、戦闘にも出ています」

「まだ子供だ。いずれ足手まといになる。彼のために革命軍が危険に晒されることはごめんだ」

「俺が責任を取ります。だったら文句はないでしょう」

フェルナンデスがジョージの肩を抱いて引き寄せた。

ジョージがジャディスに向けて右手の中指を立てた。

「僕は十歳で銃の撃ち方を習った。ボーイスカウトのサマーキャンプで。教えてくれたのは、退役軍人でした」

ジャディスたちのやりとりを聞いていたツトムが言う。

「おまえらが面倒を見ろ。しつけを含めて」

再び中指を立てるジョージの頭をフェルナンデスが殴った。

やらなければならないことは山ほどあった。ルイス教授の処刑までにあと三日しかない。

しかし、連絡はなかった。

ジャディスは折を見ては、子供たちのために、逃げ出す必要のない新国家建設の必要性を説いた。現地兵たちも徐々に真剣な表情でジャディスの言葉を聞くようになった。


ジャディスは衛星電話でウォー・ルームと連絡を取り合った。

発電機を動かして電力を確保すると、パソコンを立ち上げてウォー・ルームからの情報を入手した。首都ラキシのリアルタイムの映像や政府軍の位置を確認できる。

革命軍の兵士たちはウォールの虐殺者、ジャディスに憎しみを抱きながらも、彼の力を認めざるを得なかった。兵士たちの士気は確実に高まり、訓練の成果も上がった。ジャディスに対する憎しみと対抗意識が彼らの集中力を増していった。ジャディスもそれを意識しているように、兵士たちに厳しく接した。

「ルイス教授との接触はまだか。彼の意志の確認がほしい」

ジャディスは言い続けていたが、その日の夜にやっとルイスの言葉が伝えられた。

「これ以上血は見たくない。自分は無力だ。ルイス教授はそう言ったそうです。彼は戦う意欲をなくしています」

「ルイス教授抜きで新政府は機能するか」

ジャディスはセバスチャンに聞いた。

「難しいと思います。彼はコルドバの父。国民にとって特別な存在です。政府軍の中にも彼の信奉者は多いはずです」

「どうすればいい」

「説得しかありません。しかし、彼は誰とも会わないと言っています。自分の心は決まっていると」

「妻子はいるのか」

「妻のパメラは七年前に死んでいます。彼の娘、ペネロペ・エスコバルはコルドバ大学医学部教授でラキシに住んでいます」

「父親の説得を頼めないか」

「不仲で、ほとんど連絡を取っていないと聞いています。だから、コルテスも彼女に手出しをせず静観しているのです」

「三日後にルイス教授が国民の前で処刑される。なんとしてもそれまでに救出しなければならない」

「収容所の警備は、日を追って厳しくなっています」

「嫌がれば、引きずり出してでも救出する」

ジャディスの言葉に苛立ちが混ざった。

その夜、ジャディスはルイスのファイルを読み直した。

六十七歳。彫りの深い哲学者のような顔、ジャディスに穏やかなまなざしを向けている。どこか包み込むような温かさを感じさせる表情だ。

ルイスはコルドバ大学の政治学、経済学の教授で学長も務めていたが、それ以上に国民には人気があるという言葉にも頷ける。穏健派で、選挙による政治体制を目指していた。


コルドバの首都ラキシ。

町のほぼ中央には建国広場があり、周辺の幹線道路は広場に続いている。コルドバはこの広場から始まったという言い伝えがある。

大統領官邸は広場の奥にある、スペイン風の石造りのどっしりした建物だ。官邸のバルコニーからは建国広場が見渡せる。

ゴメス・コルテス大統領は大統領執務室にいた。

バルコニーに面した側は広いガラス窓だったが、今は出入口を残して大理石の壁になっている。コルテスが大統領になった年に、狙撃を恐れて改築したのだ。

入口の正面、壁寄りに執務机があり、その前にソファーが置かれている。

コルテスの正面にはラミネス・ドーンが座っていた。

「この国で作られるケシは地下組織の工場で精製されてアメリカに運ばれています。それを仕切っているのがホセ・モレーノが率いる麻薬組織ディオスです。ディオスを倒せば、中南米の麻薬組織を支配できます」

ラミネスは自信を持って言い切った。

この男は二年前から軍事アドバイザー、コルテスの側近として政権に入っている。

「数年前は政府軍と麻薬組織ディオスの勢力は拮抗していました。しかし、私が来てからは、政府軍がディオスに圧勝している。単に武力で勝るのではなく、合理的な戦略を使い始めたからです。だがまだ、ディオスはコルドバの三分の一を制圧している」

コルテスはラミネスに視線を向けた。

「あんたの言葉は正しかった」

この男を雇ったのは正解だった。彼の言葉に従って動いてきた。難民の扱い、麻薬組織ディオスへの対応。

しかし、この男は何者なのだ。得体の知れないところがある。単にヨーロッパから逃れてきた、テロリストではあるまい。

「あと半年もあれば、ディオスをこの国から消し去ることができる」

「甘く見ると火傷します。これからが勝負です。相手も必死になるはずです。この国には窮《きゅう》鼠《そ》猫を噛むという諺はありますかな」

ラミネスが流暢なスペイン語で言う。かといって、スペイン人とは思えない。英語で電話をしているのを聞いたことがあるが、流暢だが母国語ではない。

履歴書を求めたが、そんなものが必要なら辞めると言われた。ただ、政治、軍事アドバイザーとしての能力は秀でていた。二年間助言に従ううちに、周辺諸国の中では群を抜いて軍事力と発言力を持つようになった。

「ディオスの麻薬精製所のいくつかは残しておいた方がいい。税収が少なく、それも安定的でない場合は、簡単で確かな収入源になります」

さらに、とラミネスが続ける。

「麻薬はいつかアメリカを滅ぼす。現在の五倍、十倍の量のコカインをアメリカに流せば、中毒患者が増え、国内に混乱をもたらす。国力は必ず落ちる」

ラミネスは、その代わり、と続けた。

「工場の一つを譲り受けたい」

「俺の軍事アドバイザーを辞めて、麻薬取引に乗り出すつもりか」

「アメリカに対抗する、強力な足掛かりになります。アメリカ自体を麻薬中毒にしてやる」

ラミネスが吐き捨てるように言う。アメリカに対して、よほど強い憎しみを抱いているのだろう。

「それには俺も大賛成だ。コルドバで生産して、アメリカに流し込む。あんたがディオスを引き継げばいい」

「それには、無傷の麻薬精製所を残しておかなければ。流通組織も必要です」

ラミネスがデスクの地図に目を落とした。

3

ジャディスはウォー・ルームに頼み、ルイスの娘ペネロペの情報を取り寄せた。

ペネロペは三十二歳。コルドバ大学医学部の教授で、外科医でもある。国連を通して難民救済活動にも力を注いでいる。国民の健康、教育に関しても、病院や学校の設立に尽力して、父親同様に国民的人気が高い。独裁者コルテスが、彼女に手を出さないのはそのためでもあるのだろう。

短く刈り込んだ髪に知的なまなざし。頑固そうな口元はルイスに似ている。

ジャディスはセバスチャンのところに行った。

「彼女にニュー・コルドバの意向は伝えたか。父親の説得だ」

「連絡を取ろうとしているが、彼女が拒否している。政治闘争には巻き込まれたくないと」

ウォー・ルームからの情報だと、ペネロペは祖国と国民しか頭にない父のせいで、母が貧困と失意の中で死んだと考えている。もう何年も父には会っていない。

「訓練は順調か」

ジャディスはセバスチャンに聞いた。

「あんたが来てから、キャンプの雰囲気が変わった。優秀な兵士が育つと信じている」

「今日、俺はキャンプを空ける」

「今が重要なときだ。部下たちは、あんたに希望を感じ始めている」

「憎しみじゃないのか」

セバスチャンは一瞬困惑の表情を見せたが、穏やかに言った。

「それでも彼らは変わっている。自分が変われば国も変わると思い始めた」

「ラキシに行って、ペネロペに会う。ルイス教授を説得するよう頼んでみる」

「危険すぎる。ラキシは政府軍で溢れている。あんたが行く必要はない」

「ルイス教授が共に立つことがこの作戦で最も重要だ。そのためには、俺が行くほかない」

「あんたは、まだこの国がどれほど危険か分かっていない。あんたが死ねばこの計画も消えてしまう」

「行かなければ、同じことだ。ルイス教授なしでは作戦は失敗する」

「では、護衛をつけてくれ。人選は俺がする」

「目立ちたくない。できる限り少人数にしてくれ」

ジャディスはセバスチャンに、ラキシに行く準備を急ぐよう指示した。

三十分後、セバスチャンがフェルナンデスを伴ってきた。

「彼はラキシで働いていたこともある。今も、ラキシの仲間と連絡を取り合っている。護衛としても最適だ」

「ラキシに行くのであれば、明るいうちです。昼間は兵士と警官で溢れていますが、陽が沈むと町は人っ子一人いなくなります。警官でさえ、危険で歩けない。軍の完全武装の車両だけがパトロールしています」

フェルナンデスが地図を指しながら説明する。

「ペネロペとはどこで会う」

「彼女の行きつけのレストランがあります。大学の帰りに寄って、お茶を飲んで帰ります」

「優雅な生活だな」

「彼女なりの政府へのレジスタンスであり、国民に対するアピールでしょう。自分はこういう状況の中でも、自分の生活を守るという」

「ルイス教授と共通するところがあるのに、ルイス教授とは不仲なのか」

「親子の関係、特に父親と娘の間には、我々には理解できない感情があるんでしょう」

フェルナンデスが表情を変えず淡々とした口調で言う。この男は優秀だが、どこか人を寄せ付けないところがある。よほどひどい地獄を見てきたのか。

ジャディスの脳裏にデイジーの姿がよぎった。最後に会ったのはいつだったか。初めは父親の姿を見ると、駆け寄って飛びついてきた。それがいつしか、母親の背後に隠れ困惑した眼差しを向けてくるようになった。

「我々にはルイス教授が必要だ。ルイス教授には娘のペネロペが必要だ」

ジャディスは確信を込めて言った。


熱気が全身を包んでいる。歩みと共に汗が噴き出てくる。

ジャングルのキャンプを出発して五時間近く歩き続けていた。ジャングルを出るとラキシに続く幹線道路を歩いた。舗装された道と乾いた赤土がむき出しになっている道が交互に続いている。車が砂埃を上げて走っていく。

フェルナンデスがそのうちの一台を止めて、全員で荷台に乗った。

ラキシに入る手前でトラックを降りた。軍による検問があるという。

歩き始めると道路の片側に、スラムが広がっていた。骨組みにトタンや木切れを打ち付けただけの粗末な家々がひしめき合っている。

スラムの端にはゴミの集積場があった。ラキシから運ばれてくるゴミが丘のように積まれている。半裸の子供たちがゴミの山から、金属片やプラスチックを漁っていた。風に乗ってスラム特有の食べ物の腐った、すえた臭いが漂ってくる。

「急ぎましょう」

立ち止まって見ているジャディスを、緊張した顔のフェルナンデスが促した。こういう風景をアメリカ人であるジャディスに見られたくないのだ。自国の裏の姿を恥じているのは間違いない。

一時間ほど歩くと、ラキシに入った。

町に入ると、フェルナンデスの表情も和らいだ。人々が行き交い、市場も人が多い。

「本来は豊かな国です」ジョンの言葉がジャディスの脳裏によみがえってくる。「私たちはそれを生かす手伝いをする」彼は強い意志を込めて言った。

首都ラキシの人口は約四十万人、国民の一割が住んでいる。

町の中心に建国広場があり、その周りに議事堂をはじめ政府の建物と大統領官邸がある。ラキシの幹線道路は、建国広場から郊外に向かって放射状に延びている。

町には商業施設や市場が多数あり、市民で賑わっていた。

大統領官邸の裏には軍の施設が並んでいる。反政府軍や麻薬組織のテロから官邸を護り、ただちに反撃ができるように政府軍が常駐している。

町を行き交う市民の間に、完全武装の政府軍の兵士が目立った。

「人が多いな。メキシコの町と変わらない。町は安全なのか」

ジャディスはフェルナンデスに聞いた。

「一日、家にこもっているわけにもいきません。しかし顔をよく見てください。あなたの国の者とは違うでしょう」

ジャディスはそれとなく辺りを見回した。確かにどの顔にも生気がない。

「恐怖と貧困に国民は疲れ切っている。それでも生きていかなければならない」

「ペネロペは安全なのか。ルイスの娘だ」

「だから誰も手を出せません。危うい状況なのは確かですが」

話しながらもフェルナンデスは絶えず周辺に気を配っている。

さりげなく辺りに目を配ると、市民に交ざってキャンプで見た顔の男もいる。傭兵も二人いた。セバスチャンが護衛につけたのだ。

「ペネロペは几帳面な性格です。何ごともなければ、夕方のこの時間は大学近くのこの辺りにいます。帰宅前の息抜きといったところでしょう」

フェルナンデスが立ち止まった。レストラン前に出したテーブルで、女性がお茶を飲みながら本を読んでいる。耳が出るほどの短い黒髪、彫りの深い顔のスレンダーな女性だ。

「ペネロペです。どうします。一緒に行きましょうか」

「一人で行く。大学教授で医者だ。英語は話せるだろう」

「気を付けてください。まわりは政府軍の兵士だらけです」

ジャディスは上着の前を開けた。武器は持っていないと示したのだ。二人の様子を政府軍の兵士が見ている。

ジャディスはペネロペの隣に座った。

「あまりしつこいと大声を出すわよ」

「俺はあんたとは初対面のはずだ」

「革命軍の人でしょ。ここ数日、何度も接触してきてる。私は父にも政治にも興味がないと言ったはず」

「父上を救出したくないのか。俺たちは力になれる。これは、あんたの興味とは関係ない」

「だったら、放っておいて。声なんてかけてこないで。革命軍の者が接触してくる。この国では何を意味するか分かるでしょ」

「父上はコルドバ国民に慕われてる。誇りに思ってもいい。なぜ、会うのを嫌がる」

「あなたには関係ないこと。私は自分の生活を護りたいだけ」

「そうすればいい。しかし、コルドバ国民にチャンスをくれ。父親とは思わず、ルイス教授と話す機会をつくってほしい」

ジャディスはペネロペの顔を覗き込んだ。ペネロペは視線を外して唇をかんだ。

しばらく何かを考えていたが、やがて口を開いた。

「私と母に父はいなかった。あの人は自分の道を歩んでいる。これからも勝手にやればいい。私は彼とは関わりたくない」

「父上は偉大な人だ。あんたは、誇りに思うべきだ」

ペネロペがジャディスに強い視線を向けた。顔には怒りとも思える表情が浮かんでいる。

一瞬、言葉を選ぶように深く息を吸い、吐いた。

「母と私はいつも二人だった。あの人は大学を辞めてからは、たまに現れると母から金を取っていくだけ。大学にいるときも、家にいるより他に泊ることが多かった。母はいくつも仕事を掛け持ちして、必死に私を育てた。そのため身体を壊し、貧困と失意のうちに死んだ。母の葬式にさえ、あの人は来なかった。今さら、私に何をしろと言うの」

「ルイス教授を説得してほしい。コルドバの国民はあなたを待っていると」

「バカを言わないで。私も国民の一人。私は彼など待ってはいない」

「ルイス教授が二日後に処刑される」

ペネロペの動きが止まった。懸命に冷静に振る舞おうとしているが、動揺は隠せない。

「私には関係のないこと。もう一度言う。二度と私の前に現れないで。行かないと大声を出すわよ」

ペネロペはきっぱりとした口調で言い切った。

そのとき、一人の男がレストランから走り出てきた。ひげ面の男で、ベルトには――。

ジャディスは無意識のうちにペネロペを押し倒し、彼女に覆いかぶさった。

全身に強い衝撃を受けた。ペネロペを抱えたまま、爆風で道路の上を転がっていく。

テーブルや椅子、割れたグラスや皿がジャディスにぶつかってくる。ペネロペの身体を抱いたまま道路に伏せていた。

泣き叫ぶ少女の声が聞こえる。声の方を見ると、路上に少女が座り込んで泣いている。その前に女性が倒れていた。母親だろう。

ジャディスはペネロペに車の陰に行くように言うと、少女の方に走った。血まみれになった少女を抱えるとペネロペのもとに戻った。

激しいブレーキ音がして、大型バンが止まった。ドアが開き、自動小銃を持った集団が飛び出してくる。政府軍兵士と逃げ惑う人々に向かって、見境なく撃ち始めた。

「ディオスだ。彼らがレストランを爆破して、銃撃している」

ジャディスは何とか立ち上がった。腕が重い。見ると腕に鉄片が刺さっている。血管を傷つけていないことを確かめて鉄片を抜いた。

「やめて」

ペネロペの悲鳴のような声が聞こえた。ディオスの男が、ペネロペが抱きかかえる少女を撃つと、ペネロペの腕をつかんで連れて行こうとしている。

ジャディスは辺りを見回した。倒れている政府軍の兵士の手から拳銃を取ると、男に向けた。

「彼女から手を離せ。すぐに政府軍が来る」

男はペネロペを突き放すと、ジャディスに銃を向けた。銃声が響き、男が倒れる。

別の通りからも銃声が聞こえ始め、銃撃が激しくなった。怒鳴り合う声も聞こえてくる。

駆け付けた政府軍がディオスの男たちと銃撃戦を始めたのだ。男たちを射殺し、無差別に市民を捕らえ、逃げようとする市民に発砲し始めた。

「こっちよ。あなたは政府軍に捕まると死刑にされる。国民の前でね。あなた、ウォールの虐殺者でしょ」

ペネロペがジャディスの腕をつかんで走り出した。

表通りから横道に入った。しばらく走ると、静かな住宅街に出た。

一軒の家の前に立ち止まった。

「私の家よ。早く入って。見つかると私にまで迷惑がかかる」

ジャディスは引っ張られるように家の中に入った。

「服を脱いで。傷の手当てをする」

「大した傷じゃない。キャンプに帰ってから——」

「あなたは医者じゃないでしょ。私は医者なの」

クローゼットから医療セットを出してきた。

「ちゃんと治療した方がいい。治りが早いから。今は便利なテープがある」

手早く消毒して、傷口を縫合テープでとめた。

「あんたは大丈夫か」

ペネロペの服が血に染まっている。

「私の血じゃない。あの女の子の血。あの子は私の代わりに死んだ」

「違う。ディオスの奴らが殺したんだ。忘れるな。これがこの国の現実だ」

「私に何をしろと言うの。私は無力よ。あの少女すら護れなかった」

「あんたも見ただろう。ディオスも政府軍も国民を捕まえ虐殺する」

ペネロペが人差し指を口に当て、静かにするよう合図した。

家の前を兵士が乗った数台の軍用トラックが通りすぎていく。

「父上は、こういう事態をなくそうとしている。コルドバを愛している。祖国を良い国にしようとしていた。あんたは会うだけでいい」

「彼とはもう何年も会っていないと言ったでしょ。通じ合うものなどない」

「今日の悲劇を繰り返すな。あの少女の死を無駄にするつもりか」

唇をかみしめていたペネロペの頬を一筋の涙が伝った。しばらく黙り込んでいたペネロペが口を開いた。

「会うだけ。私は彼に何も望まない。話すこともない」

遠くで銃声が聞こえている。

その合間に、悲鳴に似た叫びが混じった。

4

「入った。僕は大金持ちだ。ボスに負けないかもしれない」

ウォー・ルームにビリーの声が響き渡る。

周囲にいた者が寄ってきて、ディスプレイを覗き込む。

「これがパシフィックバンクの超高額預金者か。世界中に公表してやりたいね。パニックが起こるぞ」

ディスプレイには口座番号と共に個人名と口座の預金額が表示されている。

「やったな。さすがＦＢＩの要注意人物の一人だ」

連絡を受けたジョンとスチュアートが来て、ディスプレイを覗き込んだ。

ビリーはゴメス・コルテスの名前を打ち込んでいく。十以上の列が並ぶが、桁違いの金額が一つある。コルテスの隠し口座に違いなかった。

ビリーがスイスにあるパシフィックバンクのハッキングに成功したのだ。

「世界有数のセキュリティと言っても、ビリーに破られる程度か」

スチュアートが皮肉を込めて言う。

「僕一人だったら半年はかかってる。三カ月で成功したのは、ｅテックの全面協力があったからだ。ジョンがハードもソフトも何でも提供してくれた。プログラマーのアドバイスも少しは受けたが、ほぼ自力でやった」

ビリーが珍しく真顔でジョンに頭を下げた。

「移動させるのはコルテスの口座だけだ。送金先はコルドバの新口座。全員で見張ってるからな」

スチュアートがビリーの肩に手を置いて、ディスプレイを覗き込んでくる。

「分かってるよ。僕の信用度はゼロなんだな」

「自分の罪状と逮捕歴を考えろ。足跡を残すなよ」

「それも分かってる。同じ過ちは二度と繰り返さない」

FBIにハッキングしたとき、二時間後には家を捜査官に囲まれた。過去にビリーに出し抜かれたFBIは、ビリーのミスを待ち構えていた。侵入経路がたどられたのだ。

「コルテスの個人口座に七十五億ドル。ホセは三十八億ドル。二人とも貯め込みすぎだ。総額百十三億ドルを新口座に振り込む」

ビリーはケイマン諸島のロイヤルカリビアン銀行に、三日前に侵入していた。そこには麻薬組織ディオスの頭領ホセの裏金の口座があった。

「これが新政府の経済基盤になる。コルドバ規模の国家だと二年間の国家予算にもなる」

「政権が交代すれば、この金で復興計画が始まる。ただちに、援助企業を募ってくれ。コルドバの国民にも十分に雇用機会のある企業だ」

「国連の援助も申請する。問題はいつ現在の政府を倒し、新政府ができるかだ。国民の手によって」

　ビリーの背後で様々な声が上がっている。

「さあ、指先にほんの少し力を入れれば、コルテスは無一文に、コルドバは金持ちになる」

　ビリーの言葉でディスプレイ上の数字が一瞬で消えた。

「彼らの口座を空にした。ちょっとした足跡も残しておいた。コルテスとホセのね。これで彼らはお互いに相手を疑い、対立はますます激しさを増す。明日にでも戦闘が起こるぞ。どちらが勝っても、我々の敵は一つになる」

「次の段階に入ったことをジャディスに報せてください」

　ジョンの声にも嬉しさが滲んでいる。

「なんだ、浮かない顔をして。こういう時は素直に喜んだら」

　ビリーがスチュアートに向かって言う。

「本物の戦争はこんなものじゃない。現場での流血だ。多くの血が流れ、人が苦しみ、傷ついて死んでいく。軍人としての経験から来る不安だ」

そのとき、ニックから声が上がった。

「全員、中央スクリーンに注目しろ。コルドバの首都ラキシで爆発があった。銃撃も始まっている。テロの疑いがある。至急、ジャディスに連絡を取れ」

中央スクリーンの中ほどに赤い炎が見える。

「映像を拡大してください。詳しい状況を知りたい」

ジョンの指示でスクリーンの炎の部分が拡大されていく。部屋中の者が崩れて炎を上げる建物を見ている。

「もっと映像をシャープにしろ。これでは何も確認できん」

「爆破されたのはレストランです。ラキシで何が起こってる」

「諸君、静かにしてくれ。国防総省の友人と電話が通じた」

スチュアートが黙るように合図した。時折頷きながら聞いていたが、礼を言って電話を切った。

「コルドバの大統領官邸近くのレストランが爆破された。爆破したのは、麻薬組織のディオスだろうという話だ。政府軍とディオスとの銃撃戦も起きている。市民の死傷者が多数出ている。それに伴い、政府軍がラキシに戒厳令を敷く可能性が指摘されている」

「ディオスが爆弾を仕掛けたのであれば、僕たちがホセの金を移したことに対する報復か。

ホセはコルテスがケイマン諸島の銀行から金を盗んだと思っている」

　ビリーがうわずった声を上げた。

「計画通りだ。コルドバ政府とディオスの対立はますます激しくなる。我々にとっては好都合だ」

「ジャディスと連絡が取れない。彼はペネロペに会いにラキシに行ってるはずだ」

　ニックが衛星電話を耳にあてたまま叫んだ。着信しているが電話には出ないらしい。

「ジャディスが行方不明だ。何とか連絡が取れないか」

「ジャディスに警護はついてないのか。ラキシに何人か行ってるはずだ。何とか交信して捜し出せ」

「政府軍はラキシの出入り口を封鎖して、ディオスのメンバーを捕らえています」

　様々な声が飛び交い始めた。自分の専門分野から情報を集めようとしているのだ。

「ジャディスからだ。静かにしろ」

　ニックが大声を出して、衛星電話をスピーカーホンにしてテーブルに置いた。

〈俺はペネロペと一緒だ。彼女はルイス教授を説得することを承諾してくれた〉

　会うだけだと言ったでしょ、という女性の声が聞こえる。

「無事なのか。レストランが爆破された」

〈間一髪だった。町中政府軍の兵士だらけだ。目の前の通りにも、軍のトラックが行き来している。ルイス教授に会いに行く。最新の政治犯収容所の図面がいる。警備態勢の詳細も必要だ。他にできる限りの情報を集めてほしい〉

「国防総省、CIA、その他の機関に要請している。届き次第、転送する」

〈他にも何か分かれば連絡してくれ〉

ジャディスからの電話は切れた。

「コルドバからは以上だ。各自、自分の仕事に戻れ」

ジョンの声が響いた。再びウォー・ルームに静けさが戻った。

アントニオの衛星電話が鳴り始めた。

電話を切ったアントニオの顔が青ざめている。部屋中の視線が彼に向かった。

「革命軍の司令官セバスチャンからです。ルイス教授の処刑が、一日早まりました。明日の昼です。今日の爆破事件で慌てたのでしょう」

「至急、ジャディスに報せろ。奴なら何とかする」

スチュアートが衛星電話を取った。

5

ＦＢＩアカデミーではアダンとバネッサが額を突き合わせていた。

二人でディスプレイを見始めて、すでに三時間がすぎている。

アダンは、アメリカ側で最初に発砲したアメリカ兵を特定しようとしていた。

「この銃撃戦で最初に発砲したのは、メキシコ側のこの車からだ。銃器はカラシニコフ。世界中のゲリラとテロリストの多くが使っている銃です。中東のゲリラもです」

「じゃ、イスラム系のテロ組織が関係しているというの」

「あらゆる可能性を調べたいんです。中央アメリカでも反米の国はカラシニコフを使っています。キューバ、コルドバもそうです」

「コルドバの政府軍もそうなのね」

「最初の発砲とほぼ同時にアメリカ側の兵士も撃っています。それからは交戦状態です。催涙弾も発射されている。メキシコ側からは発煙筒も焚かれている」

「なんてことなの。これじゃ戦闘じゃない。軍はいったい何を調べたの。これだけおかしなことが起こっているというのに」

バネッサはため息をつきながらも、ディスプレイに見入っている。

「これって実際に放送されたものなの」

「テレビ局からのオリジナルです。実況中継以外のニュースでは、編集されていると思います。時系列も変えてあるかもしれません」

「編集には、当然、政府や軍の意向も入ってるってことね。マスコミなんてどうにでもなる」

バネッサはディスプレイから身体を離した。大きく伸びをするとアダンに向き直った。

「軍は自らの失態を隠そうとした。そのためには早急に事件の収束を図り、国民の目を逸らせるのがいちばん」

「それがジャディス大尉の軍からの放逐ですか」

「大統領の願いでもあったはず。言葉には出していないでしょうが」

「大統領を取り巻く者たちの忖度ですか」

「それだけじゃない。無言の圧力がすべての方面にかかっていたはず。大統領、政府、もちろん軍からもね。そのため、警察、ＦＢＩは弾き出された。いや、土俵にも上がっていなかった」

バネッサは考えながら慎重に話した。

「そして、いつの間にか終結宣言が出ていた。彼らの計画は成功したわけね。なにも知らない、新米特別捜査官が偶然録画映像を見なければ」

「早期の幕引きが優先か。たしかに当時は、世界中からバッシングを受けてましたから」

「それにしても、いい加減すぎる。これは殺人事件よ。それも大量殺人事件。犯罪捜査が必要。殺人犯を発見し逮捕するのが目的のね。警察かＦＢＩの領域よ」

　バネッサは今度は強い口調で言い切った。

「この交戦は仕組まれたものです。メキシコ側からの発砲も多い。それも広域からの銃撃だ。まるで戦闘状態をつくり上げている。これじゃ、アメリカ軍が撃ちまくったのも分かります。死傷者が大量に出てもおかしくはない」

「メキシコ側の車の男、持っているのは自動小銃、カラシニコフにまちがいない」

　アダンがキーボードを叩いた。隣のモニターにアメリカ軍の迷彩服の男が現れた。壁の手前に積まれた土嚢の背後から、銃を出して撃っている。

「このラテン系の兵士が、アメリカ側の最初の発砲者です」

　アダンはディスプレイの男を大写しににし、画像をクリアにして印刷した。

「当然、軍も把握してるはずね。でも、そんなことは欠片も発表していない」

「押し寄せるキャラバンに危険を感じて軍が応戦した。公表されたのは指揮官の名前だけです。ジャディス・グリーン大尉」

「ラテン系兵士を特定して。会って、何が起こったのか調べるのよ」

　アダンは国防総省にウォールに派遣された守備隊を問い合わせた。フォートルイス基地第一軍団。ジャディス大尉の指揮のもとに、約五百名が派遣されている。写真の一等兵はすぐに分かった。

リカルド・セルサ一等兵。ネバダ出身で両親はメキシコからの移民。ウォールの悲劇のひと月後、陸軍を辞めている。精神的不安定により軍務に耐えられないというのが除隊理由だ。事件後、何組かのマスコミに取材を受けたという。そのことも影響しているのだろう。

「リカルドに会って、あのとき何が起こったか聞く必要があります」

アダンはリカルドの写真とデータを見ながら言った。

「どこに住んでるの、彼は」

「現在はニューヨークです。今たてば、今日中に会えますよ」

「仕方ないわね。私も付き合う」

ドアに歩き始めたアダンにバネッサが声をかける。

「バッジと銃を忘れないでよ。研修中だけど、あなたはFBI特別捜査官なんだから」

アダンは慌ててデスクの書類の下から拳銃ケースを探し出すと腰につけた。

二人はスタッフォードから電車でニューヨークに向かった。

リカルドの住所はブルックリン区の一画。犯罪多発地域だ。通りのいたる所に、黒人の男たちが所在なげにたむろしている。

「なんで気がつかなかったんだ。こんなに臭ってる。前はもっとひどかったはずだ」

「このあたりの部屋は、どこもこんなもんだ。家賃は毎月、キッチリ払ってくれてるからね。珍しく、銀行口座からの引き落としだ」

アパートの管理人が平然と言った。

二人は遺体の捜査を警官に任せて、ニューヨーク市警に行った。証拠品となりそうなものが、部屋から市警の刑事たちに持っていかれたからだ。

「リカルドのクレジットカードの履歴を調べて」

「そのつもりです」

アダンは後で使えそうなものを片っ端からスマホで撮っている。その写真をＦＢＩのパソコンに送った。

二人がＦＢＩに戻ったのは日付の変わる十分前だった。

部屋に入りパソコンを立ち上げると、撮った写真のすべてを開いた。

リカルドの銀行預金の記録はすぐに分かった。部長のベントンの名を使って調べさせたのだ。

「一年前に一万ドルと二万ドルが振り込まれています。ちょうどウォールの悲劇の前日と翌日です。家賃はここから引き落とされています」

「何があったの。この男に」

バネッサがパソコンのリカルドの写真を見つめている。軍服姿で笑っている一等兵だ。

テイラー大統領は何度目かのグレイトを呟いた。

〈コルテス大統領の個人資産を奪いました。コルドバの再建資金として新口座に移していま
す〉

「金額は十分なのか」

〈麻薬組織のホセから移行した分と合わせて総額百十三億ドルです〉

大統領は口笛を吹いた。

「私の数千倍の大金持ちだとはね。我が国も大統領の給料をもっと考えるべきだ。かと言って、コルドバの大統領になりたいとは思わないがね」

〈いくら貯め込んでも、死ぬときには持っていけませんよ。残せば、争いのもとです。この金は有効に使います〉

「君が言うと実感がある。だが、コルドバの再建には十分とは思えないが」

〈一国の再建です。十分すぎる資金などというものはありません。しかし、我々には財務担当もいますし、企業誘致のプロもいます。もちろん、アメリカ政府からも強力な経済援助が

得られると信じていますから〉

「アメリカ合衆国大統領が全面協力を約束する」

〈心強い限りです。我々も適当な時期にコルドバ新政府の名のもとに、復興計画を世界に向けて発表します。そのときは、協力体制のリーダーをお願いします〉

「ジャディス大尉は無事コルドバに入国して、計画を進めているのか」

〈現在は次期大統領として予定しているルイス・エスコバル教授の救出作戦で、首都ラキシに潜入しています〉

「数時間前にラキシのレストランが爆破されたが大丈夫か。町は混乱していると報告があった」

〈ルイス教授の娘の家にかくまわれています。我々が政治犯収容所の情報を送り次第、ルイス教授救出作戦が開始されます〉

「もどかしいな。世界最強の軍隊を動かせる立場でありながら、きみたちの力に頼らなければならないとは」

〈それが政治です。この作戦は完全に秘密裏に行われています。あくまでコルドバ国民の意志と力によるクーデターです。アメリカ大統領の名は、絶対に出してはなりません〉

「分かっている。きみたちには感謝している。コルドバの全国民も感謝することになる」

大きくため息をつくと大統領はスマホを切った。

しばらく庭を眺めていた。

「急いでください。フランス大使が待っております。ＥＵ関係の資料をお忘れにならないように」

ノックと同時に入ってきた補佐官が言った。

第四章　父と娘

1

陽が沈んで一時間がすぎていた。すでに外は闇が広がっている。

ジャディスはペネロペの家に隠れていた。

ウォー・ルームから政治犯収容所に関する情報が、ジャディスのスマホに送られている。収容所の見取り図、衛星からの赤外線写真も入っていた。赤い影が熱を持った物体、ここでは人間だ。ラキシはインターネットが使えるので、衛星電話がなくてもメールで情報を入手できる。

明日の昼、ルイスが処刑されるとツトムから連絡があったのは二時間前だ。予定より一日早い。ディオスによるレストラン爆破が影響したのだ。

ジャディスはツトムに衛星電話をかけた。

「見張りは二十五人だ。前に聞いたときより人数が減っている。爆破事件でそっちに人員を取られているのだろう。ルイス教授を救出するのは今しかない」

〈今夜というのは早すぎます。これから兵を集め、そちらに向かうと――〉

「俺の警護は何人いた」

ジャディスはツトムの言葉を遮って聞いた。

〈五人です。フェルナンデスを入れて〉

「彼らと連絡が取れないか。爆破事件で彼らとはぐれた」

〈仲間の家に避難しています。あなたの無事は知らせています。少し落ち着いてから、キャンプに戻ってくると〉

「ルイス教授の救出作戦を今夜、決行する。収容所の見取り図、警護態勢の詳細は、ウォー・ルームから送ってもらった。ルイス教授の娘ペネロペも俺と一緒だ」

〈確かに、今夜しかないですね。レストラン爆破でラキシは政府軍で溢れてるでしょう。こんな日に収容所が襲われるなんて、誰も思いません。至急、フェルナンデスと連絡を取ります。三十分後に連絡します〉

衛星電話を切ると、外から野犬の吠え声が聞こえてくる。それに混じり、男の怒鳴り声、悲鳴のような女の声も聞こえる。時折銃声が響いた。ラキシは無法地帯になっている。

遠くで爆発音が聞こえ、突然部屋が暗くなった。停電だ。

窓からのぞくと、通りも闇に包まれている。

「発電所が爆破されたか、送電系が破壊された。よくあることよ」

ペネロペの声と共にぼんやり明るくなった。ロウソクを持ったペネロペが立っている。

二人でロウソクの火を見ながら、ペネロペが作ったサンドイッチを食べてツトムからの連絡を待った。

時間通りにツトムから電話があり、場所を告げた。

〈フェルナンデスが部下を四人連れて、政治犯収容所の裏の酒場《デスティーノ》にいます。装備も用意しています。合流してください〉

「〈デスティーノ〉という酒場を知ってるか」

「有名よ。これから起こることに、まさにうってつけの名前ね」

ペネロペが皮肉を込めて言う。スペイン語で「運命」の意味だ。

ジャディスはペネロペを連れて家を出た。

町は静まり返っている。数時間前にはレストランが爆破され、町中で銃撃戦が繰り広げられた。町には政府軍のパトロール車が行き交い、通りの角には二人一組の政府軍の兵士が立っている。

戒厳令は出ていないが、外出は控えるようにとテレビとラジオで四六時中流している。

ペネロペが突然立ち止まった。ジャディスを壁に押し付けて顔を近づける。温かい息がかかり唇が触れ合う。

数人の兵士が歩いてくる。二人に気が付いたが、舌を鳴らしただけで通りすぎて行った。

「勘違いしないでね。私は面倒が嫌いなの。この状況で深夜、アメリカ人が出歩いていると、間違いなく連行される。一緒にいる私もよ」

身体を離すと淡々とした口調で言う。

二人はツトムに指定された酒場〈デスティーノ〉に行った。

こんな日にもかかわらず、店には十人ほどの客がいた。その中に、フェルナンデスと二人の革命軍の兵士がデイパックを持って待っていた。

「あと二人、傭兵はどうした」

「収容所入口の見張り二人は倒して、その二人の代わりに残してきました。建物内部には入れます。内部の状況は、あなたから聞くように言われています」

スマホを出して、ウォー・ルームから送られてきている収容所内部の見取り図と見張りの位置情報をフェルナンデスたちに見せた。

フェルナンデスがジャディスに拳銃と予備弾倉を渡した。

街の明かりは消えているが、自家発電で収容所の明かりは半数がついている。

ジャディスはペネロペを連れて、フェルナンデスたちと収容所に入っていった。

　薄暗い収容所内を進んでいった。ホテルを改造した政治犯収容施設の内部は、かなり複雑になっている。迷路のような造りは、脱走と襲撃を防ぐためか。

「ルイス教授のいる階の看守は三人だ」

　ジャディスはスマホの画面を確かめて言った。

「警備兵が市内の警備に駆り出されてさらに減っている。変電所が爆破されたので、これ以上の被害は出したくないんだ。俺たちにはラッキーだ」

　収容所は静まり返っていた。陽が沈んでから物音を立てると、翌日の朝食はなしだ。収容所から釈放された男の話だと、セバスチャンが言っていた。

　迷路のような通路を進んでいった。途中でフェルナンデスと部下が五人の看守を倒した。

　ドアに突き当たった。元の建物にはなかっただろう鉄製のドアだ。

　ドアの覗き穴から見ると通路にテーブルと椅子を並べ、二人の兵士がトランプをしている。

「頭を下げて。もっと肩の力を抜いてください。チャンスは一度きりです」

　フェルナンデスが二人に見えるようにジャディスに銃を突きつけ、ドアを叩いた。

「このアメリカ人を奥の独房に入れる。ドアを開けてくれ」

「そんな命令は受けていない」

「この騒ぎだ。命令が遅れてる。トランプなんかしていられるのは、おまえらだけだ」

小柄な兵士が立ち上がって覗くとドアを開けた。

ジャディスは拳銃を出すと同時に発砲する。消音器を付けた拳銃のにぶい音が響いた。

二人の看守は床とテーブルの上に倒れ込んだ。

「この奥にルイス教授が捕らわれている。絶対に音を立てるな」

奥に続く通路の両側に独房が並んでいる。重要政治犯が入る独房だ。

「ルイス教授の独房はいちばん奥だ」

ジャディスたちは突き当たりまで進んだ。

看守から奪った鍵でドアを開けると、ルイスがベッドに横たわっていた。半年間の拘束で体力はかなり落ちているはずだ。動けない事態を想定して、部下を連れてきたのだ。

薄暗い部屋だったが、ルイスを見たペネロペが息をのむのが分かった。ジャディスはライトでルイスの顔を照らした。赤黒く腫れ、唇と目じりが切れて血が固まっている。予想の範囲内だったが、ペネロペにはかなりのショックなはずだ。

ルイスはペネロペを見て、すぐに娘だと分かったようだ。

「私はこの人たちに頼まれて、あなたの説得に来た。でも、何と言っていいか分からない。あなたの好きにしていい。私はもうあなたとは関係ない」

「新しい国を造ることが、国民のためになる。おまえや母親のためになると信じていた。だから——」

「自分の家族を護れない者が国と国民を護れるはずがない」

ルイスの言葉が乱れ黙り込むと、ペネロペが低いが強い口調で言う。

「おまえの言う通りだ。私は誰も護れなかった。しかし、私は国民とおまえたちを心から愛している。これだけは本当だ」

「ママは死んでしまった。あなたが殺したようなもの」

薄暗い光の中でルイスの頬が光っている。涙を流しているのだ。

「話は後でしてくれ。娘の話は聞いただろ。俺たちがあんたを救出する。革命軍のキャンプに連れて行くから、あんたは新しい国造りに励んでくれ」

ジャディスは話しながらルイスを立たせようとした。ルイスの足には力が入っていない。

「急ぎましょう。気付かれないうちに」

フェルナンデスがルイスの身体を支えて立たせた。

「私が逃げると、仲間が殺される。私の代わりに」

「じゃ、あなたも一緒に死ねばいい」

ペネロペがルイスを睨んだ。

「状況を考えろ。あんた一人を連れて逃げるのさえ危険なんだ。あんたの仲間は何人だ」

「五人だ。きみらは新しい国造りも考えていると言った。それが本気なら、彼らは必ず必要になる」

「いい加減にしてくれ。どうしろと言うんだ」

「お願いだ。彼らも連れて行ってくれ」

「——独房のカギを開けろ。全員を連れて行く」

ジャディスは押し殺した声を出した。

「本気ですか。ルイス教授一人でさえ難しいんです」

フェルナンデスがもう一度ルイスに視線を移した。軽く息を吐くと、テーブルの鍵を取って他の独房を開けていった。

「音を立てるな。見つかると殺される」

ジャディスたちは他の政治犯たちを連れて収容所を脱出した。全員が六十代後半の政治犯で、ルイス同様かなり体力が落ちている。

収容所を出ると中型トラックが待っていた。フェルナンデスが用意した車だ。

ルイスを含め政治犯六名をトラックの荷台に押し上げた。彼らは自力で上がることさえできない。

トラックはジャディスたちが乗り込むと同時に走り出した。

明かりの消えたラキシの通りを猛スピードで走った。町のいたるところに軍用車が止まり、完全武装の政府軍の兵士が銃を構えてパトロールしている。トラックはその間を縫うように走り、時折ホーンを鳴らして政府軍の兵士を慌てさせた。

町はずれに近づいたとき、トラックのスピードが落ちた。

「ここまでだ。この先に検問所ができている。ジャングルまでは走って十分ってところだ。爺さんたちがいるから一時間は見ておいた方がいい」

トラックが止まり、降りてきた若い男が言う。

フェルナンデスが金を払うと、トラックはラキシの市内に戻っていった。

ジャディスたちはジャングルを目指して歩き始めた。

ルイスと政治犯たちは疲れ切っていたが、必死に歩いている。一時間以上かけてジャングルに着いた。山を一つ越えればキャンプに戻ることができる。だが政治犯たちは体力的にかなりまいっている。

フェルナンデスを先頭に立てて、ジャングルに入っていった。

コルテス大統領は大統領官邸、執務室の机に向かっていた。その前のソファーにラミネスが座っている。二人の間に三人の軍司令官が立っていた。

ふっと息を吐いた。ディオスのレストラン爆破の捜索はまだ続いている。

現在までにディオスの戦闘員を四十九名射殺し、九名を捕まえている。逮捕者が少ないのは、抵抗すれば射殺しろと命令を出してあるからだ。

政府軍と警察の死者も合わせて三十三名いる。

「一般人の死者三十七名、負傷者は百名以上。すべては麻薬組織ディオスによるものだ。明日は世界に向けて、ディオスの撲滅を宣言する」

コルテスが司令官たちに告げると、ラミネスが付け加えた。

「革命軍が一部のテロに関係していることにしてはどうです」

「そうしよう。ルイスの処刑の理由にできる。これで、革命軍の士気も落ちる」

そのとき、ノックの音と共に連絡将校が入ってきた。

一瞬、司令官たちを見て視線をコルテスに移す。

コルテスが頷くと話し始めた。

「ルイスが逃亡しました。他の政治犯たちも一緒です」

兵士が状況を説明した。

コルテスの顔がゆがみ、連絡将校に近づくと殴り付けた。倒れた将校は口から血を流し、顔は恐怖で蒼白になっている。

「収容所の兵士たちは何をしてたんだ」

「全員、殺されていました。半数以上がディオスの鎮圧に駆り出されていました」

コルテスは動きを止めて部屋にいる者たちを見つめた。ラミネスに目を留めると、納得できないという顔をした。

「ディオスはルイスなどに興味はないはずです。革命軍が収容所に忍び込み、監視の兵士を殺害して、ルイスを助け出した可能性があります」

「現在の革命軍にはそんな力はないはずです」

司令官の一人が震える声で答える。

ラミネスが連絡将校に手を貸して立たせた。

「他に誰がルイスを必要とする。ルイスが必要だから収容所を襲った。収容所の兵士は撃たれたのか。銃声を聞けば騒ぎが起きるはずだ」

「ナイフで心臓を一突きか、首の骨を折られています。銃が使われたのは数名です。おそらく消音器をつけています」

連絡将校が震える声で答える。

「プロの仕業だ。正式に訓練を受けた者が収容所に忍び込み、ルイスを連れ去った。革命軍は農民か浮浪者の集まりのはずだ。革命軍だとすれば――」

ラミネスの言葉にコルテスは考え込んでいる。

「セバスチャンだ。あいつはアメリカで軍事訓練を受けている。俺が目をかけてやったが、脱走して革命軍を組織した。必ず捕まえて八つ裂きにしてやる」

コルテスは呟くと、気を取り直したように顔を上げた。

「あいつはルイスを利用する気だ。連れ戻せ。明日の処刑には間に合わせろ」

「手は打っています」

ラミネスはコルテスに言うと、連絡将校に視線を移した。

「現在、準備中です。町には兵士が溢れています。検問所を通ったという報告はありません。ジャングルに向かっているのでしょう。ただちに追跡に向かいます」

「ルイスにジャングルを越える力が残っているとはな。他の政治犯も連れている。すぐに追いつけるはずだ。急ぐんだ」

コルテスの言葉に、司令官たちは慌てて部屋を出て行く。

ここ数週間のルイスの衰えは著しかった。ラミネスの言葉に従い、さっさと処刑するべきだった。ルイスの処刑を政治利用しようとした自分のミスか。

コルテスはテーブルを蹴りつけた。革命軍はルイスを救い出してどうしようというのだ。

今まで感じたことのない、重苦しい不安が湧き上がってくる。不安を振り払うようにコルテスはもう一度、テーブルを蹴った。

　その様子をラミネスが冷めた目で見ている。

2

　ジャングルに入って、すでに二時間近く歩き続けていた。

　ペネロペは父親のルイスに肩を貸している。ルイスも必死に歩こうとしていたが、歩みは目に見えて落ちている。

　ジャディスは衛星電話でウォー・ルームに連絡を取った。彼らはジャディスに埋め込んだチップによって位置をつかんでいるはずだ。

「このまま進んで異常はないか確かめてくれ」

〈コースはあっている。しかし、政府軍が追ってきている。もう少し詳しく調べる。十分後に連絡する〉

「もう歩けない。俺たちを置いていってくれ」

　数人の政治犯が木の根元に座り込んだ。

「十分の休憩だ。休憩が終わったら、出発する。全員、死ぬ気で歩け。それでも歩けない者には全員で力を貸してやる。俺たちアメリカ陸軍の兵士は誰も置いていかない。必ず全員連れて帰る」

無意識の内に、俺たちアメリカ陸軍の兵士という言葉を使っていた。

ペネロペが座り込んでしきりに足元を気にしている。

「見せてみろ」

「放っておいて」

ジャディスは嫌がるペネロペの足首をつかんだ。スニーカーの底が剝がれかかり、のぞいた親指がすれて血が滲んでいる。ジャングルの山道と岩場をルイスを助けながら歩いたので、靴に負荷がかかりすぎた。

「足の治療をしろ。医者なんだろ」

ペネロペはカバンからテープを出して傷口に貼った。

ジャディスはナイロン製の結束バンドで、靴の二カ所を縛って靴底を固定した。

「しばらくはもつ。注意して歩け」

十分後にウォー・ルームから電話があった。

〈敵が追ってきている。約二十名だ。あと三十分で追いつかれる〉

スチュアートの声だ。

「早すぎる。なぜ彼らは追ってくる。痕跡は残さないようにしている」

ジャディスはあたりを見回した。鬱蒼としたジャングルが続いているだけだ。

「衛星で見ているということはないか。ロシアか中国の手を借りて」

〈現在、コルドバ上空にいる衛星は我々のものだけだ〉

「ドローンは飛んでないか。上空を探せ」

〈微弱だが電波が出てる。連れてきた者たちの持ち物を調べろ〉

ジャディスはフェルナンデスに救出した政治犯の身体検査をさせたが何も出ない。全員が十年以上前からお互いの顔を知り合っている。不審者はいないという。

いちばん年輩に見える男が腕時計をしていた。他の者は政府軍の兵士に取られたという。

「これは私が大学を退官したときに妻がくれたものだ。妻は去年死んだ。形見なんだ。捕まったときに取られたが、わけを話すと返してくれた」

ジャディスは腕時計を進行方向とは直角の谷に向かって投げた。

「彼らはそんなに甘くはない。発信機を仕掛けられた。急ぐんだ。追っ手が迫っている」

ジャディスは先を急がせた。

一時間ほど歩いたが政府軍の姿は見えない。再度ウォー・ルームに衛星電話をかけた。

「追跡はまだ続いているか」

〈一度はコースをそれたが、近づいている。もっと急げないか〉

「無理だ。こっちは老人が多い。長期拘束で体力も落ち、歩くのがやっとの者もいる。このままではキャンプまで行き着けない」

〈何とかしろ。このまま衛星で追いかける。情報は伝える〉

スチュアートからの通信が切れた。

「急がせてくれ。敵はまだ追ってきている。よほど優秀な斥候がいるんだ」

「我々が遅すぎるんです。全員を連れて山越えは無理です。ルイス教授もかなり弱っています」

フェルナンデスがジャディスに声を潜めて言う。彼もかなり焦っている。政府軍が近づいているのを感じているのだ。

「やはり、政治犯全員を連れての脱出は無理だったんです。ルイス教授一人なら、私が背負います」

「弱音は俺にだけ吐け。他の者には悟られるな。俺は全員を連れてキャンプに帰ると約束した」

ジャディスは出発を命令した。

ルイスが立ち上がろうとしてよろけた。その身体をペネロペが支える。

「このまま進む」

フェルナンデスを先頭にジャディスたちはジャングルを進んでいった。


コルテス大統領は、軍の通信室にいた。

十分とは言えないが、アメリカに対抗する国からの軍事技術援助で、最新の通信機器がそろっている。これもラミネスが、彼の人脈を生かして導入したものだ。

「ここがルイスのいる地点です。ラキシの西のジャングルに入ったところです」

若い中尉が指さした。パソコンのディスプレイ上に赤い輝点が点滅している。その地点に政治犯の一人がいるはずだ。

「追跡部隊にルイスたちの位置を知らせろ。ルイスは生きて捕らえるんだ。国民の前で、今回のテロの首謀者として処刑したい」

〈政治犯の腕時計を発見。彼らは発信機に気付いて、捨てたようです〉

スピーカーから声が聞こえる。

「あたりを調べろ。近くにいるはずだ。ルイスと政治犯たちはかなり弱っている。長時間は歩けない。必ずルイスを連れ戻すんだ」

コルテスが声を荒らげた。しかしすでに逃亡から十時間近くがすぎている。

「無線は切るな。北と西を調べろ。通った跡が残っていないか。彼らは十名以上いるはずだ。必ず痕跡を残している」

　ラミネスが冷静な声でマイクに呼びかける。

〈急げ。遠くはないはずだ。足跡、折れている枝はないか。注意しろ〉

　追跡部隊の声が慌ただしさを増した。

〈ルイスたちの通った跡を発見しました。あとを追います〉

　通信が切れた。コルテスたちは固唾をのんでディスプレイ上の輝点を見ていた。発信機付きの腕時計を持った追跡部隊が動き始めた。ジャングルの奥に向かっている。

　二十分後、スピーカーから声が流れる。

〈革命軍を発見しました。あと一時間でルイスたちに追いつけます。待ってください。彼らの動きが速くなっています。追跡に気付いてピッチを上げている〉

「急ぐんだ。必ずルイスを連れ戻せ。他の奴らは殺してもかまわん」

　コルテスはマイクに向かって怒鳴った。

　スピーカーからは荒い息遣いが聞こえてくる。

〈ルイスたちはまだ我々に気付いていないようです。通信を切ります〉

　声と共に通信が切れた。

コルテスは椅子に座り込んだ。レストランの爆破以来、まともに寝ていない。目を閉じれば、そのまま眠ってしまいそうだ。

「しばらく休んだらどうです。ここには私がいます」

「そうしよう。連絡が入ったら、知らせてくれ」

コルテスはラミネスに言い残すと通信室を出た。


ウォー・ルームでは、ジョン以下全員が衛星から送られてくる映像に見入っていた。

ジャングルの中をジャディスの発信機が出す輝点が動いていく。その後を追う集団が政府軍だ。その距離は目に見えて狭まっていく。

「何とか救出できませんか。このままではすぐに追いつかれます」

ジョンの口から無意識の内に声がもれた。

「追跡している政府軍は約二十名。こちらは六名の政治犯と女性一人。戦闘員はジャディスを入れて六名です」

「逃げ切れてもキャンプの位置が知られる。どこかで敵を迎え撃つべきだ」

「全滅するだけだ。ジャディスの報告を聞いただろ。政治犯六名を置いて逃げるしかない」

まわりから上がる声に対して、ニックが衛星画像を見ながら言う。

「キャンプから救出部隊を送ることはできませんか」

「どんなに急いでも四時間かかります。あと三十分後には追いつかれて戦闘が始まります」

時折上がる声に誰かが答える。

部屋の緊張がさらに高まった。

「コルドバ近海に空母〈ハリー・S・トルーマン〉が航行している。救出ヘリなら二十分で到着できる」

パソコンを操作していたビリーが顔を上げて大声を出した。

「空母の指揮系統を私のパソコンに送ってくれ」

スチュアートがビリーに叫ぶと、自分の部屋に急いだ。


ドアを閉めると、スチュアートは数秒考えた後、国防総省に電話した。

海軍作戦本部を呼び出す。海将クラスは何人か知っているが、何を聞くにしても必ず理由を尋ねられる。

数年前に国防総省に勤務したときの秘書を呼び出した。簡単な挨拶の後、これはここだけの話にしてほしいと前置きして話し始めた。

「緊急事態なんだ。どこかのバカがコルドバに迷い込んで、政府軍に追われている。全員アメリカ市民だ。外交ルートを通していては時間がない。空母のヘリに救出を要請したいが、領空を侵犯することになる。すべての手続きをパスしてヘリを飛ばして救出するには、どうすればいい」

〈意図的な領空侵犯となると艦長命令では難しいです。大統領命令しかありません。しかし、大統領も簡単には許可できません。後で議会から追及される危険があります〉

ノックと共にジョンが入ってきた。スチュアートは礼を言って電話を切った。

「予定外の航路に空母のヘリを飛ばすには大統領の命令がいる」

「そう思ったから私が来ました」

ジョンがスマホを出した。


空母〈ハリー・S・トルーマン〉は、コルドバの西方海上五十キロ地点を航行していた。

艦橋のレーダーには陸地がくっきりと映っている。

ドルトン艦長は先ほどから頷きながら、イエスを繰り返していた。

「直ちに救出ヘリを送り、民間人を救出しろ。これは最高機密作戦だ。目標地点は――」

受話器を置いた艦長が副艦長に指示した。

「領空侵犯に当たります」

「可能な限り戦闘は避けること。だが、攻撃を受けた場合は反撃を許可する。急いでくれとのことだ」

空母から三機の救出ヘリが離艦した。

民間人十三名を救出するためにコルドバに向かったのだ。

ジャディスたちが尾根に出たところで銃声が轟いた。

前を歩いていた革命軍の兵士が、弾かれるように後ろに倒れた。胸から血を流している。

「敵だ。全員伏せろ」

ジャディスは叫んで身体を低くした。倒れた兵士の首に手をやると、すでに脈がない。

「敵に発見された。政治犯たちを先に行かせる。三名は彼らに付き添ってくれ。残りの一名は俺と敵を食い止める。その間に何とかキャンプに戻れ。ここから北に――」

ジャディスの言葉が終わらない内に銃撃が始まった。ジャディスたちは尾根から後退して、木々の背後に身を隠した。まわりの葉が銃弾を受けて鋭い音を響かせている。

衛星電話が鳴り始めた。

〈救出ヘリを送った。君たちの位置は把握している。二十分で到着する。それまで持ちこたえろ〉

スチュアートの声が聞こえる。

〈近くにヘリが着陸できる場所はないか〉

「尾根の東側に窪地があります。そこまで移動します。ヘリが確認できれば発煙筒をたきます」

〈了解した。ヘリにはそう伝える〉

「私も戦う」

ペネロペが、死んだ革命軍兵士の銃に腕を伸ばした。足が滑る。ジャディスが腕をつかみ、滑り落ちる身体を支えた。

足元を見ると靴が脱げかけ、素足が見えている。靴底を留めていた結束バンドが一本しか残っていない。

ジャディスは兵士の遺体から靴をぬがしてペネロペに渡した。

「少し大きいが履けないことはない」

「いやよ。彼に返してあげて」

「彼が履くように言ってる。彼のためにもあんたは生き残るんだ」

ペネロペは一瞬戸惑った表情をしたが、靴を受け取って履いた。

フェルナンデスたちも、迫ってくる政府軍に向けて銃撃を始めている。

「見ろ。十時の方向だ」

フェルナンデスが声を上げた。

海の方を見ると、三機のヘリが近づいてくる。

「救出ヘリだ。ルイス教授たちをくぼ地に連れて行け。発煙筒をたいてヘリを誘導しろ」

ジャディスはフェルナンデスに指示すると、大地を這うように身体を低くして、尾根に近づいていった。

政府軍の姿が見え始めた。自動小銃を撃ちながら山を登ってくる。ジャディスは手榴弾を投げた。爆発音が轟き、木々を裂き土砂が舞い上がる。一瞬、銃撃が弱まったが、さらに激しさを増して迫ってくる。

ジャディスの数メートル横で激しい爆発が起こった。身体が爆風で飛ばされ、背後の木に叩きつけられる。ロケット砲だ。敵はRPGを持っている。

横には腹が血に染まった革命軍の兵士が倒れていた。ジャディスに気付くとわずかに顔をゆがめた。まだ意識はある。ジャディスは兵士の手を傷口に持っていき、押さえて止血するよう言った。

発煙筒の赤い煙が上がった。フェルナンデスがくぼ地に着いてヘリに合図を送っている。

ジャディスの背後で爆発音が響き、土煙が舞い上がる。迫撃砲か。政府軍がくぼ地に向かっている。その中にRPGを持った兵士もいる。ヘリの着陸を阻止する気だ。

ジャディスは立ち上がり、政府軍に向かって銃を連射した。

一機のヘリが近づき、急速に高度を下げてくる。機関砲の連射音が轟いた。政府軍に向けて、一斉掃射とミサイル攻撃が始まった。

銃弾が大地と木々を砕き、ミサイルの着弾で炎と煙が辺りを覆った。

政府軍の部隊は総崩れになっていく。ヘリが攻撃してくるとは思ってもみなかったのだ。

「ヘリが着陸する。ルイス教授たちを乗せろ」

フェルナンデスの声でペネロペに支えられたルイスと政治犯たちが、着陸したヘリに引き上げられている。

「急いでくれ。敵が迫っている」

ヘリから降りた海軍の兵士が銃を構えて大声を出している。

「仲間を連れて帰る」

ジャディスは腹を撃たれた革命軍の兵士を背負いあげると、部下に遺体の回収を命じた。

その間もヘリの射撃手は政府軍に向けて撃ち続ける。

ジャディスたちは死傷者を担いでヘリに向かって走った。

全員が乗り込むとヘリは離陸し、急速に高度を上げていく。下を見ると政府軍の兵士がへリに向けて自動小銃を撃っている。

「これから空母に戻ります」

パイロットが前方に目を向けたまま怒鳴るように言う。

「俺が指示する所で降ろしてくれ」

ジャディスは操縦席の背後に行き、ヘリの飛行コースと着陸地点を指示した。

「我々は領空侵犯をしています。そのうえ、危険地帯に戻ると言うのですか。そういう命令は受けていません。問い合わせます」

パイロットが無線機に手を伸ばした。

「面倒なことは止めよう」

ジャディスが拳銃をパイロットに向ける。

「他の機にも、ついてくるように言ってくれ。きみたちはアメリカ国民を救出し、希望する地点に送り届けた。それで任務完了だ。空母にはすでに連絡がいっている。問題があれば、俺に銃で脅されて従ったと言ってくれ」

パイロットはジャディスに視線を向けたが、無言で無線機から手を離した。

ジャディスは拳銃を下ろした。

二十分ほどでキャンプが見え始めた。ジャディスはキャンプ近くの空き地に着陸するように指示した。

ヘリは高度を下げていく。空き地には革命軍のメンバーたちが集まっている。セバスチャンとツトムの姿も見えた。

ヘリが着陸すると同時に兵士たちが駆け寄ってくる。

ルイスがペネロペに支えられてヘリを降りた。

迎える兵士たちの間に歓声が上がった。ヘリのパイロットとクルーたちが驚いた顔で見ている。

ジャディスはフェルナンデスたちが負傷者と遺体を降ろしたのを見届けてから、彼らのところに行った。

「救出に礼を言う。きみたちの勇気と適切な判断は称賛に値する」

「グッドラック、ウォールの虐殺者」

突然パイロットが姿勢を正し、ジャディスに向かって敬礼した。クルーたちもパイロットにならっている。彼らは状況を悟ったのだろう。

ジャディスは無意識のうちに返礼をしていた。

ペネロペと兵士に支えられたルイスと政治犯たちは、歓声に迎えられてキャンプに入った。

すぐにルイスは兵士たちに囲まれた。付き添っているペネロペが、戸惑いに満ちた顔で父親と兵士たちを見ている。

「あんたの父親は国民に愛され、慕われている」

兵士の輪の中から出てきたペネロペにジャディスが言う。

「家族には憎まれていた。あの人の頭には家族なんてなかった」

「母親がそう言ったのか」

ペネロペは答えず、兵士たちの中のルイスに視線を向けた。

「あんたの母親は彼を信じ、理解していたのかもしれない。その母親に育てられ、あんたは立派に成長した」

「これからどうするの。私の役割は終わった」

「ルイス教授を中心に、新しい国を造る。国民が逃げ出す必要のない国だ」

ジャディスは戸惑った表情のペネロペを見すえて言った。

夜、ジャディスはセバスチャンとツトムを司令部のテントに呼んだ。

「政府軍はここから二十キロ地点まで我々を追ってきた。彼らはルイス教授を救出したのは革命軍だと気づいている。今ごろは、キャンプを探しているはずだ」

「フェルナンデスによると、ヘリは海の方向からピックアップ地点へ飛んできた。あんた方を救出した後、海の方に飛行している。その後、大きく回り込んでキャンプに戻ってきた。ここの発見はすぐには無理だ」

セバスチャンは地図上にヘリの航路を示しながら言った。

「俺がヘリの飛行コースを指示した。だが予想以上にコルテスは用心深く狡猾だ。政治犯の一人に追跡装置を仕掛けて、ジャングルまで追ってきた」

「今夜から、見張りを倍に増やす」

「準備ができ次第、キャンプを移動しよう。いずれここは政府軍に見つかる」

テントの外では木々の間からもれる月の光の下で、ルイスたちの歓迎会が行われていた。ルイスの横ではペネロペが複雑な表情で父親を見ている。

夜、全員が疲れ切って眠っていた。

ペネロペが両膝を抱えて座っている。視線の先には毛布をかぶった父親の姿があった。彼もおそらくは眠っていない。

ジャディスはペネロペの膝に服を置いた。

「着替えた方がいい。こっちの方が動きやすい。近くキャンプを移動する。ジャングルを歩くことになる」

「また、遺体から取ってきたの」

「新兵用のものだ。サイズも合ってる。古着だが清潔だ。靴は自分で取ってこい」

「靴下を履けばちょうどいい」

ペネロペが低い声で言った。

ジャングルの静寂の中に動物の声が混ざる。星明かりがぼんやりと広場を照らしている。

その薄闇に百人あまりの兵士と家族が眠っている。

コルテス大統領は大きく息を吐いた。

仮眠をとるつもりでソファーに横になったが、とても眠れそうにない。

部下の一人は置いておくべきだった。話し相手にならなくても、怒りを向ける対象にはなっただろう。執務室に戻ると部下全員を追い出したのだ。

受話器に手を伸ばしかけたとき、通信室にいた将校が入ってきた。

「追跡部隊との通信が途絶えました」

「無線機の故障か」

「最後に聞こえたのは〈ヘリが来た〉という声です。その後、銃声と共に無線は切れました」

コルテスの動きが止まって、視線は将校に集中した。

「革命軍はヘリなど持っていない。聞き間違いではないのか」

「分かりません。私はそう聞きました。確かに――」

将校の声は震えている。

「ラミネスは」

「通信室におられます。私にヘリのことを大統領に伝えるようにと」

コルテスは立ち上がると、部屋を出て通信室に向かった。将校が慌てて追ってくる。

通信室は混乱していた。ラミネスが背後に立ち腕を組んで見ている。

「ルイスたちを追い詰めたのではなかったのか。後はルイス以外の者を皆殺しにして、ルイスを連れ戻す」

「ヘリが現れ、銃声の後、通信が途絶えました」

「麻薬組織の奴らがヘリを使って――。いや、奴らにそんな力はない。他国の軍隊、やはりアメリカ軍が――」

コルテスはラミネスに視線を向けた。

「腰抜けのテイラーに領空侵犯など指示できるはずがない。ヘリがどこに着陸したか、調べるよう命じています」

ラミネスが落ち着いた声で言った。

「ルイスを連れ戻せ。必ず生きて連れ戻すんだ。俺が国民の前で引き裂いて、吊るしてやる。俺に逆らう者たちへの見せしめだ」

コルテスは叫ぶように言うと、大きなため息をついた。

「ルイス以外の者は一掃しろ。全員殺せ」

「それは分かっていますが……」

「追跡部隊との通信を回復させろ。急がせるんだ」

コルテスは椅子に座り込んだ。背後にはラミネスが立っている。

3

アダンの前にはFBI副長官のダグラスがいた。

バネッサが目でアダンにしきりに合図している。彼の質問には正直に、丁寧に答えるようにと。

「ウォールを護っていた部隊の指揮官は誰だ」

「ジャディス・グリーン陸軍大尉です」

「現在はどこの所属だ」

「事件の後、除隊しています。いや、除隊させられたのでしょう。不名誉除隊です。ウォールの虐殺者として騒がれましたから。部下にも負傷者が出ています」

軍は何かを隠しているか、もしくは驚くほどに無能です。アダンはかろうじて、この言葉をのみ込んだ。

「今はどこにいる」

「捜していますが不明です。一時はテキサスの建設現場で働いていたんですが、半年前に辞めています。その後の消息は不明です」

「捜し出せ。彼と会って直接話を聞きたい」

「すでに軍が取り調べているはずです。この事件の捜査権は地元警察から軍に移っています。調書はMPが保管しているのでは」

「我々FBIは、彼に会ってもいない。真実を知ることは重要だ。あの事件では多くの犠牲者が出て、我が国は世界から非難され、叩かれた。大統領の支持率も大幅に落ちた。今でも影響を引きずっている。半年後には中間選挙もある。大統領は再選を願っておられる。公式発表と違った結果が出れば、影響も大きい。すぐにかかれ」

ダグラスがアダンとバネッサに向かって言う。

「ただし、極秘にだ。今になって事件をほじくり返して何も出なかったら、FBIが笑いものになる。分かったな」

ダグラスは念を押すと、二人を睨むように見て出て行った。

「ジャディス大尉は妻子持ちだったでしょ。妻はシャリー、娘はデイジー。陸軍の記録にはそう出てる。二人の行方は分かってるの」

「ジャディスは事件後、しばらくして離婚しています」

「だからといって、もう関係ないってことはないでしょ。ジャディスは娘のデイジーを特別に可愛がっていたとある」

「元妻のシャリーはカリフォルニアの実家に帰っています。現在の住所はサンフランシスコの――」

アダンはメモ帳をバネッサに見せた。

バネッサはパソコンに向き直り、サンフランシスコ行きのフライトを調べ始めた。

アダンとバネッサはダレス国際空港に行って、昼前の便でサンフランシスコに飛んだ。

「現在、シャリーは母親の家に住んでいます。娘のデイジーは四歳になります。親権はシャリーが持っています。ジャディスは月に一度会っています。シャリーとジャディスが知り合ったのは――」

アダンは急遽調べたジャディスの元妻、シャリーの資料をバネッサに伝えた。

六時間後、二人はサンフランシスコ空港に降りた。時差の関係で午後三時になったばかりだ。

空港でレンタカーを借りて、シャリーの実家に向かった。

市内の住宅街だが、裕福な地域ではない。通りにいる人はスペイン系が多い。メキシコからの移民だろう。それとも不法に入国した者たちか。

シャリーはブロンドで長身の女性だった。眉をひそめ不審そうな表情で二人を見ている。

少女が母親のスカートをつかんで寄り添っていた。目元がジャディス大尉によく似ている。娘のデイジーだ。

アダンがＦＢＩのバッジを見せるとシャリーの表情が変わった。何かを予想していたのだろう。

「あの人、何をしたの」

「ジャディス大尉のことですね。我々もそれを聞くために来ました」

一瞬の戸惑いを見せたが、娘を引き寄せた。

シャリーは二人に家の中に入るように言った。

ライトブルーのカーテンを通して、カリフォルニアの夕陽が差し込んでくる。初老の女性が現れ、デイジーを奥の部屋に連れて行った。シャリーの母親だろう。

　シャリーは何度か考え込む仕草をしていたが、覚悟を決めたように話し始めた。

「十万ドルが振り込まれました。ここ半年は月七百ドルの養育費も滞りがちだったのに、十万ドルだなんて。電話しても電源が切られてるし、何かあったとは思ってました」

「いつの話ですか」

「一週間ほど前です。前日、養育費の件で喧嘩した後だったので驚いて。そのときから、電話がつながらなくなりました」

「ジャディス・グリーン大尉は現在、どこにいると思いますか」

「私には見当もつきません。決まったアパートではなく、いつもホテルやモーテルにいたようだったし」

　言葉に嘘はないようだった。

「ジャディス大尉が頼りそうな友人はいますか」

「昔は友達も多かったんですが、あの事件の後、軍を辞めてからはほとんどの友人関係は途絶えたようです。それに、十万ドルを貸してくれそうな友達は、昔もいません」

「彼の友人から、あなたの所に連絡はなかったですか」

「共通の友人は状況を知っていますから、そっとしておいてくれました。いえ、私たちとは関わり合いにはなりたくなかったのでしょう。彼は、ウォールの虐殺者と呼ばれて、不名誉除隊になった者ですから。そして、私たちはその家族」

目からは涙が溢れているが、ぬぐおうともせず話し続ける。

シャリーは事件後、ジャディスが一時、酒に溺れたこと、仕事を転々としていたこと、最近は生活にも行き詰まっているようだったことを話した。

「彼が犯罪に手を染めたとは考えたくありません。でも、子供のためなら分かりません。そう思うと、気が気ではありません」

シャリーは顔を上げて二人を見た。

アダンとバネッサは二時間近く話を聞いて、シャリーの家を出た。

なんとか、ダレス国際空港行きの最終便に間に合った。

機内では二人は無言だった。

アダンの脳裏に、別れ際にシャリーが言った言葉が残っている。「ウォールの悲劇、あの事件は私たちにとっても悲劇でした。家族が崩壊した。あの人も変わってしまった。ウォールが私たちの人生を変えてしまった。私はウォールが憎い」

離陸後一時間ほどして、バネッサが口を開いた。

「クレジットカードの履歴は調べたの。最後に使った場所が分かるでしょ」

「ＬＡです。タクシーの支払いです。ＬＡＸ（ロサンゼルス国際空港）の近くで降りています。この一週間、クレジットカードは使われていません。残高は百ドルもありませんでしたがね。空港にも問い合わせましたが、チケットを買った記録も外国に出た形跡もありません。完全に消息を絶っています」

「養育費も滞っていたのに十万ドルの振り込み。何かが起こっていることはまちがいない。それも、かなり大きなことが」

「リカルドの死とも関係がありそうです。あくまで僕の勘ですが」

「私も同感。我々はリカルドの三万ドルの出所を探すのが先のようね」

「振込人はオーシャン・カンパニー。フロリダにある会社です。何の会社か調べましたが、分かりませんでした。電話してもつながりません」

「そういうことは、さっさと話してよね。私が聞かなかった、というのは言い訳にならないから」

「行ってみますか」

「ボスが許してくれない。サンフランシスコまで来て、収穫はゼロなのよ」

「そんなことないです。養育費として十万ドルが振り込まれた。驚きです。ジャディス大尉は十万ドルの仕事をした。あるいは現在もやっている。重要な情報です」

「これからどうなるの。サンフランシスコにしばらくいた方がよかったかしら」

「ボスがさっさと帰ってこいって言ったんでしょ」

「残りの糸はオーシャン・カンパニーだけか。電話じゃ、何も確認できなかったのね。だったら、行くしかない。でも、現地にもＦＢＩ支局はあるでしょ。わざわざ行く必要はない。支局のトニーを知ってる。彼に調べさせましょ」

　バネッサが独り言のように呟いている。


　アダンとバネッサがケネディ空港に着いたのは、午前四時だった。

　二人ともほとんど眠っていない。

　アダンは眠気は感じていない。バネッサも同じらしく、その足でクワンティコに向かった。

　ＦＢＩアカデミーに戻ると、バネッサがフロリダ支局に電話をした。

　バネッサはアカデミーで同期だったというトニーを呼び出して、オーシャン・カンパニーを調べるように頼んだ。

〈何を調べればいい。話を聞かなきゃ、調べようがない。この時間の電話だ。貸しにしとく〉

「すべてよ。まず何をやってるか。会社の規模、従業員の数。色々あるでしょ。それに社長。

どんな人物かね」

バネッサは最後に、恩にきるわよ。コレ、けっこう大きな事件になるかもしれない、と言って受話器を置いた。

三時間後、トニーから電話があった。

バネッサはアダンに目配せして電話をスピーカーにした。

〈オーシャン・カンパニーに電話してもつながらないので、行ってみた。ペーパーカンパニーだったが、設立者はエンリコ・ドリンという男だ〉

「何者なの、そいつは」

〈コロンビアの実業家だった。雑貨の輸出入業者だ〉

「不審な点はなかったの」

〈不審点だらけだ。エンリコはコルドバ国籍だった。銀行口座を調べたが、商売の規模にしては預金額が二桁大きい。それに、いとこは誰だと思う〉

「クイズじゃないのよ。じらさないで」

〈ゴメス・コルテスだ。コルドバの大統領〉

最後の言葉は二人同時に声に出した。

「エンリコの企業にコルドバ大統領が金を出している？」

〈そうだろうな。そのほかにも出所不明の大金が多数動いている〉

トニーは複数の企業と個人の名前を挙げた。

「コルドバの大統領からエンリコの企業に金が送られ、そこからリカルドの口座に金が振り込まれたってことか。リカルドは映像で見る限り、ウォールでの第一発砲者だ。他に何かリカルドとの関係を裏付けるものはないのですか」

黙って聞いていたアダンがトニーに問いかける。

〈そこまではつかんでない。何か分かったら知らせるよ〉

トニーからの電話は切れた。

「映像をさらに調べるしかありません。ウォールの両側の発砲者に順番を付けると、事件の状況は変わってきます。最初の三人は全員中南米系です」

「三人が顔見知りだとでもいうの」

「どこかでつながっているのかもしれません」

アダンは椅子に座り直してパソコンを立ち上げた。音を消したCNNニュースに時々視線を向けながら、ウォールの悲劇の映像を見ていった。

テイラー大統領は無意識のうちに声を潜めていた。

「マズいことになっている。ハンベル副大統領が何か勘づいているらしい」

〈何かとは何ですか〉

ジョンの落ち着いた声が返ってくる。この男が取り乱したところを見たことがない。いや、一度だけ聞いた。ニースでのテロの後だ。病院で意識を取り戻したジョンは、自分の足のことより妻と娘のことを聞いてきた。その後は――。

「それが分からないから、慌てている」

〈私には大統領の声は冷静に聞こえますが〉

ロバートではなく大統領と呼んだ。今日はアメリカ合衆国大統領と話しているということだ。

「かなり、ムリをしているんだ。彼は私の周辺を嗅ぎまわっている。今のところは、確たるものはつかんではいないようだが」

〈大統領にお願いしたヘリでの救出作戦のことかもしれません。関わった者が多数います。漏れることはありえます〉

「人数の問題ではない。あの作戦の真の意味を知っている者は、軍関係者にもいないはずだ。表向きはドジな民間探検家の救出だ」

〈そう言ってくれると心が安らぎます。我々の方も、細心の注意を払います。大統領も気を

付けてください。前にも言ったように、彼は大統領が考えている以上に野心家ですから〉

副大統領の人選のとき、ジョンに相談するとハンベルにバツ印をつけた。なぜかと聞くと、彼の狙いは副大統領より大統領ですと言った。

「きみの言葉は正しかったようだ。だが、私もここまで来て引き下がるわけにいかない。歴史は必ず我々の行動を称賛し、感謝するだろう」

〈同感です。大統領の決断が一国を救うと言っても、過言ではありません〉

「だが、それを大国の身勝手と騒ぎ立てる者たちもいる。ある意味、正しいのだろうが、ものごとは単純に考えた方が神も人も喜ぶ場合がある」

〈その通りです。助けを求めている者がいる。だから助ける。理不尽な行為を阻止するのです。ただその手段が、多少問題だっただけです〉

「きみの言葉で救われる。ジャディスたちはうまくやっているのか」

〈感謝します。大統領。あなたの決断のおかげで、無事救出に成功しました。しかし、そのせいで副大統領は何かを知ったのかもしれません。未公表のプロジェクトが進んでいることは、事実なのですから。今後は、いっそうの注意を払います〉

電話は切れた。

ついにジャディスがルイスを救出したか。大統領は安堵と共に複雑な心境になった。

アントニオ・チャベスというコルドバからの亡命者と会って、すでに半年がすぎている。ウォールの悲劇がなかったら、コルテスの圧政を国連に提訴して圧力をかけることができたかもしれない。だが、それでは何も変わらないだろう。むしろ、世界に対して孤立感を強め、内にこもるだけだ。圧政はますます激しくなる。今となっては、私の関与は絶対に外部に知られてはならない。大統領の関与は、アメリカ合衆国の関与となるのだ。

しかし、この計画が成功すれば、新しい国が生まれる。それに望みをかけよう。いつか、娘も分かってくれるときが来るだろう。あの事件以来、上辺は平穏だがどこかギクシャクした関係が続いている。

大統領はデスクにある、パトリシアの写真に視線を向けた。

第五章　独裁者と麻薬王

1

大統領執務室は緊張した空気に満ちていた。

その中にコルテス大統領の声が響いた。

「何が麻薬王だ。薄汚い、盗人じゃないか」

持っていたワイングラスを壁に投げつけた。鋭い音を立て、グラスが砕け散った。

コルテスの前には、資産担当の部下、ベニチオが青ざめた顔で立っていた。コルテスのスイスにあるパシフィックバンクの口座から金が消えていると報告したばかりだった。

「なぜ、そんなことが起こるんだ。銀行強盗が入ったとでもいうのか。世界一安全な銀行だと言ってたぞ。銀行には問い合わせたのか」

「ゴメス・コルテス様の口座残高は十ドルだそうです。正式な引き出しだそうです」

「誰が引き出した。それは分かるんだろうな」

「教えてはくれませんでした。銀行の信用に関わるそうです。たしかに、秘密厳守なのでスイスの銀行には大口の客が多い。ただ――ケイマン諸島を調べるようにと」

「ケイマン諸島にはディオスの頭領ホセ・モレーノの取引銀行があります。調べる価値はあります」

黙って聞いていたラミネスが言った。

「まだホセが盗んだという明確な証拠はありません。流れている情報を総合すれば、という話です。もっと時間をかけて――」

言葉は最後まで続かなかった。銃声が轟き、ベニチオは跳ねるように背後に倒れた。顔の正面、鼻の上に肉が盛り上がり血が流れている。眉間を撃ち抜かれたのだ。

「金の管理は命がけでやれと常々言ってたはずだ。金がどこに消えたか至急調べろ。軍の幹部たちを集めてくれ。ディオスへ総攻撃の準備だ。ホセのアジトを捜し出し襲撃する。有効な攻撃作戦を全力をあげて作れ。ホセは必ず生きて捕らえるんだ」

コルテスは大声を上げた。

「それは待った方がいい。ディオスがパシフィックバンクをハッキングしたとは思えない。彼らにそんな頭脳はない」

ラミネスがコルテスに言う。コルテスはラミネスをちらりと見ただけで再び怒鳴り始めた。

「俺の金を取り戻せ。奴の銀行口座を見つけ出して、根こそぎ奪うんだ。コカイン製造工場を襲撃しろ。奴の部下を皆殺しにするんだ。だが工場は破壊するな」

コルテスは大きく息をついて、気を静めようとした。ここ数日のディオスのテロ攻撃とルイスの逃亡が脳裏で交錯している。

ルイスの逃亡は予想外だった。あの男は半分死んでいたはずだ。目の前で仲間を銃殺したときは、コルテスの足にすがって残りの仲間の命乞いをした。そのルイスが処刑の前日に逃亡した。しかも、厳重に警備されていた政治犯収容所からだ。警備兵は全員が殺されていた。

彼らを追った兵たちも、ヘリに攻撃され、生き残った者は少数だ。ルイスを含めた政治犯たちはヘリで連れ去られた。何かが起こっている。俺のこの国で。まずは金を取り戻し、ディオスの殲滅《せんめつ》だ。ルイスたちはその後だ。

「ホセを俺の前に連れてこい。必ず金のありかを吐かせてやる」

「私はルイスの方が気になる。ヘリまで出てくるとは」

ラミネスは呟くと部屋を出て行った。

コルテスは床に倒れている遺体に残りの銃弾を撃ち込むと、片付けるように言った。

コルドバの各地で政府軍と麻薬組織ディオスの衝突が始まった。今まではお互いにけん制し合うところがあった。しかし、今はそのタガが外れている。ウォー・ルームの計画通りだ。

戦闘は武器と兵士の数でまさる政府軍が優位に進めた。戦闘のたびに政府軍はディオスの戦闘員を容赦なく殺害した。幹部は捕らえられ、拷問されて金のありかを聞かれたが、最後には処刑されている。誰も金については知らないのだ。ディオスから逃げ出す者も現れ始めた。

「コルドバ国民と世界を蝕む麻薬組織ディオスをコルドバから一掃する」

コルテス大統領はマスコミを使って、国内と世界に呼びかけた。

「コルドバは麻薬から決別することを約束する。そのためには、どんな犠牲もいとわない。国際社会はコルドバと自分を支持してほしい。私は祖国コルドバに安全と平和をもたらすことを約束する」

世界に国内の治安維持と麻薬撲滅を強く訴えて、世界からの支持と融資を呼び込もうというのだ。

ディオスは数日間で、急速にその勢力を弱めていった。同時に政府軍もダメージを受けていた。

ラキシを含め、コルドバの主要都市ではディオスによるテロが連続して起こった。

政府軍の基地に爆薬を積んだトラックが突っ込んで、十名以上の死者が出たこともあった。

負傷者はその数倍に上る。

パトロール中の政府軍兵士に向けて、車から自動小銃を乱射しながら走り去る事件も十件以上起きている。コルテス大統領の言動にディオスが、捨て身の反撃に出たのだ。

ラキシは事実上の戒厳令下の状態だった。軍による装甲車での巡回が、一日中行われている。夜間の外出は禁止され、完全武装の兵士が集団でパトロールをした。不審者は容赦なく逮捕され、拘束され、拷問された。

ディオスのアジトを襲撃した政府軍部隊が待ち伏せにあい、全滅させられる事態もたびたび起こった。政府軍の情報がもれているのだ。

〈コルドバでは麻薬組織ディオスの戦闘部隊が、政府軍の地方基地を襲いました。このとき、武器庫から大量の武器が持ち去られました。今後、両者の対立はますます激しくなるだろうと思われます〉

CNNニュースが告げた。海外のマスコミもコルドバに目を向け始めた。

こうした情報は、ジャングルの革命軍キャンプにも伝わってきた。

ウォー・ルームからも衛星電話で伝えられている。

革命軍キャンプでは、現地兵の訓練が進んでいた。

ルイスが来てからは、自国の再建という目的が明確になり、士気が急速に上がっている。

ルイスと共に政治犯として捕らわれていた者たちの体力も回復していった。彼らは大学の教員やジャーナリストで、キャンプの兵士たちの教育を行い、新しい国造り、国の形を議論した。

ペネロペは常にルイスに付き添い、体調に気を遣っていた。

早朝、司令部のテントで革命軍幹部による会議が開かれていた。

ルイスと政治犯たちも参加して今後の計画について話し合った。

ジャディスはルイスたちに、ジョンのコルドバ再建計画を話した。政権の奪取と、その後のAIを駆使した新しい国家建設だ。

「政権を奪取したら、俺たちはこの国を去る。後は、コルドバ国民、あんたたちの役割だ。直ちに新政府を組織し、新しい国家として踏み出せ。ただちにジョンたちが経済援助に乗り出す。軍を掌握し、ルイス教授たちを護る役割は革命軍だ」

セバスチャンたちは神妙な顔で聞いている。

「コルドバ新政府を助けるのは、軍ではなく国民です。銃と暴力では平和は続かない。戦争ではパンと水は生み出せないということです。飢えることのない生活、銃撃に怯えることのない日常は人々の和解から始まる」

ルイスは依然として、戦いによる政権奪取には消極的だった。

「安全と平和があってこそ、パンと水は得られる。まずはコルテスを倒し、政権を取る。二度と祖国を捨てることがないように。それこそ重要だ」

「誰しも死を恐れます。自らの死以上に、子供や家族の死を恐れるものです。彼らにとって、家族の命を護ることこそ最優先でした。だから、祖国を捨てた。だれも、彼らを責めることはできません」

ジャディスは反論できなかった。コルドバ国民の置かれた状況を見れば、ルイスの言葉は重くジャディスの精神《こころ》に染みていく。問題はコルテスの政権を倒した後だ。ジョンはそちらに重きを置いている。

「ジョンたちは手助けはするが、中心に立つべきはコルドバ国民だと言っている。彼らをまとめるのは、ルイス教授、あなたです」

ジャディスはルイスたちに繰り返し言った。

「私には荷が重すぎる。この国に尽くすには歳を取りすぎている。必要なのは若者の力だ」

「ではまず、彼らを育てる国を造れ。心から愛し、安心して学ぶことのできる国です。祖国として誇ることのできる国です。あんたにはそれができる。なにより、国民に慕われ、愛されている」

「過去の話です。今の私はただの無力な老人だ」

ルイスはジャディスを見ることなく、伏し目がちにぼそぼそと低い声で話した。

写真で見たルイスは歳は感じさせたが、疲れ果てた老人ではなかった。政治犯収容所で、よほど過酷な扱いを受けたのか。

ペネロペが真剣な表情で聞いている。今までとは違った目で父親を見るようになったようだ。

会議が終わった後、ジャディスはツトムに司令部に残るように言った。

「ルイス教授を救出したとき、キャンプの存在は知られている。現在、コルテスはディオスに軍を投入しているが、それがすめば革命軍の壊滅に集中する。キャンプの場所が特定され、襲撃を受けるのは時間の問題だ。早急にキャンプを移動させる必要がある」

「見張りを倍にして、移動場所をセバスチャンと相談しています」

「その前に、政府軍の弱体化を図りたい」

「僕も賛成です。ディオスとの戦闘で、このまま政府軍の勝利が続けば、コルテスを勢いづかせるだけです。打撃を与える必要があります」

ツトムが身を乗り出してくる。ジャディスはパソコンをツトムの方に向けた。

「コルドバ上空の衛星写真だ。ディオスのコカイン精製工場の場所が分かる」

「解像度がもっと上がれば楽なんですがね。規模と人員が分かります。警備状況も分かった方がいい。ディオスには政府軍の位置と動きを知らせる必要があります。攻撃に向かう政府軍の規模とルートを流せば、両方のダメージが増える」

「ウォー・ルームではすでに一部の政府軍の情報をディオスに流している。近い内に我々もラキシに向けて出発する。現在の兵力では政府軍に対抗できないが、農民が加われば大きな戦力になる」

「それには武器が足りません。現在でも不足しています。どこかで調達する必要がある」

ツトムが司令部の隅に目を向けた。持ち込んだ弾薬はほとんど残っていない。銃器類はすでに、新たに参加した兵士に与えた。セバスチャンら現地兵も武器の不足は十分に自覚している。

2

ジャディスはツトムと司令部で、武器の調達とキャンプの移動について話し合っていた。

「キャンプの移動は早ければ早いほどいい。今も政府軍はルイス教授を捜しています。見つけ次第、攻撃してきます。武器はウォー・ルームに頼るより、現地調達の方が早いです」

ジャディスは黙ってツトムの言葉を聞いている。

そのとき、セバスチャンとフェルナンデスが司令部に入ってきた。

「チャドの話によると、キャンプから南へ五キロの所にディオスの武器庫があるそうだ。カラシニコフと弾薬の箱が何十個も積まれているのを見たと言っている」

チャドは一週間ほど前に麻薬組織ディオスから逃げてきた若者だ。革命軍の兵士には、政府軍やディオスから逃げ出してきた者も多い。彼らは貧しい生活から抜け出すために政府軍か麻薬組織に入った若者たちだ。チャドも歳を聞くと知らないと答えた。おそらく二十代半ばだ。銃器の扱いにも慣れていて、セバスチャンの受けもいい。

彼らの多くは小学校にも行っていない。訓練の合間には読み書きや英語、簡単な計算も教えている。

「麻薬組織の武器庫があればウォー・ルームがすでに発見している」

「巧妙にカモフラージュすれば、衛星カメラでも見つけられません。地下に造れば発見は困難です」

「麻薬組織がなぜ大量の武器を持っている」

「ディオスは周辺国のゲリラや犯罪組織相手に、武器の密売もやっている。コカインでもうけた金で武器商人から買ったり、政府軍から奪った武器を売りつける。だから短期間でこれだけ組織が大きくなった。コルドバ国内の各地に武器の集積場がある。キャンプ近くのジャングルにあってもおかしくはない」

　セバスチャンがジャディスとツトムを交互に見ながら言った。

「見張りは厳重だろう。今の我々の戦力では戦えない」

「武器庫警備の兵士は多くないと言っている。最近は政府軍の攻撃が激しく、戦闘員の大半は幹部の護衛に回されているそうだ」

「チャドという男は信用できるか。ディオスから逃げ出してきたらしいが」

「分かりません。しかしディオスの武器庫には魅力があります」

　ジャディスがツトムに聞くと、肩をすくめて答えた。

「偵察に行く。直ちに兵員をそろえてくれ」

　十分後には、ツトムが装備をつけて戻って来た。テントで二人になったとき、ジャディスに防弾ベストを渡した。

「着けてください。軍用ではなく警官用です。上に迷彩服を着れば分かりません。いつ襲われるか分からない、危険な作戦です」

「他の兵士は、こんなもの着けていない」

「バカを言わないで。米軍の標準装備です。あなたが指揮官です。あなたが死んだら、この作戦は中止です」

　ツトムは自分の迷彩服の襟首を引き下げた。下には同様の防弾ベストを着けている。

「ニックさんに言われてます。本格的な戦闘には必ず着けさせるようにって。あなたがラキシに行ったときは、危うく死なせるところだった。僕のミスです」

ジャディスはしばらく考えていたが、防弾ベストを着けた。


ジャディスはツトムとフェルナンデス、十名の兵士を連れ、チャドに案内させてディオスの武器庫に向かった。ジャングルを二時間近く歩いてチャドが立ち止まった。山の中腹辺りに武器庫があるという。

「何も見えないし、見張りもいない」

「みんな逃げたんだ。最近、政府軍の攻撃が激しいから」

チャドが銃を構えて辺りを見回している。ジャングルは静まりかえっていた。ジャディスの胸に不安がよぎる。

「キャンプが心配だ。戻るぞ」

「待ってください。絶対にこの近くです。二カ月前に来たんだ」

「二カ月前だと。とっくに移動してる」

フェルナンデスがチャドに銃口を向けた。

「待ってくれ。あの木の辺りだ」

ジャディスたちはチャドが指す大木の根元に行った。

枯葉と土を取り払うと地面に木製の扉があった。慎重に扉を開けると空洞が奥に続いている。チャドを先頭に穴を下りていった。

中は広く、大きさの違う木箱が数十箱積まれていた。

箱の一つを開けるとカラシニコフが五丁入っている。箱は二十個あった。その他に手榴弾、迫撃砲、地雷、ロケット砲の入った箱がある。弾薬の箱もあった。

「キャンプに知らせて、人をよこしてくれ。銃と弾薬、その他の武器は箱から出してリュックに入れて運ぶ」

キャンプに使いを送って三時間後には革命軍が到着した。三十人を超える兵士だ。

「急げ。キャンプが心配だ」

ジャディスは銃を持っていない兵士を武装させ、残りの武器を革命軍のキャンプに運ばせた。

キャンプに戻る途中、視界が開けたところでツトムが立ち止まった。木々の間からキャンプのある山が見える。

「いやな予感がする」

「俺もだ。山が死んでる」

横を見ると、銃を持ったジョージが山に視線を向けている。

「なぜ、おまえがいるんだ。ここは危険だ」

「俺だって戦える。革命軍の兵士だ。それより、鳥の声も獣の声も聞こえない」

ジャディスも山を見た。音が消え、ジャングルが静寂に包まれている。

「部隊の前後の見張りを倍にしろ。異変を感じたら俺に報せろ」

ジャディスは兵士たちに指示した。

前方に谷が見える。谷に下りて川沿いに進めば革命軍のキャンプが見えるはずだ。

「斥候を出せ。残りはここで待機だ。戦闘態勢を崩すな」

ツトムが傭兵と現地兵の二人を斥候に送った。

そのとき、銃声が聞こえ始めた。

何人かの兵士が立ち上がり、キャンプの方を見ている。

「頭を下げろ。待ち伏せだ。全員――」

ジャディスの声が終わらないうちに、横に立っていた兵士が後方に倒れた。ジャディスはとっさにジョージの身体を抱えて岩陰に身を伏せた。倒れた兵士を見ると、頭に銃弾を受けている。即死だ。

「スナイパーだ。頭を上げるな。俺たちを狙っている」

銃撃が始まった。ジャディスも岩陰から銃口を出して、銃声のする方向に撃ち続けた。

「ジャングルに入れ。スナイパーを見つけるんだ。必ずいる」

ジャディスたちはジャングルに逃げ込み、反撃を続けた。

「麻薬組織か政府軍か」

「おそらく政府軍です。狙撃が正確です。正規の訓練を受けている」

ツトムが山の方に視線を向けて言う。

「なんで、俺たちが分かった」

「後をつけていて、攻撃のしやすいところで待ち伏せていた。それとも麻薬組織を追っていて、たまたま僕たちに出会ったか」

ツトムが銃を撃ち始めた。敵の姿をとらえたのか。

「あるいは――」

ジャディスは次の言葉をのみ込んだ。キャンプの誰かが政府軍に通報したか。

「どこから撃ってくる。兵力はどのくらいだ」

「主力は山の中腹の岩陰。数は三十から四十。カラシニコフ。やはり政府軍です」

ツトムが前方に目を向け、銃撃を続けながら答える。

ジャディスは衛星電話を出してウォー・ルームに連絡した。状況を説明すると、ジョンが指示を出す声が聞こえる。

「敵の位置が知りたい。映像を送ってくれ」

「気を付けろ。九時の方向、スナイパーがいるぞ」

ツトムが叫んだ。ウォー・ルームにも聞こえたはずだ。

「腕は中級だが、数を撃てば当たる。早くしてくれ」

〈背後にも敵がいる。数は分からない。よくない状況だ。映像を送りたいが送れない。通信トラブルが起こっている〉

スチュアートの声が返ってきた。その背後で慌ただしく走り回る音が聞こえる。

「どっちに逃げればいい。それくらい、さっさと教えろ」

〈五分待て。衛星を調節している〉

「二十四時間コルドバを監視できるんじゃないのか。銃撃が激しくなった。敵が迫っている。移動する」

〈左手に滝が見える。そっちに――〉

突然、スチュアートの声が消えた。

「滝は見えるが、どうすればいい。そっちに逃げるのか、敵がいるのか。ハッキリしろ」

ジャディスが怒鳴ったが応答はない。

「クソッ、通信が途絶えた」

銃撃はますます激しくなった。政府軍が迫っている。

ＲＰＧを担いで山道を登ってくる政府軍兵士の姿が見えた。


ウォー・ルーム中の視線が中央スクリーンに集中していた。

コルドバの山中で銃撃戦が起こっている。時折、爆発が起こるのはロケット弾と手榴弾だ。

「どうなっているのです。ジャディスたちは無事ですか」

ジョンは車椅子から身を乗り出して大声を出した。

「通信が途絶えました。こっちに異常はありません。ジャディスの衛星電話が故障した可能性があります」

「至急、原因を調べろ。故障ならすぐ修理しろ」

スチュアートが怒鳴って、続けた。

「ジャディスの位置を見失うな。赤外線画像に切り替えてくれ」

ジョンはスクリーンの衛星画像を食い入るように見つめている。

スクリーンにグリーンがかった画像が現れた。その中に青い点が見える。ジャディスだ。

赤っぽい点はジャディス以外の革命軍と政府軍の兵士だ。

「革命軍の数が減っています。半数は動きません」

「どれが味方で、どれが敵だ。もっと解像度を上げろ。ジャディスは無事なのか」

いつの間にか、ジョンの隣にスチュアートがいる。

「何としても、ジャディスたちを救ってください」

「ジャディスの衛星電話には異常ありません」

ビリーの声にスチュアートが視線を向ける。

「だったら、なぜ通じない」

「衛星電話に電波障害が起こっている。何者かがジャディスの衛星電話の近くで、妨害電波を出している可能性がある」

ウォー・ルームに一瞬静寂が訪れた。その静寂を打ち消すようにジョンの声が響く。

「復旧できないのですか」

「可能ですが時間がかかります。二時間程度」

「三十分でやってください。eテックの技術部を使ってもいい」

ジョンが叫ぶような声を出した。

ジャングルには静寂が漂っていた。少し前に突然銃撃が止んだ。

まわりには革命軍の兵士の遺体が数体、横たわっている。

「スナイパーを片付けなければ動けない。僕が囮になりますから、合図したら移動してください」

ツトムが銃声の方向に目を向けたまま言う。

「移動には気をつけて。スナイパーの腕は中レベル。我々はスナイパーに気づいている。この場合、まず狙いやすい胴体。動きが止まったら、とどめの頭。僕ならそうします。スナイパーは今も狙っています。銃撃が止んだのは、スナイパーに任せたからです」

ツトムがジャディスとは反対方向に慎重に移動していく。同時に銃声が轟いた。二発、三発……。徐々に着弾地点が近づいてくる。一発ごとにタイミングをつかみ、調整をくわえているのだ。

スナイパーは普通二人一組で行動する。射撃手と観測者だ。優秀なチームは一キロ以上離れていても正確にターゲットを撃つことができる。観測者がターゲットや周囲の風速などの資料を集め、着弾点を見極め、必要なら修正する。ツトムは狙撃のタイミングを外しながら移動していく。彼もスナイパーとしての経験があるのか。

戦闘におけるスナイパーは一人で行動し、目視した敵を倒していく。ジャディスたちの前にいるのは、ターゲットを見つけ次第攻撃してくるスナイパーだ。

ツトムの姿が見えなくなった。藪の中に紛れ込んだのだ。彼はすべてを計算して動いている。スナイパーは次の一発で仕留めるはずだった。距離はおそらく五百メートル以内だ。ジャディスは身体の位置を変えた。そのとき、胸に衝撃を感じた。激しく後方に弾かれて、崖を転げ落ちていく。同時に、もう一発の銃声を聞いた。

「ジャディス、死ぬな」

フェルナンデスの声が聞こえたが、意識は薄れていく。

目を開けると、フェルナンデスの顔が見える。

「大丈夫だ。弾は防弾ベストに当たった。肋骨にヒビが入ったかもしれないが、命に別状はない」

「頭が――」

「脳震盪を起こしていた。百メートル転がり落ちたんだ。どこかで頭を打った。普通だったら死んでる。よほど頑丈なんだ。母親に礼を言うんだな」

フェルナンデスの手を借りて上半身を起こした。身体を動かすと頭と胸が激しく痛んだ。

顔を上げると遥か上に、身を隠していた岩陰が見える。

ジャディスは防弾ベストを脱ごうとした。フェルナンデスがジャディスの腕をつかんだ。

「着けてろ。それがあんたの命を救った」

「スナイパーは」

「ツトムが仕留めた。あんたを撃った瞬間を見逃さなかった。すぐにまた政府軍の攻撃が始まる」

「山を登ってツトムたちに合流する」

「登るのは無理だ。谷に下りる。川に入ればなんとかなる」

ジャディスは立とうとしてよろめいた。全身が痛んだ。

「立て。ここで、あんたに死なれちゃ困る。あんたを仕留めるのは――」

ジャディスはフェルナンデスを見上げた。

「おまえは何者だ。いつも不審に思っていた。俺を見る目が他の奴らとは違っている。だが、政府軍のスパイではなさそうだ」

フェルナンデスがジャディスを見る目には確かな殺意を感じる。

「あのとき、俺もウォールにいた。家族と一緒に」

ジャディスの脳裏に一年前の光景が浮かんだ。錆びた鉄杭の先には血にまみれ、肉を裂かれた無数の死体があった。

今も夢に現れる。壁の前に横たわり、呻き声を上げる死傷者の群れ。悲鳴と叫び声。銃声が響き渡っていた。血まみれの影が突如闇の中から現れ、襲いかかってくる。ジャディスの喉に食らいつき、顔に鋭い爪を立てる。止めてくれ。いいかげんに俺を解放しろ。

「あの時のことは一日も忘れたことがない。しかし、おまえのことは――」

「俺のことなど頭にないか。俺の妻と娘は死んだ。米兵の銃撃で頭と腹を撃ち抜かれ、血まみれになって死んでいった」

「俺のせいだ。俺は発砲を止められなかった。彼らは俺が殺した」

ジャディスは顔を歪め、絞り出すような声を出した。目には涙が溢れている。

フェルナンデスが意外そうな表情で見ている。

「俺を殺せ。俺はその報いを受ける」

ジャディスは立ち上がろうともがいた。胸を激しい痛みが襲った。息を止めると、痛みは引いていく。

「あんたもアメリカも憎い。俺の妻と娘を殺した男と国だ。そして多くのコルドバ人たちを。だが、祖国を逃げ出す必要のない国にするという、あんたの言葉には俺も賛同する」

銃声が聞こえてきた。政府軍の攻撃が始まったのだ。

フェルナンデスがジャディスを支えて立たせた。

「許したわけじゃない。革命が成功したら、必ずあんたを殺す」

フェルナンデスがナイフを抜いて、ジャディスの首回りをなぞった。

「キャンプが心配だ。根性があれば自力で歩け」

一歩踏み出して、ジャディスはよろめいた。その身体をフェルナンデスが支える。

銃声が近づいてくる。

二人は川まで下りていった。


ウォー・ルームでは、ジョンの車椅子が壁に沿ってゆっくりと部屋を回っていた。

時々止まっては、正面の中央スクリーンを見ている。彼が何かを考えているときの行動だ。

中央スクリーンに映っている映像では、ジャングルの木々に邪魔され、ジャディスたちの姿は確認できない。ジャディスの輝点だけがゆっくりと動いている。

「あの青い点が彼なら、無事に移動している」

「姿は確認できません。通信は途絶えたままです」

ウォー・ルームから脱出ルートを探る衛星画像を送っている途中に、通信障害が発生したのだ。

ビリーとエンジニアが総力をあげて復旧に当たっている。

「通信の回復はまだですか。すでに二時間がすぎています」

ジョンの言葉はいつも通り丁寧だが、苛立ちは隠せない。

「こっちの機器の問題じゃないようです」

ビリーがマウスをクリックしながら、面倒くさそうに言う。

「あと何時間で、ジャディスと話ができますか」

「話だけなら、三時間程度で可能です。映像の送信は無理です。他の電子機器はウイルス感染の有無を確かめてから起動させます」

「一時間です。きみは世界一のハッカーなんだろう。電子機器の天才とも言ってた。だったら、能力を示してください。こんな状態はもうたくさんだ」

「分かりましたよ。気が散るから、あんたはどこかに消えてくれ」

横でジョンの秘書が驚いた表情をしている。こんなに感情を表に出すジョンは異例だし、ジョンにこのような言い方をする者もいなかった。

3

川沿いを歩きながら何度もジャディスは倒れかけ、そのたびにフェルナンデスが助けた。

ジャディスは倒木に倒れ込んだ。胸と肩に激痛が走り立ち上がれない。

「痛むのか」

フェルナンデスの声にも答えられず、痛みをこらえて歯を食いしばった。

「これをかめ。コカの葉だ」

ジャディスの口に青い葉を押し込んだ。

かむと渋みが口中に広がり、痛みが和らいでいく。しばらくすると全身の軽い痺れと共に、痛みが消えていった。

フェルナンデスがジャディスの腕を自分の肩に回して立たせると、歩き始めた。

陽が沈む直前、ジャディスとフェルナンデスはキャンプの近くにたどり着いた。

ジャディスは足を止めた。何かおかしい。異様な空気が伝わってくる。フェルナンデスも異常を感じたらしく、辺りをうかがっている。

突然、フェルナンデスが走り出した。ジャディスは後を追った。

ジャングルを出ると、目の前に広がる光景にジャディスは息をのんだ。フェルナンデスも立ち尽くしている。

木々の焼ける臭いが漂い、火薬と血の臭いが混ざる。

数十張り並んでいたテントのすべてが、燃えたか引き倒されて踏みにじられていた。まだ煙を上げているテントもある。その間に革命軍の兵士の遺体が散乱していた。

二人は焼けて黒く変色し、灰の溜まったキャンプ跡に入っていった。

ジョージが兵士たちと遺体を運んでいる。無事にキャンプにはたどり着いたのだ。すでに帰っていたツトムたちがジャディスとフェルナンデスを迎えた。

「葬式の用意をしようかと思っていました」

「フェルナンデスに救われた。しかしこれは――」

次の言葉が続かない。

「僕たちが戻ったときは、こうなっていました。政府軍に襲われて、逃げるのがやっとだったらしい」

「ルイス教授は」

「ジャングルに隠れて無事でしたが、大きなショックを受けています。ここの状況は詳しくは知らせていません。今は負傷者たちと一緒です。ペネロペが世話をしている」

突然、政府軍の兵士がキャンプを襲ってきた。数は百人以上。三方から突然襲われ、逃げるのがやっとだった。キャンプを破壊すると、陽が落ちる前に政府軍は去っていった。

「夜は自分たちに不利だと判断したのでしょう」

ツトムは遺体を運ぶ兵士を見ながら言った。

「遺体を埋葬しよう。すべてはそれからだ」

キャンプの生き残りが集まってきた。指揮を執っているのはブライアンだ。セバスチャンは負傷して治療を受けている。キャンプにいる兵士は攻撃を受ける前の半数ほどだと報告した。

「他の兵士はどうした」

「殺されるか行方知れずです。逃げ出した者もいます。運んできた武器は爆破しました。政府軍には渡さない」

「政府軍はルイス教授を捜しに来て、キャンプを見つけたのか」

ジャディスは声を潜めてブライアンに聞いた。

「分かりません。政府軍はここの状況をよく知っていました。逃げ場を潰して、常に有利な場所から攻撃を仕掛けてきました。武器を運ぶため、多くの兵が出払っているのを知っていたのかもしれません」

ブライアンがさらに声を潜めた。

「内通者がいます。そうでなければここまで手際よくやれません」

「セバスチャンの傷は」

「深くはないが、ペネロペが付き添っています。これからどうします」

「ウォー・ルームとも連絡が取れない。政府軍はまた攻撃してくる」

ジャングルに潜んでいた兵士を迎える声がする。時間と共に兵士は増えていった。

「今夜はここでキャンプをして、夜明け前にここを出る。今もどこかで我々を見張っているに違いない」

「今夜中に移動すべきです。明るくなると襲ってくる可能性があります」

「女子供がいる。負傷者も多い。夜のジャングルを移動するのはかえって危険だ。見張りの数を倍に増やせ」

ジャディスはブライアンに指示した。


夜は、全員が思い思いの場所で寝た。

ジャディスはキャンプの端にある木にもたれてキャンプの跡を見ていた。臭いはさらに強くなっている。木々と人の焼ける臭いだ。

動くと全身が痛み、疲れ切っていたが、頭には様々なことが駆け巡っていた。何が起こったのか、これからどうすべきか。

ジャディスの脳裏にフェルナンデスの言葉が浮かんだ。あの日のことを思い出そうとした。自分の運命を変えた、ウォールの悲劇。今までは、心の奥に封じ込めようとしてきた。忘れたい、すべてを消し去りたい。そう思えば思うほど、一つの場面ばかりが心に浮かび上がってくる。目の前に広がる無数の死体と、それを見つめる自分の姿だ。フェルナンデスが妻と娘と、あの中にいたと言うのか。

「傷を診てあげる」

突然の声に顔を上げると、医療箱を持ったペネロペが立っている。

「大したことない」

「あなたは医者じゃない、と言ったでしょ。フェルナンデスが診てやってくれって。スナイパーに撃たれ、崖を転がり落ちた。よくそれだけの傷ですんだって。さすがウォールの虐殺者、よほど悪運が強い奴だって評判よ」

ペネロペがジャディスの胸を押さえた。ジャディスが顔をしかめるとさらに強く押してくる。

「顔をしかめる程度なら大丈夫ね。肋骨は折れてはいないと思う。ひびは入ってるかもしれないけど。ここには医薬品もほとんどない。湿布薬を重ねて貼って、固定しておく。痛みが引かないようなら、レントゲンを撮って正式な治療を受ける必要がある」

話しながら顔と手の切り傷に軟膏を塗り込んでいく。

「あなたには感謝している。父に会わせてくれて。許したわけじゃないけど、父のことを分かろうとしている」

「具合はどうなんだ。かなり参っているようだ。肉体的にも精神的にも」

も」

「死んでいった者が多すぎると言ってる。自分がコルドバに死を招いているんじゃないかと
「あんたの父親がいなきゃ、革命は成功しないと俺のボスが言っていた。彼らは革命成功後のことも考えている。ルイス新大統領のもとにコルドバを再建する。あんたが説得するんだな。せっかく救出したんだ」

ペネロペは無言だが、ジャディスには小さく頷いたようにも見えた。兵士たちのルイスに対する思いは、ペネロペにも伝わっているはずだ。

突然、ペネロペが立ち上がった。

「邪魔をしましたか」

振り向くと、ツトムが笑みを浮かべて二人を見ている。

ペネロペはツトムに視線を向けると、何も言わず行ってしまった。

「俺に近づくときは正面からにしろ」

ジャディスは拳銃の撃鉄を戻すと、ツトムに座るよう言った。

「なんかおかしい。ルイスを追ってきた政府軍が俺たちを発見したんじゃない。政府軍は俺たちの動きを知っていました。主力が武器を取りに出かけて、手薄になったキャンプを襲撃してきました。衛星電話も通じなくなった」

ツトムの顔からは笑みが消えている。

「内部にスパイがいます。これからは重要事項は限られた者だけで話した方がいい」

ツトムもブライアンと同じことを言っている。

「セバスチャンは知っているのか」

「おそらく。でも信じたくないのでしょう。自分の部下に裏切者がいるとは」

ジャディスは胸に手をやった。身体を動かすと肋骨が痛んだ。

「おまえのおかげだ。防弾ベストがなかったらここにはいない。スナイパーが俺の頭を撃ち抜く前に、おまえが仕留めてくれた」

言いながらふとツトムの言葉が頭をかすめた。ツトムはスナイパーが最初に胸を狙うことが分かっていて、自分を囮にした。慌ててその考えを振り払った。

ジャディスはキャンプに目を向けた。星明かりの中に身体を丸め、寄り添って眠る黒い影を見つめていた。

コルテスは窓から広場を見ていた。

大統領官邸の前に広がる建国広場は、コルドバの象徴だ。五十年近く前に、建国を記念して造られた広場で、ここに国民が行き交い、観光客で賑わうようにと願ったと聞いている。

しかし今は人はまばらで、閑散としている。

背後では数名の側近たちがコルテスの命令を待っていた。

攻撃開始の命令を出してから、すでに二時間がすぎている。革命軍キャンプの精鋭部隊三分の一が出ていて、残っているのは女子供と新兵が大部分だと連絡があった。

「あんたの読みは当たったたな。ヘリの着陸地点の近くに革命軍のキャンプはあった。主力部隊は出払っていて、攻撃部隊は簡単に近づくことができた」

コルテスはラミネスの肩を抱いて言った。

ラミネスは無表情にテーブルの上の地図に視線を向けている。地図にはジャングルの一点に赤いバツ印が付いている。

秘書に導かれて兵士が入ってきた。

「攻撃は成功しました。革命軍キャンプを焼き払いました」

「ルイスは捕らえたか」

コルテスは思わず身を乗り出していた。

「見つかりませんでした。他のキャンプかもしれません」

「他のキャンプなど聞いていない。捜索を続けるんだ。必ず捕らえろ。ディオスの頭領ホセと共に、テロリストとして広場に引きずり出し、国民の前で八つ裂きにしてやる」

コルテスは苛立った口調で、吐き捨てるように言う。

ウォー・ルームの中央スクリーンには、コルドバ全土にある麻薬組織ディオスのコカイン精製工場が映し出されていた。総数八カ所。そのうち五カ所は政府軍によってすでに破壊されている。残りの三カ所はラキシ近郊にある大規模な施設だ。その分、施設のカモフラージュと監視は厳重で、まだ政府軍に発見されていない。

「衛星画像の解像度をもっと上げてください。より詳細な情報が得られます。警備状況を含めて」

「アメリカの軍事衛星は一メートル単位の識別ができます。僕はプログラムを改良して解像度を三十パーセント上げた。あとは写真解析の専門家の仕事だ」

ジョンの要求にビリーが答える。コルテスとホセの口座から新政府の口座に預金を移してからは、ビリーはコンピュータを使って軍事関係の作戦にも加わっていた。

「だったら専門家の尻を蹴飛ばして仕事をさせてください。ジャディスたちと革命軍兵士の生命がかかっています」

ジョンは苛立った口調で言うと、車椅子から上体を起こして中央スクリーンの方に身を乗り出した。

スチュアートがジョンをなだめて座らせた。

「他にコカイン精製工場はないのか。捜索範囲を広げろ」

中央スクリーンに赤点が増えた。

「怪しいのは三カ所です」

アントニオが指摘した。

「すべての情報を政府軍に流せ。どれを攻撃するのか、彼らが判断する」

ビリーはジョンの指示を確かめるように見たが、ジョンは中央スクリーンに目を留めたままだ。ビリーは肩をすくめるとパソコンに向き直った。


キャンプを急襲されて以来、ジャディスたちは数日おきに移動していた。

部隊は攻撃を受ける前の半分に減っている。ジャングルの中を武器と食料を持っての移動は、兵士の体力を著しく消耗させた。体調の悪化を訴える者や逃げ出す者も出始めている。士気は日を追って低下していった。

ルイスも高齢の上に過酷な生活で体調を崩していた。ペネロペはルイスをはじめ、政治犯や兵士の傷や病気の治療、健康管理に忙殺された。

「兵員と武器の補充が必要ですが、その目途が立ちません。すでに部隊は壊滅状態です」

いつも楽観的なツトムも、ジャディスと二人のときには弱音を吐くこともあった。

キャンプ設営後、ジャディスは一人、テーブル上の地図を見ていた。

コルドバは森林と希少鉱物に恵まれた豊かな国だ。それを知らないのは、コルドバ国民だけだ。

「いつか礼を言っておきたいと思っていました」

突然の声に振り向くとルイスが立っている。いつも寄り添っているはずのペネロペの姿が見えない。

「あんたには迷惑なことをしたかもしれない」

ジャディスはルイスの腕を支え、椅子に座らせた。

「娘を私のところに戻してくれた。私の最大の気がかりでした」

「俺は娘さんを利用しただけです。あんたに会うために」

「たとえそうでも、私の心を救ってくれたことは事実です」

ルイスがジャディスを見つめている。相手を包み込むような穏やかな眼差しだ。

二人は長い時間無言だった。時折、ジャングルから獣の鋭い声が聞こえてくる。

ジャディスは思い切って口を開いた。

「俺はウォールの悲劇の指揮官でした」

ルイスは相変わらず、穏やかな表情のままだ。

「知っていました。コルドバにもテレビはあるし、インターネットもある。収容所で、初めて見たときから気付いていました」

「だったら、なぜ――」

「あなたを見ていると悲しくなることがある」

ルイスがぽつりと言った。

「そこまで自分を責めることはありません。難民たちは生きるために壁を越えようとした。あなたは、あなたの義務を果たした。私は双方に非はないと思う。ただ、結果が悲劇的なものでした。私も考え続けてきました。あの事件は多くの人の命を奪い、傷つけました。不幸にし、運命を変えた。あなたもその一人でしょう。見ていれば分かります。その贖罪のために、コルドバの国民を救おうとここに来た」

ジャディスは答えることができなかった。意識して考えたことはなかったが、ルイスの言葉は正しいのかもしれない。

「あなたの言葉通り、誰もが自分が生まれ、育った祖国を愛している。しかし、その国を捨てなければならない苦しみもあるのです。貧困、恐怖、何よりも絶望的なのは、希望がないことです。キャラバンに参加して壁を越えようとした人々は、希望を求めていたのです。自分と子供たちの希望を。あなたはこの国で、その希望を私たちに与えてくれました」

ルイスは大きく息を吐いた。その顔にはわずかな赤みがさしている。

「子供を愛するがゆえ、生きるために祖国を捨てる。あってはならぬことです。私たちが立ち上がり、私たちの手で、誇りを持ち、安心して住める祖国にしなければならないのでしょう」

ルイスの言葉はジャディスの胸に沁みていく。

「今、この国に生きる者の使命は、そういうことかもしれません」

ルイスがぽつりと言った。

薄闇の中にルイスの目に光るものを感じた。

「どうか私たちに力を貸してください」

ルイスがジャディスの手を握った。弱々しいがぬくもりを感じる。

テントの外の木陰からツトムが二人を見ているのに気付いていた。

ルイスは革命軍の兵士に、これまで以上に積極的に話しかけるようになった。それにつれて、キャンプもわずかながら勢いを取り戻していった。ジャディスはジョンの言葉を思い出していた。「キーになるのはルイス教授だ」

「あなた、彼に何か言ったの。あの人、いつもと様子が違ってた」

ペネロペが声を掛けてきた。献身的に世話を続けているが、まだ父親のことを彼、あの人と呼んでいる。

「ルイス教授に励まされた。人にとって重要なのは生きる目的と希望だと」

「たしかにそのようね。あなたにとっても、ここの兵士たちにとっても」

ペネロペはそう言うと大げさに肩をすくめた。


パソコンを見ていたツトムが顔を上げた。彼はウォー・ルームから送られてくる情報と部隊の状況を管理している。

政府軍に襲われた山中では通信不能になった衛星電話も、キャンプに戻ると通話可能になっていた。ウォー・ルームからは妨害電波の可能性を言われたが、ツトム以外には話していない。

「ディオス最大のコカイン集積場兼精製工場が攻撃されていない。コルテスは何を考えている」

ツトムが地図の一点を指した。ウォー・ルームから送られてくる情報によって、場所と規模は分かっていた。その情報は政府軍にも流れているはずだ。

セバスチャンとブライアンがディスプレイを覗き込んだ。ジャディスはツトムの言葉を聞きながら無言で考え込んでいる。

「ここで精製されているコカインは一日に五十キロ。保管されているのは七百キロです。アメリカに持ち込めば一億ドルにはなる」

「コルテスはディオスを叩き潰したら、自分のものにするつもりじゃないのか。だから無傷で手に入れたい。コルドバのディオスが叩かれているので、アメリカのコカインが品不足で高騰している。その影響は世界に広がる可能性がある」

ブライアンがセバスチャンに向かって言う。

「いや、昨日からまたコカイン価格が下がっているという報告がある。おそらくコルテスがディオスのコカインを奪って、安値で売り払ってる」

「大統領がコカイン商売か。アジアにも同様の商売をやってる奴がいると聞いたことがある」

「破壊するのは惜しいのだろう。無傷で手に入れてコカイン精製を続ける気だ」

「俺たちが襲いましょう。これでコルドバの麻薬組織ディオスはほぼ壊滅します。後は政府軍に的を絞れる」

ツトムの言葉にセバスチャンとブライアンが賛成した。ジャディスは考え込んでいる。

「しかしこれでは情報が足りない。警備状況は知っておくべきだ。これ以上の損害を出せばこっちも危ない」

今まで黙って三人の言葉を聞いていたジャディスが言った。

「チャドを連れてこい。彼は昔、ディオスの一員だった」

フェルナンデスがチャドを連れてきた。

ツトムが地図のコカイン精製工場を指した。

「この場所を知っているか」

「ここに来るまで、その近くで半年働いていました」

「なぜディオスから抜けたか、もう一度聞きたい」

「毎日、殴られるし、くれる金も少なかった。コカインを持ち出そうとした友達が首を切られ、見せしめのために吊るされた。怖くなって村に逃げ戻ったけど、彼らが捜しに来たのでここに逃げてきた」

チャドは屈託なく話した。突然、袖をまくって腕を突き出した。腕の内側の肉が半分ほどケロイド状に引き攣れている。火傷のあとだ。

「酔っぱらった野郎が、笑いながら焼けた山刀を押し付けた」

「工場の様子について詳しく話してくれ。建物、警備、すべてだ」

ジャディスはチャドの前に地図と衛星写真を置いた。

チャドは屈み込んで見ていたが、地図の一点を指した。

「そこには何もない。衛星写真ではジャングルが続いているだけだ。ウォー・ルームからも何も言ってこない」

「工場は地下だ。この辺りの山には地下道が掘り回《めぐ》らされている。俺たちは地下道を通って移動した」

チャドがしゃべりながら、五カ所に×印をつけた。×印の間が百メートル近い場所もある。

「これが地上への出入り口で、地下にコカインの保管場所と精製工場がある。すべての出入り口はカモフラージュされていて、見つけるのは難しい」

ジャディスたちは思わず顔を見合わせた。

「これですべてか」

「俺が知っているのはこれだけ。もっとあるかもしれない」

「信じるしかないな。衛星画像では地下までは分からない」

ジャディスとツトムはチャドの言葉によって計画を立てた。

「いつにする」

「今夜だ。早い方がいい」

ツトムが言った。ジャディスも同意した。キャンプ内に政府軍のスパイがいるとすれば、早い方がいい。

キャンプは勢いづいた。初めて自分たちから戦闘を仕掛ける。

4

暗くなってから、ジャディスの指揮のもとに部隊が出発した。

アメリカからの傭兵が十名に革命軍の兵士が二十人、総勢三十名の部隊だ。残りはキャンプを護っている。チャドの情報によればコカイン精製工場の警備兵は二十人ほどだ。後は精製工場で働いている男女だ。

星明かりがぼんやりとキャンプを照らしていたが、一歩ジャングルに入ると木々にさえぎられて闇に近い。ジャディスと傭兵たちは暗視ゴーグルをつけて、革命軍の兵士たちを誘導した。

山道に入ると、前の戦闘で狙撃された胸が痛んだが、身体には力が戻っている。

ジャディスの前をフェルナンデスが歩いていく。

「感謝してる。命を救われた。礼を言ってなかった」

フェルナンデスは何も言わず足を速めた。

ツトムがジャディスの横に並んだ。

「フェルナンデスと何かあったのですか」

「命を助けられた。撃たれた俺を支えてキャンプに連れ戻してくれた」

「それだけですか」

「他になにかあるか」

ジャディスは先を歩くフェルナンデスの背中を見ながら言った。

静かなジャングルが続いている。時折、鳥の鋭い声が聞こえた。


目的地に着いた。チャドの言葉通り出入り口はカモフラージュされていた。

部隊を二つに分け、主力部隊をジャディスが指揮して精製工場に突入する。もう一つの部隊はツトムとフェルナンデスが指揮をして、複数ある出入り口からの逃亡を阻止する。

ジャディスはチャドが言った五カ所の出入り口に兵士を数名ずつ配置した。合図と共に、地下道に手榴弾を投げ込む。

「時計を合わせろ。二十一時ちょうどに攻撃を開始する」

「時計を持っていない」

フェルナンデスが答える。

「俺と一緒に来い。他の者は入り口のそばで待機しろ。手榴弾の爆発音が聞こえたら、地下道の中に手榴弾を投げ込め。その後は地下道の出口を見張れ。ディオスの奴らが出てきたら拘束しろ。地下道は他にもあるかもしれんし、新しく作られているかもしれない。周囲には絶えず気を配れ」

ジャディスは数名の傭兵と兵士を連れ地下への出入り口に向かった。

「気を付けろ。俺たちは中南米最大のコカイン工場の真上にいる」

一つの出入り口の前で、ジャディスが声を潜めて言う。ジャディスは腕時計を見た。

九時ちょうどにジャディスは手榴弾を地下道に投げ入れた。

爆発音が響いた。その音に続き、辺りから連続して爆発音が聞こえてくる。

「行くぞ」

出入り口の扉を開けると砂塵と煙と共に、奥から悲鳴と叫び声が聞こえてくる。

男がはしごを上ってくる。首を出したところにナイフを突き付け、襟首をつかんで引きずり出した。

「中には何人いる」

フェルナンデスが聞いた。黙っている男の足にナイフを突き刺す。悲鳴を上げようとする男の口を手でふさいだ。

「戦闘員が十人。作業員が二十人だ」

銃声が響き始めた。他の出入り口から出ようとした戦闘員が銃撃してくる。

ジャディスはフェルナンデスと地下工場に下りていった。他の兵士が二人に続く。

地下は大混乱におちいっていた。地下道の奥からは怒号と悲鳴が聞こえてくる。時折銃声が混じった。ツトムたちが地下に踏み込んだのか。

地下にはいくつかの部屋があり、地下道でつながっている。

二人は最初の部屋に入った。武器庫より規模は小さいが、カラシニコフやロケット弾などの武器が積まれている。ジャディスは追ってきた兵士に運び出すよう指示した。

次の部屋のドアは鉄製でカギがかかっている。

ジャディスはフェルナンデスを押し退けて、カギに向けて自動小銃を連射した。カギは砕け飛んだ。

ひんやりとした空気がジャディスたちを包んだ。空調設備の低いモーター音が聞こえる。

十メートル四方ほどの部屋には本棚のような棚が並んでいる。壁には鉄板が張られ、部屋自体が頑丈な保管庫になっていた。

棚に積まれているのは透明なナイロン袋だ。中の白い粉はコカインに違いない。

「コカインの保管庫だ。一袋一キロはある。それが千近く。予想より多いな」

「一・四億ドルというところですか。コルテスがほしがるわけだ」

入ってきたツトムが呆れたような声を出した。

ジャディスたちはさらに奥に進んだ。途中にいくつか部屋があり、ベッドが並んでいる。警備の戦闘員と働いている者は、ここで生活をしているのだ。

広い部屋に出た。コカイン精製を行っている部屋だ。精製設備と共にデスクが並び、秤やその他の計器、袋詰めの機械が並んでいる。

物音のする方を見ると、女たちが十人あまり集まっている。全員が下着姿だ。コカインの持ち出しを防ぐためか。

部屋の隅、デスクに置かれた箱のランプが点滅している。側面についたタイマーの数字が変わっていく。

「外に出ろ。爆薬が仕掛けられている」

ジャディスは叫んだ。横でフェルナンデスが爆弾を凝視している。タイマーの数字は三分を示し、その数字が減っていく。

「解除できないのか」

「俺には無理だ」

ジャディスは辺りを見回したが、出口はない。地上に出るには、地下道を戻らなければならない。

「あと一分五十秒」

「女たちを連れて奥の部屋に行け。急げ」

ジャディスはフェルナンデスに指示した。

「あんたはどうする」

「あと一分十秒。急ぐんだ」

フェルナンデスが女たちを連れて通路を奥に向かって走っていく。

ジャディスはナイフを出してデスクに固定されている箱を外し持ち上げた。かなりの重さだ。わざと重く作られているのか。爆薬Ｃ４だ。この地下工場を完全に爆破するのに十分な量だ。

フェルナンデスが戻ってきた。

「逃げろと言ったはずだ」

「女たちは逃がした。奥に地上への出口があった。爆弾をどうする」

「コカインの保管庫に入れる。金庫なみに頑丈そうだ」

二人で担ぎ上げると地下道を走った。

「おまえは扉を開けろ。あとは一人でやる。のこり三十秒だ」

フェルナンデスがコカインの保管庫の扉を開けた。

ジャディスは力を振り絞って爆弾を抱え保管庫に入った。爆弾を奥に置くと部屋を飛び出した。

鉄製のドアを閉じると同時に轟音が上がった。二人は衝撃で通路の壁に叩きつけられる。ドアが外側に湾曲して、壁との間に大きな隙間ができている。爆風がドアを突き破ったのだ。辺りは暗闇に包まれている。

全身に土砂が降りそそいでくる。地下道全体が揺れ、崩れ始めた。

揺れはすぐに止まった。ジャディスはポケットから小型ライトを出してあたりを照らした。目の前の土山から腕が見える。腕輪はフェルナンデスのものだ。

ジャディスは懸命に土砂をのけた。すぐに顔が現れ、呼吸しているのを確認すると身体を半分かき出した。頰を叩くと目を開けた。

「後は自分でやれ」

ジャディスは倒れるように座り込んだ。

ツトムはどこだ。入口に近い場所にいたはずだから脱出できたか。埋まっているとしたら、自分にはどうすることもできない。

ジャディスは地下道を調べた。通路の断面の三分の二が崩れた土砂で埋まり、天井との隙間は三十センチもない。這ってやっと通れる広さだ。

「入口は塞がれている。奥に進むしかない」

ジャディスは闇の中を這って進んだが、すぐに土砂に塞がれて通れなくなった。

「ここまでだ。先には進めない」

ジャディスはついてくるフェルナンデスに言った。

二人並んで壁に寄りかかって座った。時間だけがすぎていく。

「謝っておきたい。おまえの妻と子供には――。あの日のことが、頭から離れたことはない。いつも悪夢にうなされている」

「あんたをこんなところで死なせない。家族の仇は俺の手でうつ」

フェルナンデスが身体を起こして穴を掘り始めた。ジャディスはしばらく見ていたが、彼の横に移動して、かき出した土砂を背後に押し出した。

一時間ほどすぎたときだった。土砂の奥で音がする。何かをひっかくような、こするような音だ。

「聞こえるか。地下道の入り口側だ」

やがて音は大きくなり人の声が混ざる。ジャディスはライトを音の方に向けた。山土特有の腐葉土の臭いがする土の壁だ。その一角が崩れ落ちると土で汚れたツトムの顔が現れた。

穴はすぐに広げられ、革命軍の兵士たちが懸命に土砂を運び出しているのが見えた。

ジャディスたちが地下から出ると、辺りは明るくなり始めていた。

山のくぼ地に十人あまりの女が寄り添って座っている。ディオスに誘拐されて、コカイン工場で働かされていた女たちだ。全員が汚れた男物の服を着ている。

ジャディスは女たちから斜面に視線を移した。二十余りの遺体が並べられている。半数は下着姿だった。

「ディオスの戦闘員と女たちの見張り要員です。我々の死者は二名。キャンプに運びます」

「ディオスの生き残りはいないのか」

「七名の負傷者がいましたが、全員女たちが殺しました。石や木で殴りつけて。あっという間のことで、止めることはできませんでした。よほどひどい目にあったのでしょう」

コカイン精製工場の辺りは、山の斜面が大きく陥没している。地下工場はほぼ埋まっていた。

「コカインの袋は一つ残らず吹っ飛びました。ちょっと泣けてきます」

ツトムがポケットから泥混じりの白い粉を出して辺りにふりまいた。

5

ラキシの大統領官邸では、コルテス大統領が軍の司令官たちを集めていた。

革命軍のキャンプ襲撃後に、麻薬組織ディオスの掃討作戦が強化された。コルテスがホセの拘束を急いだのだ。

司令官の一人がスマホを耳に当てて何度も頷いている。

「北部の山で大規模な爆発がありました。ディオスのコカイン工場の爆発だと思われます」

スマホを切るとコルテスに向かって言った。

「コカインは運び出されたのか」

「軍の偵察を出していますが、まだ報告はありません。周辺道路を封鎖して検問を行っています」

「ホセ自らが爆破したのか」

「おそらくそうでしょう。政府軍には絶対に渡すなと、部下に命令していたと聞いています」

「あそこには数百キロのコカインと武器があったはずだ」

黙って聞いていたラミネスが口を開いた。

「国内最大のコカイン精製工場でした。そこを爆破すると、ディオスはほぼ壊滅状態です」

「あそこは無傷で手に入れたかった。早く手を打っておくべきだった」

ラミネスが無念そうに言う。

コルテスが執務机から立ち上がった。

司令官たちに緊張が走る。

「俺のパシフィックバンクの口座から奪った金はどうなってる」

「捕らえた者たちから必ず聞き出します」

「ホセの行方はまだ分からないのか」

「まだですが、時間の問題です」

「何としても生きて捕まえろ。金のありかを吐かせるんだ」

「投降してくるディオスの戦闘員もいます。彼らはディオスに忠誠心などありません。食い詰めたか誘拐されて入った者がほとんどです。形勢が悪くなれば、抜ける者が多数出ます。その者たちを捕らえて、今、吐かせようとしています。ホセの発見と逮捕は時間の問題です」

「だったら急げ。ただし殺すな。必ず生きたまま俺の前に連れてくるんだ」

コルテスが強い口調で言う。

「わが軍もディオスとの戦闘で百名近い兵士を失いました。士気も落ちています。何とかする必要があります」

「ホセを捕らえることだ。金のありかを吐かせ、その後、国民の前で切り刻んで吊るしてやる。もっと早く、殺しておくべきだった」

コルテスは吐き捨てるように言うと、考え込んでいる。

部屋に緊張が漂った。司令官たちの視線はコルテスに集中している。次は何を命令するのか。

「ルイスはどうなった。まだ見つからないのか」

ラミネスが緊張を破った。

「ディオスのテロで、十分な捜索が行えませんでした。しかし、革命軍がルイスを助け出したのなら、何らかの行動を起こすはずです」

「奴らにそれだけの力が残っていたとは。半年前のルイスと他の政治犯の逮捕で、壊滅したはずではなかったのか」

「そのはずですが――」

「ルイスの発見を急げ。革命軍の生き残りはまだ多いのか」

コルテスはいらだった口調で矢継ぎ早に質問した。

「キャンプは破壊しました。生き残りはいますが、多くはないはずです」

「問題はルイスだ。あいつさえ殺せば、残りは散っていく。捕らえて国民の前で反乱罪で処刑する」

コルテスの脳裏には重苦しいものがはりついている。それはさらに全身に広がっていく。ルイスは生ける屍だった。その男が収容所から脱走し、何をしようとしている。

「ルイスには娘がいた。たしか、ペネロペ」

ラミネスの言葉でコルテスが顔を上げた。

「ペネロペを連れてこい。あの女は大目に見ていたが、状況が変わってきた」

「それが——行方不明です。ルイスの捜索でペネロペの家に行ったのですが、数日前から帰っていないとのことです」

「あの女がルイスの逃亡に関係しているのか」

「現在、捜査中です」

「やっかいなことが起こる前に、ルイスとペネロペを捕らえるか、殺せ。革命軍もどうなっているか調べろ」

コルテスは叩きつけるように言うと、ソファーに座り込んだ。

6

FBIでは、アダンとバネッサがパソコンを睨んでいた。パソコンのまわりにはコーヒーの空きカップ、テーブルにはピザとドーナツの箱が散乱していた。

二人はウォールでの銃撃の映像を見ていた。アダンはすでに百回以上見ている。

「これがウォールの虐殺者、ジャディス・グリーン大尉ね。虐殺者には見えない」

「彼は撃つなと叫んでいます。しかし、部下たちには聞こえていない。撃ち続けている」

「難民側からの銃撃も激しい。これじゃあ軍も反撃するでしょ。撃ち返さなければ、自分たちがやられる」

バネッサがヘッドホンを外すとアダンに向き直った。

「グリーン大尉はメキシコ側に向けては、一発も撃ってませんね。部下の銃撃を止めさせようと空に向かって威嚇射撃をしただけです」

「記録にもそうあります。しかし、結果的に難民側に百十五名の死者と三百三十二名の負傷者が出ています。米軍の死者はゼロ。負傷者も一桁だ。これじゃ国内だけじゃなく、国際社会からも当然非難される。まさに〈ウォールの虐殺〉です」

アダンがため息をつきながら言う。

〈ジャディス・グリーン大尉の悲劇〉とも言える。彼はウォールの虐殺者と呼ばれ、軍を不名誉除隊させられた。家庭も崩壊した」

「これが真実なら、ウォールの悲劇の真実は大きく書き換えられることになる。コルテス大統領が工作員を送って、ウォールの悲劇をつくり上げた。まず、メキシコ側に止められた車からアメリカ軍に発砲があった。ほとんど同時に、アメリカ側のリカルド・セルサ一等兵が反撃して発砲している。後は、お互いに撃ち合って、死体の山を築いた。リカルドの口座には、事件の前日と翌日に計三万ドルが振り込まれている。国際的な非難を受けるべきは、コルテス大統領ということになる。でも、これらはすべて状況証拠からの推論」

「ウォールの悲劇以来、コルドバからの難民は出ていません。アメリカに行けば殺される、というコルテスの演説が定着しました。ジャディス同様、テイラー大統領も非難されています。支持率も一時は大幅低下しました。徐々に持ち直していますが、再選にはまだ厳しい状態だ。今一つ、インパクトのあるものがほしい。おまけに、テイラー大統領は未だに娘から許してもらえないと嘆いているそうです」

「で、ジャディスの居場所はどうなってるの」

　バネッサが改まった口調で聞いた。

「ロサンゼルスの建設現場で働いていたことまではつかみました。近くのモーテルに住んでいたこともね。それ以後は――」

アダンは見ていたファイルを閉じた。

「ジャディスと結びつきそうな事件はないの。彼が十万ドルを手にできるような強盗事件とか」

「元妻に養育費の遅延でなじられた元陸軍大尉が強盗ですか。それじゃ、ジャディスがあまりに哀れです」

言いながらアダンはパソコンを操作していく。

「コカインの密売に手を出すというのは？　手っ取り早く大金が手に入る。ＬＡならあり得ます」

「それにしても、元手ってのがいるでしょ。取引現場を襲って金を手に入れ、送金した後に殺された。今ごろは海か川に沈められてるか、砂漠に埋められてる」

「待ってください。ここ数日、中米からの供給が途絶えてるらしいです。中米のコカイン生産国と言えば――」

「コルドバ。キャラバンの起点の国。ジャディス・グリーン大尉転落の原因になった国」

アダンはバネッサの言葉を打ち込み、マウスをクリックした。

「我々はコルドバからコカインを一掃する。コルテス大統領の宣言です。ここのところ、政府軍と麻薬組織ディオスの交戦が頻発しています。昨夜、ジャングルで謎の爆発が確認されています。おそらく、地下のコカイン工場だろうって」

「キャラバンの人たちは、コルテス大統領の独裁政治と麻薬組織ディオスの頭領ホセの残虐行為から逃げ出してきたんでしょ」

バネッサが考えをまとめるように、ゆっくりと話していく。

「ジャディスの失踪と関係あると思いますか」

「これだけの情報じゃ、なんとも言えない。でも、それを調べるのがＦＢＩの仕事」

「僕は関係ない方にかけます。話が突拍子もなさすぎる」

そう言いながらもアダンはパソコンを操作して、コルドバの衛星画像を呼び出している。

「なんでもいいから、ヒントになりそうなものを探して。私は上に報告してくる」

バネッサはもう一度、ディスプレイを覗き込むと部屋を出て行った。


テイラー大統領はすでに三十分も執務室の中を歩き回っていた。

考えた末、スマホを出して連絡先の一つをタップした。

〈何でしょう、ロバート〉

丁寧な口調の声が返ってくる。この男はいつもこの調子だ。もっと気楽にしゃべれないのか。他者との間に壁をつくる。大金持ちの自己防衛本能かと分析したこともあるが、妻子を亡くしてからさらにひどくなっている。

「ＦＢＩが何かを調べている。ウォールの悲劇についてだ。今さら、という気がするが」

〈何事も真実を追求するということは、悪いことじゃない。私は賛成です。それが表に出ないとしても〉

「実業家はそうか。だが、政治家は違う。真実とは自分が信じたいことだ。それ以外の真実があれば、無視するか覆い隠そうとする」

〈歴史は虚構の上に成り立っているということですか〉

「そうあってはならない。歴史は未来をつくるカギとなるべきものだ。その歴史が誤っていれば、現在に歪《ひずみ》が出てくる。その歪は未来にも影響する。偽りの過去によって、未来に歪が生ずるとまずい。そのためには誤りを正すことだ」

大統領は自分の言葉の矛盾を考えながら話した。ジョンは大統領としての私の立場を十分に理解してくれている。その上での発言だ。

〈耐え難い過去もあるでしょう。できれば書き換えたいと思う未来も。だったらそれを修正したい、とは思いませんか。過去の修正は正しい現在を生み出し、明るい未来へ導く可能性もある〉

「ウォールの悲劇はどうかな。あの過去によって、現在の私の苦境が生まれ、未来には暗雲が垂れ込めている。再選の困難さもそうだが、最大の悪夢は未だに娘に嫌われていることだ。史上最悪の大統領、父親としてね」

一年前に支持率は一気に十五パーセント下がった。慌てて幕引きを図ったが、それが裏目に出た感じもする。未だに八ポイントしか回復していない。このままだと再選は危うい。選挙戦が近づけば、対抗陣営は〈ウォールの悲劇〉を蒸し返してくるだろう。現場の血にまみれた遺体の写真がテレビで流されるたびに、一万票が消えていくと、選挙参謀が嘆いていた。

〈その過去のために立ち上がる者もいます。ジャディスたちのラキシへの進攻が始まります〉

「ハンベル副大統領の動きがますます激しくなっている。一時間前は私の部屋に来て、眺めまわしてた。あれは部屋の模様替えをする用意だね。大統領選の前に、ここの主になる気だ。私を辞任に追い込んでね。ああいうあからさまな態度を見せつけられると、こいつにだけは渡したくないと、ファイトがわいてくる」

〈あと少しです。ジャディスたちはラキシを攻略し、新生コルドバを樹立します〉

「私にできることはないか、ジョン」

〈うまくいくよう、祈りましょう。ロバート〉

大統領はスマホを切った。しかし、この作戦が成功しても、自分の名前が出ることはない。父親の力でどれだけ多くの難民の発生を阻止したか、娘に知らせる手立てはないのだ。

深いため息をついて、執務机の椅子に座り込んだ。

第六章　真実の裏側

1

麻薬組織ディオスのボス、ホセ・モレーノは首都ラキシ近郊の農家に潜んでいた。連れている部下は腹心の十人だけだった。総勢約千五百人いた部下の五百人あまりは政府軍に殺され、残りは逮捕されラキシの刑務所に入っているか、逃亡して散り散りになっている。逮捕された者も上級幹部は拷問された上、処刑されたと聞いている。

ホセの屋敷も政府軍に占領された。家族は海外に逃がす手配をしていたが、連絡は途切れている。

「コカインと工場はどうなった」

保管していたコカインの移動とコカイン精製工場の爆破を部下に命令していた。コルテスに渡すよりは、破壊した方がましだ。

「コルドバ北部の工場が攻撃されましたが、爆破装置が作動しました。連絡がないところを見ると、生き残りはいないようです」

「コカインは移動したか」

「襲われたのは移動前です」

　ホセはナイフを抜いてテーブルに突き刺した。部下の身体がビクリと反応した。

「あそこは極秘中の極秘の保管所兼精製工場だった。なぜ、政府軍に漏れたんだ。この一週間で八つあった工場のすべてが政府軍に襲われている。失ったコカインは九百六十キロ。コルテスの野郎、必ず喉をかき切って豚に食わせてやる。家族、親戚、友人、コルテスに関係する者すべてを豚の餌にしてやる」

「政府軍が地下工場を急襲したとは思えません。軍にもぐり込ませている者からも、連絡はありません」

「実際に攻撃されて、武器が奪われた。部下は何人残っている」

「五十人ほどだと思います。ラキシ周辺に身を隠しています」

　そのとき、部下の一人がノックもなく入ってきた。

　ホセの耳元で何事かささやいた。ホセの顔色が変わる。

「移動の準備をしろ。すぐにここを出る」

「しかしどこに――」

「どこでもいい。急ぐんだ。政府軍が兵舎を出て、こっちに向かっていると連絡があった。

攻撃を仕掛けてくる。コルテスの野郎、必ず豚の餌にしてやる」

ホセが繰り返し、テーブルのナイフを抜いた。

「ラキシに行く。コルテスの首をかき切る。部下を集めろ」

「ラキシは危険です。アジトの一つは昨日攻撃を受けています。コルテスは北部の部隊もラキシに呼び戻しています。我々に総攻撃を仕掛けてくるつもりです」

「どうしてアジトが漏れた。我々の中にスパイがいると言うのか」

ホセは苦しそうな息を吐いた。

部下が耳をすましている。車のエンジン音が聞こえる。ディーゼルエンジンの重い響きだ。その音が近づいてくる。二台や三台ではない。

カーテンの隙間から見ても暗くて何も見えない。ライトを消して走っているのか。いつの間にかエンジン音も消え、静寂が広がっていた。

「政府軍です。完全に取り囲まれています」

ドアが勢いよく開くと、部下が駆け込んできて叫んだ。

窓ガラスの割れる音がして、辺りに白煙が広がる。同時に銃撃が始まった。ガラスがはじけ飛び、棚の上の写真立てや花瓶が砕け散る。

ホセと部下は床を這いながら窓から離れた。

「催涙弾だ。廊下に出ろ」

「政府軍だ、反撃するんだ。皆殺しにしろ」

いくつかの声が飛び交い、家の中からも銃声が聞こえ始める。

外からの銃声が止んだ。それに伴い、家の中の銃声も止み、静けさが広がった。

思わず目を覆った。強烈なライトが農家に当てられている。マイクの声が響き始めた。

「抵抗をやめて出てこい、ディオスの諸君。政府軍が完全に取り囲んでいる。投降すれば命だけは助けてやる」

「だまされるな。徹底抗戦だ」

「ホセを差し出せ。奴の首には百万ドルの賞金がかかっている。命が助かる上に百万ドルが手に入るんだぞ」

「投降した者は拷問された上、全員殺されている」

ホセは自動小銃を握り直すと、外のライト目がけて撃ち始めた。

再び政府軍の銃撃が始まった。窓ガラスは吹き飛び、壁が銃弾で穴だらけになる。

そのとき、ホセは頭に強い衝撃を感じた。振り向くと銃を構えた部下が立っている。

「おまえ――裏切ったのか」

かすれた声を出した。銃を向けようとしたが重くて上がらない。

再度頭に衝撃を感じ、意識が消えていった。


コルテス大統領はホセを見つめた。

後ろ手に手錠を掛けられ、浅黒い顔の半分がひげで覆われた小太りの男だ。頭から流れた血が顔と首筋を伝い、シャツを赤く染めていた。

コルテスを見て顔を歪めると、ツバを吐きかけた。

背後にいた軍曹の襟章を着けた大男が、銃でホセの背中を殴りつけた。呻き声を上げ、前のめりに倒れる。

軍曹が肩をつかんでホセを引き起こし、コルテスの前に跪《ひざまず》かせた。

「手荒な真似はするな、世界一の麻薬王ホセだ。だが、やるときは徹底的にやる。死を懇願するほどにな」

コルテスはホセを覗き込んだ。

「そのときはおまえを呪い殺してやる。必ずな」

「やってみろ。その気力が残っていればな。俺の金はどこにある。パシフィックバンクから、おまえがかすめ取った七十五億ドルだ」

ホセが顔を上げてコルテスを睨んだ。

「その報復に、貴様は俺の金を盗んだのか。なにが大統領だ。薄汚い、盗人野郎が」

軍曹が背中を蹴った。床に倒れたところをコルテスが頭を踏みつける。

その様子をラミネスが冷ややかな目で見ている。

「何を言ってる。俺の金を盗み、レストランを爆破し、全面戦争を仕掛けてきた。それなりの覚悟があったからだろう」

「デタラメを言うな。俺の金を盗んだだろう。だから、レストランを爆破した。戦争を仕掛けてきたのは貴様だ。俺の望みは貴様の喉をかみ切って、心臓を食らってクソにしてやることだ」

「連れて行け。今夜中に金のありかを吐かせろ」

コルテスの命令で、軍曹はホセを立たせると部屋を出て行った。

ドアが閉まるのを見届けてから、コルテスは棚からテキーラの瓶を取った。グラスを持ってソファーに行くと、ラミネスの横に座った。

コルテスの前には複数の司令官が立っている。

「あの男は薄汚いブタだ。死んだら金も無意味だということを思い知らせてやれ。どこまで強情を貫けるか」

グラスのテキーラを一気に喉に流し込んだ。

「ルイスの行方はまだ分からないのか」

　ラミネスが司令官の一人に聞いた。

「現在、捜索中です。谷での攻撃後、消えてしまいました。他の政治犯も同様です。彼らは全員老人で体力もありません。長いジャングル暮らしは難しい。いつまでも隠れ通すことはできません」

「国外逃亡ということはないか。アメリカに亡命されれば、面倒だ。また人権人権と騒ぎ出し、亡命を認めるだろう」

　コルテスがラミネスに視線を向けた。

「テイラー大統領は拒むはずです。ウォールの悲劇は、まだアメリカにとっては過去の話ではありません。なぜ今になってコルドバの亡命者を受け入れるんだ、ということになります。過去を蒸し返すようなバカなことはしません。当分、コルドバとは距離をおくはずです」

「だが、どうも気になる。俺の金を銀行から盗み出したのは本当にホセなのか。一流のハッカーが十人組んでも、ムリだという説明をきいた。あの男に銀行のセキュリティが破れるとは思えないが」

「金で雇うことはできます。超一流のハッカーを。しかし、せっかくパシフィックバンクにハッキングしながらなぜ大統領の金だけを盗んだのか」

コルテスは立ち上がり、部屋の中を歩き始めた。ラミネスがコルテスを目で追っている。

コルテスが立ち止まった。

「その通りだ。それに、俺の金を盗めばどうなるかは分かっている。あの男、報復におまえは俺の金を盗んだのか、とも言った。あの男も金を取られたのか」

コルテスは目を閉じた。いくつかの疑問が脳裏をかすめる。

「盗んだのがあの薄汚い男ではないとすると――革命軍の仕業とは思えないか」

司令官たちは顔を見合わせている。

「大統領の金が引き出されたのはいつだ」

突然、ラミネスが聞いた。司令官の一人が日にちと時間を言う。

「レストランが爆破された後です。ホセはレストランを爆破した上に、大統領から金を盗んだということか。報復を覚悟して」

ラミネスがコルテスを見ながら言う。

「ホセに会いに行く」

コルテスは立ち上がった。

ホセは地下の一室に監禁されていた。

全裸で椅子に縛り付けられている。全身に青あざができ、顔は腫れ上がっていた。首を垂れて気を失っている。床には五十センチほどの血が付いたホースが落ちていた。

「何か吐いたか」

「これからが本番です。必ず吐かせます」

「意識を戻させろ」

軍曹がバケツの水をかけた。

意識を取り戻したホセは、首を垂れたままコルテスを睨み付けている。

「俺を薄汚い盗人野郎だって言ったな。おまえも俺も、金を盗まれたらしいな。たしかに俺から金を盗むには、おまえは知恵がなさすぎる」

ホセが顔を上げてコルテスにツバをかけた。

コルテスがその顔を覗き込む。ホセが再びツバを吐こうとした。コルテスがその顔を殴りつける。

コルテスは部下の腰からナイフを抜き取ると、振り向きざまホセの喉をかき切った。飛び散った血がコルテスの軍服を染める。

ナイフの血をホセの身体で拭くと部下のケースに戻した。部屋は静まりかえっている。

コルテスは執務室に戻った。

脳裏には最後に見せたホセの表情が刻み込まれている。あの男に理性や知性などない、野蛮なだけの薄汚い男だ。

コルテスは居並ぶ司令官たちに視線を向けた。全員が怯えた表情でコルテスを見ている。

「金を引き出したのは、あいつじゃない」

「だったら、誰が――」

司令官の一人がかすれた声を出した。

「革命軍の奴らだ。しかし、ホセ同様あいつらがパシフィックバンクにハッキングできるとは思えん。ルイスの救出もそうだ。救出ヘリが来ている。キャンプの攻撃でも、半数は逃げられた。その上、反撃までされた。今までなら全滅させることができたはずだ。俺たちの動きは見張られている」

「政府軍内部に革命軍のスパイがいるというのですか。あり得ません」

コルテスは人差し指を立てて上を指した。

「衛星だ。攻撃部隊の動きは敵に知られていた。アメリカが絡んでいる」

「アメリカが革命軍を援助しているというのですか。どこからも、そんな情報はありません」

「ロシアに問い合わせろ。彼らはアメリカ政府内にも情報源があるはずだ。必ず大統領の指示が出ている。議会の承認など取っていない極秘作戦だ。わずかでも関与の証拠があれば大統領を辞任させてやる」

「至急問い合わせます」

「革命軍を率いているのは誰だ。ルイスやセバスチャンではない。ルイスは国民に支持され、軍の指揮などできん。銃さえまともに撃てん奴だ。セバスチャンも同様だ。力も能力もない。他に誰かいるはずだ。捜し出せ」

　コルテスが叫んだ。自分を落ち着かせようと、何度も大きく息を吸い込んだ。

「ホセの処刑を国民に伝えろ。同時に世界にも報せるんだ。コルドバ政府軍の勇敢な行動により、麻薬組織ディオスのボス、ホセ・モレーノを捕らえ、処刑した。ホセはここ数日の一連の爆破テロにも関与していた」

「ここらで世界と国民にメッセージを送ったらどうです」

　ラミネスがコルテスを見て続けた。

「ゴメス・コルテス大統領は、麻薬組織の壊滅を宣言し、国民の団結をさらに強固にするために新国家の建国式典を行う。というのはどうです」

「革命軍が黙ってはいません。必ず何らかの声明を出して、攻撃を仕掛けてきます」

司令官の一人が言う。

「迎え撃つんだ。これだけ捜索しても見つからないということは、大した組織にはなっていないのだ」

「それが狙いですか。新国家の建国式典は」

「あの男から連絡はないのか」

ラミネスと司令官の話を聞いていたコルテスが言う。

「前の攻撃以来、途絶えたままです」

「正体がバレたということはないだろうな」

「そのときは死を選ぶようにと」

コルテスは考え込んでいたが、突然顔を上げて司令官たちを見て言い放った。

「次の日曜日に広場で建国式典を行う。国連大使も呼んで軍事パレードをやる」

「ただちに手配します。ルイス捜索にも人数を増やします」

「あくまで新コルドバ創立の式典だ。コルドバ政府軍を世界に紹介するチャンスだ。周辺諸国にも無言の圧力になる」

コルテスは不気味な笑みを浮かべた。

ソファーに深く座り直したラミネスが、平然とした顔で見ている。

2

ジャディスたちはコカイン工場から運び出した武器を持って、キャンプに戻った。

工場で働いていた女たちも運ぶのを手伝った。

キャンプはいつでも移動の準備ができていた。これ以上、同じ場所に滞在することは危険だ。セバスチャンの傷は治り切っていないが、先頭に立って移動の指揮を執っていた。政府軍の攻撃を受け、多数の死傷者を出し、キャンプを焼かれたことに責任を感じているようだ。

ジャディスはテントにツトムとブライアン、ルイスを含めた革命軍の幹部を集めた。

「今日の襲撃はすでに政府軍にも、ディオスにも伝えられている。もはやディオスは政府軍に反撃する力は残っていない。政府軍は次に革命軍に目を向ける。我々、アメリカ人の存在に気づくのは時間の問題だ」

「気づいてもアメリカ合衆国の関与の証拠などありません。せいぜい傭兵を雇ったと思うだけです」

ジャディスはツトムに目を留めた。

「コルテスが我々に気づき、キャンプが攻撃される前にラキシを攻略したい」

「まだ難しいでしょう。政府軍とやり合うには、兵士の数も武器も圧倒的に劣っています。

今日、奪ってきた武器だけでは、足りません」

「すべてがそろうまで待てない。今まで何とかなったんだ。これからも何とかなる」

「運がよかっただけです。全滅の可能性もあった。やはり、もっと準備が必要です」

「ルイス教授はどう思う」

ジャディスはルイスを見た。ルイスの横にはペネロペが座っている。体調のすぐれない父親を医者として診ているのだ。

「あなたたちには感謝している。言い尽くせないほどです。しかし、あまりに多くの国民が死んでいる。これ以上の死者を出すのは私には耐え難い」

「父さん、間違ってる。そんなことを言うと、今までに犠牲になった人たちは浮かばれない。母さんだって――」

いつもは黙って聞いているペネロペが強い口調で言う。

ジャディスはペネロペに視線を向けた。

「あんたはラキシ進攻に賛成ということか」

「私は医者です。戦いのことはまったく分からない。この国では多くの死を見てきた。ここ数日は生者より死者との関わりが多いくらい。彼らの死は無駄にはできない。報いるべき」

「勝算はあるのですか。僕は負ける戦いはしたくない」

ツトムが真顔で言う。ブライアンも頷いている。

「キーとなるのは国民がルイス教授にどれだけ賛同するかだ。彼が立ち上がれば、必ず同調して立ち上がる国民が出てくる。政府軍の中にも我々に味方する者が出る」

「出なかったらどうします。戦力的には絶対に劣勢です。僕は推測で死にたくはない」

「私も時期が悪いと思う。部隊は疲れ切っている。ラキシへの進攻どころではない」

黙っていたセバスチャンが口を開いた。キャンプの移動は連日続き、武器不足に加え食料すら乏しくなってきている。何より、政府軍の攻撃で仲間の多くを失ったことは精神的に大きな痛手になっていた。

「やってみなきゃ、分からないでしょ」

突然ペネロペが叫んだ。ルイスが驚いた表情でペネロペを見ている。

「革命なんてそんなもんでしょ。初めは数人の不満分子が政府の悪口を言い合って、それが広まり一つの力になっていく。その数はさらに増える。今はボロボロの革命軍ニュー・コルドバだけど、ラキシに着くころには大軍になってる」

「意外と楽観的なんだな。もっと慎重派かと思っていた」

「あなたたちが意気地がないのよ。自分たちで始めた戦争でしょ。だったら、終わらせるのもあなたたち」

ペネロペがルイスからジャディスに視線を移した。

「俺たちは新しい国を造るために来た。安全で豊かな国造りだ。今がそのときだ」

ジャディスの決断でラキシ進攻が決まった。移動の途中でルイスに賛同する者が加わる。そのペネロペの主張にセバスチャンとツトムが折れたのだ。

ラキシ進攻は兵士たちには伏せられることになった。兵士たちの動揺を考えたのだ。劣勢であることは誰もが分かっている。情報が政府軍に漏れることも心配だった。今攻められたらひとたまりもない。

「部隊の兵士の行動に気をつけろ。おかしな行動を取る者がいれば報告しろ」

ジャディスはセバスチャンとツトムに伝えた。


その夜、ジャディスはテントに入って、ウォー・ルームのスチュアートに衛星電話をかけた。

「明日、ラキシに向かいます。昼間はジャングルと道路を歩き、夜はジャングルで野営。途中、点在する村を回り、ルイス教授が革命軍への参加を呼び掛けます。加わる者は増えるはずです。現在、部隊は総勢三百人。ラキシに着くころには、千名にはなっているはずです。しかし、かなり難しい作戦です」

〈成功の可能性は低いな。私たちは表立って援護はできない〉

「空軍の援助は無理としても、巡航ミサイルで政府軍基地を攻撃できませんか。革命軍が攻撃したことにすれば、我々の勢力をごまかせます。ダメージを与えておけば、敵兵士の士気が下がります」

〈危険は冒せない。ロシアと中国がコルドバ周辺の状況に関心を持ち始めて、警戒を強めている。アメリカ政府の関与が分かると、マスコミや議会が騒ぎ始める。大統領まで巻き込むことになる。関与が分かれば辞任問題にまで発展する。ウォールの悲劇の影響がやっと薄れてきたときだ。ホワイトハウスは慎重派、というより保身派の巣窟だ。波風はできるだけ立てるな。今回の作戦が少しでも漏れると、大統領は潰される。これはジョンも同じ意見だ〉

「了解です。こっちで何とかします」

ジャディスは衛星電話を切った。

パソコンを立ち上げて、もう一度、ラキシ近郊の地図と政府軍の配置と施設を調べた。

物音に振り向くとペネロペが立っている。

「ルイス教授に何かあったのか」

「彼は寝ている。でも、本当は寝ている振りをしてるだけ。不眠症が続いている。私や他の人を安心させたいだけ。こんな状態で眠れる方こそ、異常ね」

「俺は眠る必要があるときには眠る」

　ジャディスは嘘を言った。ここ数日、満足に眠っていない。だが緊張が続いているせいか、眠りたいとも思わない。悪夢を見るよりは現実に身を置いている方がいい。神経はいつも以上に張り詰めている。

「本当のことを教えてほしい。私たちは政府軍に勝つことができるの」

　ペネロペは私たちという言葉を使った。ジャディスは一瞬の間をおいて口を開いた。

「難しいと思う。兵力は百分の一にも満たない、武器も自動小銃と、地雷とRPGだ。しかし、俺たちには最後の切り札がある」

　ジャディスはペネロペを見た。

「あんたの父上、ルイス教授だ。彼は革命軍と国民から絶対的な信頼を得ている。この劣悪な状況でも、彼の存在で兵士は何とかここにいる。彼の言葉で入隊してくる兵士も多い。明日からラキシに向かうが、到着までにどれだけ兵を増やせるか」

　ペネロペが無言で聞いていたが、やがて口を開いた。

「ジャングルを出て、車での移動はできないの」

「政府軍の検問が多い。見つかればラキシ到着前に全滅する」

「父の身体はかなり弱っている。精神力だけで、あなたや仲間と行動している。いつ倒れてもおかしくない」

「だから、あんたに任せている。ルイス教授を助けてほしい」

「革命の成功までは生かしてくれということね」

ジャディスは答えない。

ペネロペがジャディスから視線を外した。何か考えているようだったが、もう一度視線を向けると、何も言わずテントを出て行った。

翌朝、明るくなる前に、全員に移動が告げられた。

革命軍は陽が昇ると同時にキャンプをたたみ、ディオスから救い出した女たちを連れて出発した。

昼近くになって、ジャングルを横切る道路に出た。

幅三メートルほどの舗装されていない道で、荷物を満載したトラックが時折砂埃を上げて走っていく。ラキシに向かうトラックだ。

「女たちはここに置いていこう。通りかかった車が村まで連れて行ってくれる」

ジャディスは道の左右を見ながら言った。

「政府軍の車だと問題です。ディオスの仲間としてレイプされて殺されます。ここまで来たら、村まで連れて行くべきです」

「女たちは目立ちすぎる。噂はすぐに広がる。ディオスのコカイン工場を襲ったのが、俺たちだと気づく」

「厄介なものを背負い込んだ」

ジャディスはツトムたちが言い合う声を聞いていた。

「ここから二時間ばかりの所に村があります。少し迂回しますが、ラキシへの通り道です」

フェルナンデスがジャディスに地図を見せながら言う。

結局、女たちを村まで連れて行くことになった。


村に入ると、村人が集まり革命軍を珍しそうに見ている。

女たちは怯えを含んだ目を村人に向け、寄り添うように集まっている。

ジャディスはフェルナンデスに聞いた。

「この村の者たちは信用できるか」

「分かりません。ディオスと政府軍を憎んでいることは間違いありません。両方から暴行と略奪を受けていますす」

「恐れていることも間違いない。脅されれば何でもやる」

「しかし彼らは、我々革命軍を信じています」

一瞬の沈黙の後、フェルナンデスは言い切った。

「村長に理由を話して、女たちをしばらくかくまって、各自の出身の村に帰すよう頼んでくれ」

女たちの一人がジャディスのところに来た。

「みんな、一緒に戦いたいと言っています。もちろん私もです」

女たちが集まってジャディスの方を見ている。

「足手まといになるだけだ。この村にしばらく隠れて、自分らの村に帰れ」

「もう村には帰れない。私たちは捕らえられ、コカイン工場で働かされた。それだけじゃない。毎日、戦闘員の相手をさせられた。もう、村では受け入れてくれない」

「それでもやはりムリだ。これから起こることは戦闘だ」

女がフェルナンデスの自動小銃を取った。

安全装置を外すと、兵士たちの足元と頭上に向けて撃った。地面が土煙を上げ、頭上の木々が砕け散った。

ジャディスに向かって怒鳴るような口調でしゃべり始める。

「私たちは戦闘員としての訓練も受けた。政府軍が襲ってきたら、最前線で戦わされることになっていた。あいつらが逃げる時間をつくるために」

　女は目に涙を浮かべている。

「やっとこの国にも希望が見えてきた。私たちも戦う」

「ラキシまではジャングルを通り、山を越えなければならない。過酷な旅になる」

「二年前、ディオスの組織に捕らえられ、何度も移動させられた。大量の荷物を背負わされて。体力は男に負けない」

「彼女たちも同行させるべきです。俺が責任を持ちます」

「おまえの判断に任せる。俺たちも、彼女たちも失望させるな」

　ジャディスはフェルナンデスに言った。セバスチャンも頷いている。


　革命軍はラキシに向けて村を出発した。

　女たちはディオスから奪った武器を持って、フェルナンデスの部隊に入った。

　ジャングルを歩き始めて一時間がすぎていた。後ろの部隊が遅れ始めている。

「先生を連れてきてくれ」

　ジャディスのところにフェルナンデスが来て小声で言う。先生とはペネロペのことだ。キャンプではいつの間にかそう呼ばれていた。

「誰か具合が悪いのか」

「女が一人倒れた。ナディアだ」

救い出したときから顔色の悪い女だった。動きが鈍く、いつも仲間の後ろに隠れるようにしていた。仲間も女をかばっているように見えた。

ペネロペが呼ばれ、診察と同時に男たちは遠ざけられた。

「彼女は妊娠している。おそらく八カ月くらい。痩せてるので、あの服で分からなかったのね。これ以上歩くと母体と胎児の命に関わる」

ジャディスのところに来たペネロペが言う。

「今まで、そんな素振りも見せていない」

「置いていかれると思ったからでしょう。みんな生き残るのに必死なのよ」

ジャディスはフェルナンデスと共にナディアの所に行った。

ナディアはかなり苦しいらしく、ぐったりとしている。

ジャディスはペネロペの言葉を伝えた。

「村まで送らせる。しばらく休んで、体調を戻して家に帰れ」

「私はみんなについていく。私の命なんて、どうでもいい。この子も、誰の子か分からない。ディオスの奴らにレイプされてできた子」

「おまえの子だ。それは事実だろ」

黙っていたフェルナンデスが強い口調で言う。

女たちが寄ってきて、ジャディスたちの話を聞いている。

「この女は村に帰す」

「私は帰らない。みんなと一緒にラキシに行く」

「政府軍が我々を捜している。先を急ぐ必要がある。おまえのために全員が危険に晒されるかもしれない」

ナディアが突然ナイフを抜いて自分の首に当てた。

「だったらここで死ぬ。こんな国で生きていたくない」

「俺が彼女を背負ってでも連れていく。文句はないだろう」

フェルナンデスがナディアの前に立ち、ジャディスを睨んだ。

「私たちも全員でナディアを護る。私たちはさんざん苦しめられてきた。男なんかには負けない」

女たちがナディアを取り囲んだ。

ジャディスは無言でその場を立ち去った。ツトムも今度は何も言わない。

ナディアはフェルナンデスが見つけてきた荷車に乗せられて、女たちがそれをひいた。

半日歩き続けた。女たちは言葉通り、男たちに負けなかった。銃を持ち、荷物を背負って黙々と歩き続けている。

3

ラキシに向けて進軍を始めたとき、革命軍は女たちを入れて三百人あまりいた。

全員が武装しても、武器はまだ百丁近い自動小銃が残っている。ジャングルでは、武器は人の手によって運ばれた。

夜になり、キャンプの設営ができたときには、全員が疲れ切っていた。大地に倒れ込むと、すでに眠っている者もいる。

ルイスの体調は良くなかった。ペネロペに助けられながら、気力だけで歩いている。

「このままでは、ラキシに着いても政府軍とは戦えません。今の十倍以上の兵力と武器が必要です」

「ないものを嘆いても、仕方がない」

ジャディスとツトムが話し合っていた。

「俺の村から人を集めてきます。ディオスから逃げ出した者も多くいます。彼らは戦闘訓練も受けている」

チャドがジャディスに言った。

「そいつらに武器を持たせても大丈夫か」

「俺と同じような者たちです。生きるためにディオスに入った。みな、自分たちの国がほしい。本当はコルドバを愛している」

「何人か連れて行け。フェルナンデスがいい。一人では危険だ」

ツトムがチャドの肩を叩いた。

チャドがテントを出て行くとジャディスが言う。

「フェルナンデスに見張らせるわけか」

「何を考えているか分からない奴らです。武器を持って逃げられるよりいい」

翌日、明け方になってチャドとフェルナンデスが二十人ほどの若者を連れて戻ってきた。

全員、一癖も二癖もありそうな者ばかりだ。

カラシニコフを持っている者も数人いたが、その他の者は山刀かナイフだ。

「こいつらの訓練はチャドに任せたい。銃と食事を与えてやれ」

セバスチャンが言うとチャドが頷く。

「必ず立派な兵士に育てる。こいつらのうち五人は俺の従弟だ。ディオスから逃げて村に隠れていた」

「問題はこれからだ。こいつらの面倒はおまえが見ろ。何か起これば責任は、チャド、おまえが取ることになる」

セバスチャンがチャドに向かって言う。

「問題を起こさないようにしてくれ。何かあれば、おまえの責任だぞ」

ジャディスはチャドに言った。チャドは戸惑った顔で頷いている。責任ある仕事は任されたことがないのだろう。

三人のやりとりをツトムが冷めた目で見ている。


革命軍はジャングルの村々を回り、参加を呼び掛けながらラキシに向けて進んだ。その間に、百名あまりの農民が革命軍に加わり、兵士の数は増えていった。同時にジャディスの不安は増していく。銃など撃ったことのない農民がほとんどだ。ブライアンとフェルナンデスは、行軍の途中も兵士たちに銃の扱い方を教えている。

ラキシに近づくにつれて道路を走る政府軍の軍用車が多くなった。検問所も多く、革命軍は大きくジャングルを迂回して進んだ。

キャンプの空気は張り詰めていた。ちょっと触れるだけで弾けそうな緊張感に満ちている。

ジャディスの前にはルイスとセバスチャンをはじめ、革命軍のリーダーたちが座っていた。

テーブルには衛星電話とパソコンが置かれている。あと数分でウォー・ルームのジョンから電話がかかってくる。

衛星電話が鳴り始めた。スピーカーホンにするとジョンの声がテント内に聞こえた。

〈そちらの状況を教えてくれ。ウォー・ルームでは、全員が心配している〉

「キャンプを政府軍に攻撃された影響は大きい。兵員も武器も足りない。政府軍の目を避けながら、ジャングルを移動してラキシに向かっています。情報が足りません」

〈コルテスがホセを処刑したことは知っていますか〉

「この衛星電話をパソコンにつないでテレビ会議にしても安全ですか。ここにはセバスチャンとツトム、ブライアンもいます」

〈問題ありません。これは安全な回線です〉

ジャディスは衛星電話をカメラ付きのパソコンにつないでテレビ会議に切り替えた。ディスプレイにはウォー・ルームが映し出された。カメラの中央にいるのは車椅子に乗ったジョンだ。その両隣にスチュアートとニックが座っている。正面の中央スクリーンと各自のパソコンには、キャンプのテント内の様子が映っている。

〈二時間前、コルドバ政府の発表で、政府軍に拘束されていたディオスの頭領ホセが、処刑されました〉

「麻薬組織ディオスが壊滅したということですか」

〈分かりません。トップを失ったら、ナンバー2が上がればいい。ただしこれは企業の場合です〉

「ホセはただの麻薬王じゃなかった。コルドバでは大統領同様大物でした。コカインを栽培し売るだけじゃない。その金でロシアと中国から武器を買って、近隣諸国や国際テロ組織に売って大もうけをしていました。ホセだからやれたことです。コルドバ国民を恐怖と金で支配していました。彼以外の者は実力も求心力もない、ごろつきの集団になります」

そのホセをコルテスが捕らえ、処刑したのだ。

〈コルテスはそれを世界に知らせるために、建国広場で式典と軍事パレードを計画しています〉

「いつです、それは」

〈三日後です。コルテスは新生コルドバを印象付けようとしています。国連で演説も計画しています〉

「我々が攻撃目標にすることを承知で、式典を実行するというのですか」

当然、軍を配置して待ち構えている。革命軍を一掃するための式典でもあるのだろう。

〈そっちの状況を伝えてください〉

　ジョンが呼びかけてくる。

「現在はラキシの北、五キロの地点です。俺の体内の発信機はうまく機能していますか」

〈もちろんです。eテックで開発したものです〉

　ジャディスは革命軍の兵力と状況を伝えた。ジャディスの説明が進むにつれて、ジョンたちの表情が変わってくる。思っていた以上に状況が悪いことに気付いたのだ。

「ラキシ攻略には、現在の十倍の兵士と武器が必要です。兵士は徐々に増えつつありますが、我々には時間がありません」

〈作戦は失敗ということですか〉

「ルイス教授と娘のペネロペもいます。二人の存在で兵士の士気は高まっています。近隣の村から合流する者も増えています。政府軍の兵士が我々につかないとも限りません。希望はありますが、先のことは分かりません」

〈私たちの予想より、コルテスはしぶとく狡猾で残虐です。政府軍の兵士はみな、コルテスを恐れています〉

　パソコンから聞こえてくるジョンの声は暗い。

〈もし、あなたたちが望むなら、脱出のためのヘリを送ることも考えています。アメリカ政府とは関係ない、民間軍事会社の救出ヘリです。ルイス教授とペネロペはアメリカに亡命す

ればいい〉

テレビ会議を聞いていたルイスが立ち上がって、ジャディスの背後に行った。

ジャディスの肩に手をやって席を替わるように合図した。パソコンカメラの位置を確かめるように二、三度まばたきすると話し始めた。

「私は祖国を逃げ出す気は一切ありません。我々はまだ、十分戦えます。仲間と武器は必ず手に入れます」

〈あなたは――〉

「私はルイス・エスコバルです。この革命は必ず成功させてみせます。私の命に懸けて。私を救い出してくれたジャディス・グリーン大尉やあなたたちに感謝しています」

ジョンたちの表情が変わった。驚きに加えて安堵の色も感じられる。

〈あなたの言葉は我々にとっても心強い。我々は表に出ることはできませんが、あなたとあなたの国を支援している者です。状況はジャディスから聞いています。現在、我々のできることを模索しています〉

「十分やっていただいた。あなた方のおかげで、私は生きてここにいます。これからは私たち、コルドバ国民の力で新しいコルドバを建設します。必ずこの苦境を乗り切ります」

〈そのお言葉を合衆国大統領も喜ぶでしょう。私たちは、あなたやジャディスの行方を追っ

ています。今後の幸運を祈ります〉

「私たちも全力を尽くします」

ジャディスは衛星回線を切った。

「そうは言ったが、これからどうするんです。現在の兵力では、ライオンに挑む犬です」

ツトムがジャディスとルイスを交互に見ている。

「形《なり》だけのライオンもいるし、勇敢で賢い犬もいる」

二人の代わりに、ペネロペが答えた。


革命軍ニュー・コルドバはジャングルを進んだ。

ラキシに到着するまでにいくつかの村を回って、兵力を増強していく予定だった。

すでにルイスの手紙を持った者が、村々の有力者を回っている。

しかし革命軍を見ても、農民たちは農作業を続けている。通りを行き交う人々は革命軍を見ると、視線を下げて足早に通り過ぎる。銃を持つ者を恐れているのだ。ほんの一部の人々がルイスに気づき、足を止めて見ている。

「拡声器はありませんか。私が人々に呼びかけます」

ルイスの言葉に、ジャディスは拡声器を渡した。

「コルドバ国民の皆さん、私はルイス・エスコバルです。私たちは首都ラキシに向かっています。コルテスの独裁政権を倒し、新国家を建設するためです。共に新しいコルドバを建設しましょう。すでにホセは殺され、麻薬組織ディオスは壊滅しました。コルドバを子供たちが安心して住める国に。国民が飢えて、自国を捨てて外国に亡命しなくて済む国にしようではありませんか」

ルイスは熱っぽく語った。革命軍の兵士の中には涙を流している者もいる。

農民たちが農作業の手を止めて聞いている。子供たちが革命軍に手を振り始めた。

「続けてください。意外と効果があるかもしれない」

ジャディスがルイスに言う。

「私は半年間、コルテスに囚われていました。しかし今は、同志と共に自由の身です。真実のコルドバは恐怖と貧困のために逃げ出す国ではなく、豊かで美しく平和な国なのです。新しいコルドバを造るために共に戦いましょう」

一人の農民がクワを持ったまま兵士たちと話していたが、部隊に加わった。他の農民たちも、彼に続いている。

その日、十近い町と村を通ったが、部隊が通るたびにその数は増えていった。

ジャングルで野営する頃には、すでに五百名を超える部隊になっていた。

「ラキシ攻略までには千五百人にはなっている。しかし、政府軍にはとうていおよびません」

ツトムが疲れて座り込んでいる兵士に目を向けて言う。

「それでも大したものだ。ルイス教授と共に戦いたいということで集結してきた者たちだ。問題はすでに武器が足りないことだ」

集結した者たちの大半は貧しい身なりの農民だ。果たして、これで戦えるのかという疑問はあったが、意識して考えないようにした。

「半数以上が銃を握るのは初めてだそうです。訓練するには時間が足りません」

「銃の扱いを知らないということは、平和に生きてきた証です」

振り向くとルイスとペネロペが立っている。

「だから自分の国を逃げ出すことになる。戦うためには犠牲も覚悟しなきゃならない」

「国民同士がお互いに殺し合うのは犠牲とは言わない」

では何と言う。ジャディスは言葉をのみ込んだ。

ルイスの体力はかなり落ちていた。その分を気力で補っている。ペネロペはそんな父親の世話をかいがいしくしていた。

ウォー・ルームでは重い空気の中に僅かな希望も感じられた。

ルイスの素直で謙虚な言葉を彼自身の口から直接聞いたからだ。彼なら信じられるという、誠実さと意志の強さを感じた。

しかし彼の姿には誰もが驚きもしたはずだ。写真では知っていたが、数分前に見たルイスの姿は痩せ衰え、頰がこけて十歳は年老いて見えた。目の奥に宿る英知の輝きだけが、もとの面影を残していた。

ビリーのところにアントニオがやってきた。

「さっきの会議の映像をもう一度、見せてくれ」

「コルドバが懐かしくなったか」

「会議が始まって十分後くらいの映像だ。若い兵士がテントに入ってきて、革命軍の司令官セバスチャンに話しかけていた」

ビリーは映像を出した。アントニオは身を乗り出し、ディスプレイに顔をつけるようにして見ている。

「十分というとこの辺りだ」

「この男だ。迷彩服の小柄な男だ」

ビリーがアントニオの指先の男を拡大し、鮮明にする。

アントニオは食い入るように男の顔を見ている。

「こいつだ。間違いない。こいつが仲間と俺の妻をレイプし、娘の喉をかき切った。俺が止めようとしてつかんだナイフで指を切った。忘れようとしても忘れられない顔だ。大統領親衛隊の悪魔野郎だ」

アントニオは拳を握りしめ、憎しみに満ちた声を絞り出した。頬には涙が伝っている。

「あの男がなぜ革命軍にいる」

「名前は分からないか」

「ロペスだ。仲間にそう呼ばれていた。絶対に忘れない。地獄の底までも追いかける。若いが親衛隊の軍曹だ」

ビリーが隣のパソコンのマウスを操作して何度かクリックした。

ウォー・ルームにあるデータベースを呼び出す。

「ロペスがいれば教えろ。コルテスの背後に並んでいるのが大統領親衛隊だ」

コルテス大統領の式典の映像だ。外国の大使も招かれている。白の儀礼服を着た若い男たちが直立不動の姿勢で立っている。

アントニオが一人の男を指した。

端整な顔つきの青年が口元を引き締め、睨むような目でコルテスを見ている。その表情には強い羨望と野心が感じられた。

「この男だ。間違いない」

正装したロペスは野心のかたまりのような目立つ存在だ。

ビリーはパソコン上に二つの写真を並べて、顔認識ソフトにかけた。

「ピンポンだ。九十九・七パーセントの確率で同一人物だ。驚いたね、こいつが政府軍のスパイだ」

ビリーは二枚の写真と鑑定結果をプリントした。

ビリーはアントニオと共に、スチュアートのところに行った。

「革命軍の中に政府軍の軍曹がいます。おそらく彼が革命軍の情報を政府軍に送っている。ジャディスに至急知らせてください」

ビリーはスチュアートに二枚の写真を見せた。

衛星電話でのテレビ会議と、コルテス大統領の式典映像からの写真コピーだ。ロペスの顔が大写しになっている。

ニックが寄ってきて覗き込んだ。

アントニオがロペスについて話した。

「間違いないのか」

「この指にかけて誓う。間違いない」

アントニオは二本の指をスチュアートの目の前に突きつけた。

「鑑定結果がいくら百パーセントに近くても、この映像だけじゃな。たしかに似ているが」

「で、調べてみた。名前はロペス・カルデロン、二十三歳。五年前に親衛隊に入隊してる」

「ロペスが政府軍のスパイだと言うんだな」

「僕は事実を知らせているだけ。判断は他の誰かがしてよ」

「ジョンを呼んでくれ」

スチュアートがジョンにロペスについて話した。

ジョンは話を聞きながら二枚の写真に見入っている。

「彼が政府軍のスパイなら、革命軍のキャンプの位置を知らせることができるし、衛星電話に妨害電波を送ることもできるわけだ」

「間違っていたら――」

「間違いありません。妻と娘と私の指にかけて誓う」

必死で訴えるアントニオの目には涙が浮かんでいる。

「ジャディスには俺から話す」

スチュアートがジョンから写真を受け取った。

スチュアートから衛星電話があったのは、ジャディスがキャンプの司令部に戻ったときだった。

アントニオの言葉をジャディスに告げると同時に、スマホに親衛隊の制服姿のロペスの写真を送ってきた。

「この男は革命軍の部隊にいます。確かにチャドだ。麻薬組織を逃げ出してきたと聞いている。セバスチャンも気に入ってる優秀な兵士です」

〈二十三歳で大統領親衛隊の軍曹だ。政府軍ではエリート中のエリートだ。キャンプが襲われた後は政府軍の攻撃はないのか〉

「襲撃を受けたのは一度だけです。その後は毎日移動している。攻撃はない」

〈チャドという男は、今どこにいる〉

「偵察に出ています。ラキシまでの道路の状況を調べている。真夜中には戻ってくるはずです。明日の朝には、全員でラキシに向かいます」

〈その情報をチャドは知っているのか〉

「キャンプの全員が知っています。今、出発の準備をしている」

〈後の扱いは、おまえに任せる。ミスは許されない〉

分かりました、と答えてジャディスは衛星電話を切った。

考えれば、おかしなことが続いた。キャンプの襲撃、衛星電話の故障。突然、通信回線がダウンすることもあった。チャドならばセバスチャンについて、司令部への出入りも多かった。できないこともない。

ジャディスはツトムとブライアンを呼んだ。ここで信用できるのは二人しかいない。

二人はジャディスの言葉を無言で聞いていた。

「驚きはしませんが信じたくない話ですね。それが真実なら、キャンプが襲撃されてから、よくここまで来られたものだ」

ツトムが銃を持って立ち上がった。

「キャンプの警備を強化しろ。斥候を出して、周辺十キロ以内に政府軍の動きがあるか調べてくれ。残りの者は戦闘準備だ」

ジャディスは矢継ぎ早に指示を出した。

「チャドがスパイなら、政府軍が攻撃を仕掛けてくるのは今夜だ」

ジャディスは自分の出した指示が気休めであることを知っている。今、政府軍に攻撃を受ければひとたまりもないだろう。

ジャディスは革命軍司令官のセバスチャンに会うためにテントを出た。

見張りを三倍にして警戒していたが、政府軍の攻撃はなかった。

深夜、セバスチャンがジャディスのテントに来た。

「チャドが帰ってきた。政府軍が見当たらないので、引き揚げてきたと言っている」

「つけられてはいなかったか」

「調べたがいない」

「チャドはどうした」

「縛り上げて見張りをつけている」

ジャディスはツトムと共にセバスチャンのテントまで行った。

チャドは後ろ手に縛られ、椅子に縛り付けられていた。

すでにかなり殴られたらしく、顔が腫れ上がっている。

「おまえは大統領親衛隊の軍曹だってな、ロペス」

ジャディスの呼びかけにチャドが顔を上げた。何かを訴えるかのようにジャディスを見ている。

「政府軍が俺たちのキャンプを襲って、キャンプは焼かれ半数近くが殺された。情報を流したのはおまえか」

　チャドは唇をかみしめ答えない。

「アントニオという男を知っているか。革命軍の兵士だ。おまえに妻をレイプされ殺された。娘は喉を切られた。彼自身も片目と片足をなくし、右手の指を三本切られたと言っている」

　やはりチャドは無言のままだ。間違いないということか。

　ツトムが銃をチャドの頭につけた。

「間違いなければ俺がおまえを殺す」

　チャドがかすかに震えている。ジャディスはチャドの肩をつかんだ。

「俺は止めない。それが事実なら、おまえは殺されるだけのことをした。言うことがあれば言っておけ」

「俺の本名はロペス・カルデロンだ。俺は十八の時に大統領親衛隊に入った。親衛隊は幹部の命令には逆らえない。それは、コルテス大統領の命令だからだ。そう教え込まれている」

　チャドが顔を上げて話し始めた。声は震え上ずっている。時折声を詰まらせた。

「俺は革命軍に潜入して、情報を送るように命令された。最初は命令に従って、情報を送っていた。キャンプの襲撃も位置と手薄になるときを知らせた」

　セバスチャンがチャドを殴りつけた。椅子ごとチャドの身体が倒れた。

「これは死んでいった仲間のものだ。まだまだ足りないが。これは、負傷した仲間の分だ」

椅子ごと引き起こしたチャドの顔を殴りつけた。再び背後に音を立てて倒れる。

目元は内出血で赤黒く変色し、腫れ上がっている。

「たしかに俺は親衛隊に入っていた。しかし、昔のことだ。今は戻る気はない。信じてはくれないだろうが」

チャドは血の混じったよだれを口元から垂らして、絞り出すような声で話した。

「政府軍がキャンプを襲った跡を見て愕然とした。あれは攻撃なんかじゃない。虐殺だ。俺たちは、同じ国民同士で殺し合っている。それに——ルイス教授やジャディスの言葉を聞いて、俺も祖国が欲しくなった」

チャドはセバスチャンにすがるような目を向けた。セバスチャンの身体は細かく震えている。

「ラキシに向かい始めてからは政府軍と連絡は取っていない。ここで暮らしてあんたらを見ていて、考えが変わった。俺も愛することのできる祖国を造りたくなった。俺も祖国は愛している。でも、仕方がなかった。俺には母親がラキシにいて——」

銃声が響いた。セバスチャンが銃の引き金をもう一度引いた。

「こいつのために、多くの仲間が死んだ。当然の報いだ。こいつが死んでも、誰も文句は言わない」

叫ぶように言って、チャドを見つめている。目には涙が光っている。

セバスチャンの背後の男が拳銃を持ってチャドの前に立った。

「俺はアントニオの従弟だ。アントニオの妻と娘、それにあいつ自身の恨みもある」

チャドの身体に向かって、弾がなくなるまで撃ち続けた。

銃弾に身体を引き裂かれ、血まみれになっていくチャドを、ジャディスは見ていた。

いつの間にか革命軍の兵士たちが、彼らを何重にも取り囲んでいた。

4

パソコンのディスプレイには空港ロビーが映っている。フレームにはジャディスの顔写真が貼ってあった。

「ジャディスの最後の目撃はLAXです。十日前の朝の八時。顔認証ソフトで調べました。荷物を持ってロビーを歩いていた」

アダンは振り向いてバネッサに言う。

「そこまで調べたのなら、航空会社に問い合わせれば行き先が分かるでしょ」

「そこで終わりです。どこの会社のチケットも買っていません。航空会社のカウンターにも現れていないし、搭乗ゲートも通っていません。つまり――」

「プライベートジェットで飛んでったってこと」

「その日、LAXから出ているプライベートジェットは三機です。三機とも調べましたが、いちばん可能性のあるのは、ジョン・クラークのものです」

「あのeテックの会長の――」

「そうです。あのeテック会長のジョン・クラークです」

「どこに飛んだの」

「デザート・サンド空港です。ネバダの砂漠にあります」

「eテックの本社はサンノゼね。八百キロも離れてる。新規事業に手を出してるというのなら別だけど。砂漠でサボテンを育てるとか。テキーラ造りなら興味がある」

「行ってみますか」

「上司がOKを出せばね」

　バネッサがそう言いながらキーボードを叩いた。ディスプレイ上に衛星画像が現れる。場所はネバダの砂漠だ。

「空港付近の建物というと、多くはない。雑貨店を兼ねたガスステーションがあるわね。それに――潰れたホテル」

ホテル周辺が拡大された。アダンが覗き込んでくる。

「変わったところはない。でも——タイヤの跡らしいものがある。少なくとも数日間に何台かの車の出入りがあった」

「車は見えませんね。地下に駐車場があるんでしょうか」

バネッサが画像を移動させた。道路から続くタイヤの跡を追っていく。すべてホテル内部に消えている。

「このホテルの電力使用量を調べて。水の使用量もね」

「電力はゼロでした。水の使用量もゼロ。電気も水道も通っていません。内部の発電機で電気を起こし、貯水している水か給水車で賄っているということですか」

「もし人がいればね」

アダンはマウスを動かした。

「ここ数日間のホテル上空の衛星画像を呼び出します」

何度かキーボードを叩くと、黒塗りの車がホテルを出入りしている映像が現れた。やはり地下駐車場がある。

「十日間の車の動きです。この半年間では、大規模な輸送車の出入りもあります。大部分がeテックの関連企業ですが」

アダンはディスプレイに顔をつけるようにして見ている。

「ホテルの内部が知りたいわね」

「それはここからでは無理です。捜査員を送りますか。我々が行きますか」

バネッサが考え込んでいる。

「今度は完全にクビを覚悟の仕事になるわよ。大物が現れた。ジョン・クラークは大統領とも友達よ。ただの友達じゃない。大金持ちの友達。私らなんか、小指で弾き飛ばせる」

「どうせ飛ばされるなら、大物にやられる方がいい。いつか自慢できる」

「そうね。大物の方がね」

バネッサが頷いて立ち上がった。

「あなたは飛行機とレンタカーの用意をするのよ。私は上と掛け合ってくる」

「デザート・サンド空港に飛んでる定期便なんてありませんよ。LAに飛んでレンタカーを借りて——」

バネッサが肩をすくめて出て行った。アダンはパソコンを睨み、キーボードを叩いている。

十分後に戻ってきたときは、副長官のダグラスが一緒だった。

ダグラスがアダンの肩越しにディスプレイを覗き込んだ。

「このホテルにジャディスがいるのか。ジョン・クラークと一緒に」

アダンはダグラスに答えず、ディスプレイに目を向けたままだ。

「何か新しいことが分かったの」

「ジャディスはすでにホテルを出ていると思われます。一週間前にホテルの屋上にヘリが来ました。乗り込んだのはジャディスです。帰ってきた形跡はありません。行き先はおそらく――」

アダンは言葉を止めた。ダグラスが早く言えという顔で、アダンを見つめている。

「コルドバです。これはあくまで僕の直感ですが」

「ジャディスはウォールの虐殺者だ。住民に見つかれば袋叩きにされて吊るされる。あの事件で家族、身内や友人が亡くなった者は多い」

「先週から、コルドバで大きな動きがあります。政府軍と麻薬組織の戦闘が頻繁に起きています。ジャディスが消えてからです。何かが動いています」

今度はバネッサが言う。

「私も同行する。これからボストン空港に行く。ＦＢＩの機を待機させる。ネバダ空港に飛んで、そこからヘリで砂漠のホテルだ」

「でも準備が――」

「機内でもできる。ここよりいいコンピュータを積んでるし、アクセスも問題ない」

「長官には報告するんですか」

アダンの言葉にダグラスが考え込んでいる。

「しばらく伏せておこう。すべては推測の域を出ない。具体的な何かが出てからだ」

ダグラスが二人に遅れるなと念を押して出て行った。

「たしかにうかつには話せない。ジャディスがもしコルドバに関わっていたら国際問題だ。とても、一人でできることじゃない。ジョン・クラークが関わっているとすると、大統領も関係している可能性があるということか」

アダンは呟いてベルトに拳銃のホルスターをつけるとドアに向かった。


テイラー大統領は深く息を吸った。

ジョンからの報告が続いている。

〈ルイス教授と話しました。革命軍ニュー・コルドバの政治部門のリーダーです。コルドバの次期指導者と考えています。合衆国大統領、彼があなたに感謝をしていました。礼を言ってくれということです〉

写真では見たことがあるが、白髪の穏やかな表情で、政治家というより学者という感じを受けた。

「いずれ、会えればいいが」

〈現在、ジャディスたちと行動を共にしています〉

「彼が銃を持ち、戦っていると言うのか」

〈とてもそうには思えない方です。しかしコルドバ国民のシンボルです。彼のもとに国民が集結し、団結します〉

「ルイス教授の無事を祈りたい」

〈作戦はいよいよ第一段階の大詰めを迎えています。ジャディスたち革命軍はジャングルを出て、ラキシに向けて出発しました〉

「コルドバ近海には空母を停泊させてある。いつでも戦闘機を飛ばす用意はできている」

〈大統領がこの作戦に関与することがあっては、断じてなりません。ジャディスからはトマホークによるラキシの政府軍基地の攻撃を頼まれましたが、断りました。あまりに危険が大きすぎます。ロシアと中国の衛星も最近コルドバに注意を向けているようです〉

「私にできることはないか。私だけが無傷で、ここにいることは耐え難い」

　大統領の脳裏にウォールでの惨劇が蘇った。銃声と流血。悲鳴と怒号。砂漠に横たわる数百の死傷者たち。そのとき、パトリシアから向けられた目と涙は今も忘れることができない。心を深くえぐられた。

〈すでにヘリを飛ばしてくれました。そのおかげで、ジャディスとルイス教授たちはキャンプに戻ることができたのです。感謝しています〉

「副大統領の疑惑はそれらしい。彼はヘリパイロットに直接、電話をしたようだ」

〈なんと答えたんです。そのパイロットは〉

「民間アメリカ人の救出、と答えたらしい。編隊での緊急飛行訓練中にＳＯＳシグナルを受けた。国境すれすれでの作戦と言ったらしい。副大統領もそれ以上の追及はできなかったようだ。しかし、なぜ民間人の救出なんだ」

〈ジャディスが言ったのでしょう。彼は軍を除隊しています。全員が民間人です。嘘はありません〉

「敵地からの救出となると勲章が必要かな」

〈今回の作戦では誰も勲章など望んでいません〉

「そうだな。私も見返りを期待するのはやめにしよう。再選のポイント稼ぎなどケチなことだ。恥ずかしいよ。だが、娘との関係修復というささやかな望みも無理かな」

〈結果が出れば、すべてがついてきます。我々は最善を尽くすのみです〉

ジョンは終始穏やかな口調で話しているが、かなりのプレッシャーがかかっていることは明らかだ。

「やはり作戦の成否にかかわらず、終了したときには、すべてを明らかにしよう。明確に他国への干渉であり、私が関わっていることも事実だ。すべては私の責任だ。私は大統領を辞任しても悔いはない」

〈そのときになったら考えましょう。今は作戦成功に全力を尽くすだけです〉

ジョンからの電話は切れた。

大統領はしばらくスマホを耳に当てたままだった。聞こえない何かに耳を澄ましていた。

遥か南方のジャングルでは、ルイスやジャディスたちが新たな民主主義国家建設のために、死力を尽くして戦っている。二度と、あの悲劇を繰り返さないために。

大統領はスマホを胸ポケットに入れた。

第七章　首都ラキシへ

1

ジャディスは革命軍ニュー・コルドバの司令官セバスチャンと部隊の指揮官たちを集めて、今後の計画を話し合っていた。

数時間前から小雨が降っている。中米特有の湿気と暑さのため、全員が消耗し、苛立っていた。

セバスチャンが立ち上がり、革命軍の今後の作戦を説明した。

「コルテスが大規模な建国式典と軍事パレードを行う。ディオスの壊滅と我々ニュー・コルドバの制圧を祝い、自らの権力が盤石であることを示すためだ。国民と世界にコルドバでの自分の力を誇示するつもりだ」

全員が真剣な表情で、セバスチャンの話を聞いている。

「そんなことは断固させない。コルテスの建国式典を攻撃する。我々国民の新しい国家を造り上げる」

セバスチャンの強い意志を込めた言葉に小さなざわめきが起こった。昨夜、ジャディスとセバスチャンが話し合って決めたことだ。

ツトムがジャディスを見ている。初めて聞いた話なのだ。

「俺も同意している。この機会を逃したら革命軍は潰される」

ジャディスは指揮官たちを見回しながら言った。

「コルテスは最高の警備態勢を取ります。我々が攻撃を仕掛けることは予想しています。むしろ、そのための軍事パレードでしょう」

「このチャンスを逃したら、コルテスは国際的に認知される。この式典は世界のメディアが放送する。コルテスはコルドバの安定と安全を世界に向けて示したことになる。世界はそれを信じる。我々革命軍は、安全を脅かす国民の敵となる。単なるテロ集団だ」

「武器、兵員数、どれをとっても我々が劣勢に立っている。コルテスはディオスも壊滅した。我々の敗北は目に見えている」

「覚悟していたことだ。だが、我々はここまで来た。ラキシまであと一歩だ」

「時を待つべきだ。我々にはさらなる準備が必要だ」

いくつかの反論も出たが、ジャディスは無言で聞いている。すべてが事実なのだ。

「なんとしても、コルテスを倒して、新政権を樹立しなければなりません」

今まで黙って聞いていたルイスが立ち上がった。

「コルテスが政権を取り続ける限り、この状態は続きます。いずれまた、キャラバンとなって国を逃げ出す国民が出ます。ウォールの悲劇が再び起こります。これが最後のチャンスです。私は建国式典の襲撃に賛成します」

全員が驚いた表情をしている。ルイスが襲撃に賛成と言い切るとは思わなかったのだ。ペネロペだけが落ち着いた表情で聞いている。

「一時間後、また集まってくれ。そのとき、詳しい作戦を説明する」

指揮官たちは立ち上がり、テントを出て行った。

ジャディスが外に出るとツトムが見ている。ジャディスはツトムの所に行った。

「本気ですか。僕は無謀な戦いはしたくない。少しでも勝機のある戦いなら、喜んであなたを手伝いますが」

「勝機ならある。カギはルイス教授だ。今後は彼を前面に立てる。彼を信じ、従う者は多い。今もカリスマ性を持っている唯一の男だ」

「ついてくるのは農民と町の住民です。彼らは兵士じゃない。戦い方など知らない。政府軍に虐殺されるだけです」

「政府軍の中にもルイス教授を信奉している者は多いと聞いている」

「彼らが革命軍に寝返ると言うのですか。だったら、今までにこっちについています。一人でも寝返りましたか」

「チャドはどうだった。俺は彼の最期の言葉を信じたい」

俺も愛することのできる祖国を造りたくなった。チャドはそう言った。

「助かりたい一心の出まかせだ。彼が政府軍に送った情報で我々は兵力の半数を失った。おまけに兵の士気さえも」

「今は取り戻している。そしてここまで来た」

「ここが最終地点です。あなたも軍の指揮官だ。正しく戦力を測ることができるはずだ。私は犬死にはしたくない。前にも言ったでしょ」

「俺はルイス教授と彼らを信じたい」

「死にたいのですか。ウォールの虐殺者としての罪滅ぼしですか」

ジャディスはツトムを殴りつけていた。ツトムはよろめいたが倒れなかった。

「殴れ。僕を殴って正気に戻るなら。いい加減、現実を見つめるべきだ」

「すまなかった。おまえの意思に任せる」

ジャディスはテントの中に戻っていった。

二人を見ているペネロペに気付いていたが、何も言わなかった。

コルテスは大統領官邸の執務室で、落ち着きなく部屋中を歩き回っていた。壁の前には男たちが並んでいる。半数以上が軍服姿だ。側近を集め、建国式典のために最後の指示を出していた。

ラミネスがソファーの端に座り、コルテスと側近たちを見ていた。

コルテスは立ち止まって、男たちに視線を向けた。男たちの顔に緊張が走る。

「革命軍は必ず襲ってくる。いいチャンスだ。この機に叩き潰す。ルイスを含めて皆殺しにしてやる」

コルテスは吐き捨てるように言う。

「軍を町の外に待機させておけ。親衛隊は官邸内部だ。革命軍が広場に入ってから、内からは親衛隊、外からは政府軍が取り囲む。敵の退路を断って、一斉攻撃だ。今度こそ全滅させる」

「しかし未だに、革命軍の主力部隊の動向がつかめていません。ロペスからの連絡も途絶えています。どうも今までと様子が違います。おそらくルイスが指揮を執っていると思われます」

「ルイスに軍など指揮できん。動きがつかめないのは、おまえらの無能のためだ。だから建国式典をやって誘い込む。絶対に逃がすな」

「現在、地方に駐留している政府軍部隊を呼び寄せています。式典までには、半数以上がラキシに到着します」

「急がせろ。部隊の受け入れ態勢も万全を期せ」

コルテスは男たちの顔を一人一人見て言った。

大半の者が出て行った後、数人の部下が残った。コルテスの信頼できる者たちだ。

「ルイスが革命軍の指揮を執ると思うか。あいつは銃も撃てん腰抜けだ。俺の頭に銃口をつけてやっても、引き金を引けん男だ」

コルテスは同意を求めるようにラミネスを見た。

「私もそう思います。ルイスに戦闘の指揮は執れません。おそらく、他の者が指揮を執っている」

「それは誰だ。セバスチャンでも無理だ。あいつはジャングルにこもって、チャンスと見れば政府軍を襲う程度だ」

「おそらく外国人です。アメリカ人でしょう。テイラーもからんではいるが、口出しできないはずです。金で雇われた傭兵か」

「だったら、さっさと誰だか調べるんだ。見つけ出して捕まえろ。俺の国を乱す者として公開処刑にして死体を晒してやる。いい見せしめになる」

コルテスがラミネスと部下に向かって、吐き捨てるように言う。

ウォー・ルームにはジョンとスチュアートを中心に、ほぼ全員が集まっていた。すべての視線が中央スクリーンに向いている。スクリーンには大写しになったジャディスの顔が映っていた。

ジャディスがパソコンから距離をとると、テント内の様子が映し出された。ジャディスの横にはルイスとペネロペが座っている。その隣にセバスチャンがいた。ツトムとブライアン、フェルナンデスはジャディスの背後にいる。

彼らが見ているパソコンには、ウォー・ルームの映像が映っている。

砂漠のホテルと、中米のジャングルのテントとで、衛星回線を使ったテレビ会議が行われていた。

ウォー・ルームのU字型テーブルの中央には、車椅子に座ったジョンの姿がある。その両側にスチュアートとアントニオがいた。その他に各部門のエキスパートたちが座っている。

ジャディスから建国広場で行われる建国式典を急襲して、コルテスを拘束する計画が伝えられていた。ウォー・ルームでは、彼らを全面支援することを決めた。その最終打ち合わせが行われている。

〈オペレーション・キャラバンの成否は、二十四時間以内に行われるこの作戦にかかっています。私たちはリアルタイムの衛星画像の提供と、その他の最大限の援助を求めています〉

ジャディスがスクリーンに向かって、訴えるような口調で言う。彼がこのような行動をとるのは初めてだ。

「それは問題ありません。しかし、コルテスはあなたたち革命軍の攻撃にすでに感づいています。というより、この建国式典と軍事パレードは、革命軍をおびき出すためのものと思われます」

心理学者のエリザがジャディスに対して発言し、さらに続けた。

「コルテスは残虐で感情的な男ですが、冷静で頭のいい男でもあります。特に人心を読み、操るのがうまい。刃向かってくる相手を暴力と恐怖で封じ込めるのはもっとうまい。現代の小ヒトラーです。だから、これほどの権力を手に入れ、それを維持してきました」

〈我々もそう考えています。しかし、チャンスは今しかありません。この機会を逃すと、コルドバの現状を世界に認めさせることになります。次にコルテスは国連でも演説する予定です。麻薬組織の一掃を成果として示し、国連に現体制を容認させるつもりです〉

「革命軍の現状はどうなっていますか」

　ジャディスの説明に対してジョンが聞いてくる。

〈良くはありません。兵士も武器も足りません。麻薬組織は全滅しましたが、政府軍のダメージは大きくありません。コルテスの力は予想より遥かに強かった〉

「そんなことはない。政府軍兵士の戦闘意欲は、恐怖と生き延びるための見せかけにすぎない。何かのきっかけですぐに崩れます」

　割って入ったのはエリザだ。

〈あんたの言う、きっかけを具体的に教えてくれ〉

「残念だけど私は神さまじゃない」

〈じゃ、神さまを探すか、あんたが神さまになってくれ〉

　しばらく沈黙が続いた。ウォー・ルームの全員がエリザを見ている。

「常識を捨てて。相手の裏をかくこと。相手の思い通りに動くことも、逆に混乱させることもある。さらに気のゆるみも引き出します」

〈つまり、何をやってもいいってことか。結果さえ良ければ〉

「それに近い。でも、忘れないで。心理学的に言えば、現在の政府軍の士気は決して高くない。特に下級兵士は十分な訓練も受けていないし、生きるために仕方なく兵士になった者が多い。一角さえ崩せば雪崩を打つ。つまり、革命軍に寝返る可能性が高い」

〈その一角とはなんだ〉

「そっちで考えてよ。私は神さまじゃないって言った」

〈結局は現場任せか。もっと強力な支援が必要だ。援助がなければいずれ孤立して、俺たちは全滅する。政府軍は十分な兵力と武器を持っている〉

　ジャディスの声には初めて聞く悲愴感が漂っていた。

　ウォー・ルームは静まり返っている。ジョンは大統領との会話を思い出していた。彼から何もできないもどかしさを感じた。今の自分もそうだ。

「ルイス教授がキーワードね。彼のカリスマ性はまだ健在。コルドバ国民の老若男女を問わずね。彼が呼びかければ、多くの国民が立ち上がり、政府軍の兵士の心も揺らぐ。だからもっと時間をかけて――」

　エリザの言葉を聞きながらジャディスがルイスを見ている。

　ルイスは目を閉じて何かを考えている。ここ数日で、身体の衰えが目立った。頬の肉は落ち、歩くのも苦しそうだ。時間があれば横になっている、と聞いた。ジャングルでの暮らしと行軍で、肉体的にも精神的にも疲れ切っている。指導者としての精神力だけでここまで来ているのだろう。

　横でペネロペが心配そうな眼差しを父親に注いでいる。

〈建国式典を襲う。この機会を逃したら、我々にチャンスはない〉

ジャディスがテレビカメラを見すえて、強い口調で言った。

「コルテス大統領も観閲するが、自分は親衛隊に囲まれ、目の前では数百人の兵士や戦車、自走砲のパレードだ。革命軍の攻撃も警戒して、軍を配置しているだろう。これまでにないほど厳重な警備態勢が敷かれる」

ジャディスの言葉に反論するように、スチュアートが言う。横ではニックが腕を組み、目を閉じて聞いている。

〈狙うはコルテスただ一人だ。コルテスさえ倒せば、頭を切られた蛇だ。投降する政府軍の兵士も多い〉

「どうやって近づく。正面攻撃では無理だ。兵士の数と武器では革命軍は政府軍の敵ではない」

〈戦闘は兵士の数と武器では決まらないと言ったのは、そこの心理学者だ。その言葉を我々が実践してみせる〉

パソコンのジャディスがスチュアートを睨むように見た。目を開けたニックが笑いをこらえている。

「リアルタイムでの建国広場周辺の衛星画像は送れる。その他に必要なものがあれば言ってくれ。全面支援を約束する」

〈これから、作戦会議をする。後方支援は任せる〉

ジャディスの言葉と共に映像が消えた。

「さあ、僕らは四千キロ離れているジャングルの兵士たちの全面支援だ。ピザをつまんで冷えたビールを飲みながらね」

ビリーが威勢よく言ったが、誰も笑わない。

各自無言で立ち上がると席に戻って行った。


テントの中は息苦しいほどの緊張感に満ちていた。

テーブルの上には、ウォー・ルームから送られてきた衛星写真と地図が置かれている。

その周りをジャディス、ルイス、セバスチャン、ツトム、フェルナンデス、ペネロペ、ブライアンが取り囲んでいた。ジャディスはツトムの姿を見つけてホッとしていた。今まで彼ほど信頼できる副官を持ったことはない。軍にいればかなり上までいく男だ。

「十分前のラキシと建国広場を撮影した衛星写真だ」

「いつもと同じですね。町の住民と見物客ばかりだ。まだ建国式典と軍事パレードの準備は行われていない」

ツトムがいつも通りのおちついた口調で言った。

衛星写真には大統領官邸とその前の広場が鮮明に映っている。

「なんでこの時期に建国式典なんだ。それも、急遽コルテスが決めた」

「麻薬組織と革命軍の壊滅を祝ってということだ。つまり、邪魔者は取り除いた。脅威が去り、コルドバに安定と安全が回復した。世界各国の投資と援助を望むというアピールだ。国連の演説も来月に決まっている。その前に自分の力を誇示しておく狙いだ」

ブライアンの問いにセバスチャンが答える。

「俺たちはここまで来ている。コルテスは知らないのか」

「知っていて我々をおびき出そうとしている。それも建国式典の目的だ。よほどの自信があるんだ」

「まんまと敵の思惑に乗るわけですか。戦車や装甲車も待ちかまえている。広場で戦闘をすれば、革命軍兵士の死体の山ができる。一時間もあれば政府軍に鎮圧される。我々はジャングルでのゲリラ戦で辛うじて生き延びてきたが、これでは太刀打ちできません」

フェルナンデスが一気にしゃべり、ジャディスを見ている。フェルナンデスは会議ではいつもジャディスの言葉を黙って聞き、従ってきた。勇敢で死を恐れない男だ。しかし、今日のフェルナンデスには不安の色さえ感じられる。

「衛星画像によると戦車も装甲車も、主力は国境付近から動いていない。周辺諸国との状況を考えると、コルテスも軍の主力をラキシに移動させるのは不安なんだ。我々には、小火器だけで対応できると踏んでいる」

「我々に計画はあるのですか。一歩間違えれば――」

「計画と言うほどのものじゃない。戦闘を続けている間に、我々に有利なことが起こることを期待している」

ジャディスは心理学者エリザの言葉を思い返していた。政府軍兵士の寝返る確率は高い。何パーセントだ。聞いておかなかったことを後悔した。

「アメリカ軍の援助を期待しているのか。それとも周辺諸国か」

ブライアンが聞いたが、ジャディスは黙っている。

「どちらからの援助も得られない場合はどうする。それでも、俺は戦うがね」

「あなたは民衆が立ち上がるのを期待してるんでしょう。しかし、そんなに甘くはない。民衆というのは身勝手だ。彼らにとっていちばん大事なのは自分だ、次に家族。国家なんてどうでもいい」

フェルナンデスがブライアンに向かって強い口調で言う。ジャディスにも聞かせたいのだろう。こんなフェルナンデスは初めてだった。

誰もフェルナンデスの言葉に反論しない。彼の言葉は正しいのだ。

そのとき、うつむき加減だったツトムが顔を上げた。

「誰だって、命と家族は大事です。だからあんたは祖国を捨ててキャラバンに入ってアメリカに向かった。違うか」

いつもは何も言わないツトムがフェルナンデスを見すえた。全員の目がツトムに集中する。

「そして、すべてを失ってこの国に帰ってきた。あんたが人間らしく、誇りを持って生きられるのはこの国だけだ。国さえ捨てなければ。あんたもそれに気づいたはずだ。だからこの国を変える気になったんだろ」

ツトムの言葉は、自分自身に言い聞かせているようにも思える。

「政府軍の兵士の心も揺れ動いている。彼らも祖国コルドバを愛している。今はコルテスを恐れて従っているだけだ。恐れを捨てれば、我々に味方する」

ツトムが続けた。フェルナンデスの握りしめた拳が震えている。

「おまえもジャディスに似てきたな。せいぜい頑張ってくれ」

ブライアンがツトムの耳元で皮肉を込めて囁いている。

「ラキシに入ったら、三つの部隊に分かれる。二つは広場に向かう。広場を正面から攻撃する部隊と側面から襲う部隊だ。残り一つはテレビ局とラジオ局、新聞社を占拠する」

ジャディスが言い返そうとするツトムを遮るように言う。議論はもう終わりだ。

ラキシ市内には国営のテレビ局とラジオ局が一つずつある。その他に新聞社があるが、すべては国が管理している。公には大統領親衛隊と政府軍が護っていると言われているが、実際はわずかな政府軍がいるだけだと情報が入っている。

「テレビ局とラジオ局を占拠したら、直ちに全国民に向けてルイス教授のメッセージを流す」

ジャディスはパソコン画面に目をやった。

ディスプレイに映し出される画像を使って、セバスチャンが説明を始めた。ウォー・ルームから送られてきた衛星画像だ。

ジャディスたちはジョンから送られてくる衛星画像や政府軍の最新配備状況のデータを利用して、ラキシへの進攻計画を練った。建国式典当日、農民たちの援助を受け、首都を三方向から攻める。

「一方は必ず開けておく。逃げ道をつくっておくことだ。それがないと、敵は必死で反撃してくる」

「政府軍は革命軍が広場に入れば、大統領親衛隊を出してきます。精鋭部隊です。その道が僕らの逃げ道にならなければいいんですが」

ツトムが冷めた口調で言う。彼も腹をくくったようだ。

会議の後、ツトムとブライアンが話していた。ジャディスと目が合ったツトムが大げさに両腕を広げて、肩をすくめた。ジャディスの脳裏を重苦しいモノが貫く。何か分からない、ツトムを覆うベールのようなものを感じる。だがジャディスのツトムを信じる心は揺るがない。


夜、ジャディスはテントでラキシの衛星画像を見ていた。

物音に顔を上げるとペネロペが立っている。

「あなたには感謝しています。父と話すチャンスを与えてくれて」

ペネロペが改まった口調で言った。

「こんなに父の姿を間近に見たことはなかった。父も私と二人でいるときはしゃべり続けている。今まで疎遠だったのを取り戻そうとしているみたい。母についても、私が知らなかったことを教えてくれる。やはり二人は愛し合っていた」

ペネロペがジャディスを見つめている。ジャディスは思わず視線を外した。

「ルイス教授の体力は大丈夫なのか」

目に見えて落ちているのは確かなようだ。気力だけで革命軍についてきている。

「私は医者。ドクターストップをかけるときは躊躇《ちゅうちょ》しない。問題は彼がそれを聞き入れるかどうか」

「ルイス教授の本当の出番は、新政権で国造りを始めるときだ。今までに起きた中東の革命は、新国家建設でことごとく失敗している。国民の融和を図るより、主導権を取りたがる奴らが多すぎた。国が分裂して、内戦が始まる。その点、ルイス教授のカリスマ性は誰よりも強い。彼に取って代わろうなんて奴はいない。国民の大部分に支持されている。コルテスが羨み憎むのももっともだ」

ペネロペの顔が曇った。何かを隠している。

「真実を知っておきたい。俺にはここにいる者すべてを護る義務がある。ルイス教授の体調はかなり悪いのか」

「今は革命の成就という強い思いだけで体力を維持している。それが突然なくなれば――」

ペネロペはテーブルに両手をついた。身体を支え、心を落ち着かせるように、しばらくその姿勢のままでいた。

「送っていく。早く休んだ方がいい」

ジャディスはペネロペの身体を支えてテントを出た。

2

革命軍は未明にジャングルのキャンプを出発した。

隊列は百メートルあまり続いた。食料を含め、武器と弾薬を持った約五百名の移動だ。

「細心の注意をはらえ。政府軍に攻撃されればひとたまりもない」

ジャディスはたえず口に出した。戦力では圧倒的に劣っている。

出発してすぐに雨が降り始めた。いっとき激しく降り、スコールかと思ったが数時間たっても止みそうにない。雨脚は数分の一に弱まっているが、全身ずぶ濡れになりながら歩いた。

政府軍の兵士はラキシに入る三本の主要道に三百名ずつ配置され、市内を二千名が護っている。ラキシを防衛している政府軍の総数は約三千名。さらに、大統領親衛隊が三百名という情報が、ラキシに潜む革命軍の仲間から入っている。

革命軍は明日の夕方までにラキシ近郊に進出する。ジャングルで一夜をすごし、その間に合流した兵士たちと作戦を立てる。明後日の明け方、合流を続けながらラキシを攻撃する。

一日が終わり、テントを設営した直後だった。

「フェルナンデスの姿が見えません」

ジャディスのもとにフェルナンデスの部隊の副官が来た。

「いつからだ」

「ここに着いて、すぐです」

「捜したのか」

「キャンプを出て行ったのを見た者がいます。ナディアも一緒です」

「フェルナンデスはこの近くの村の出だと聞いている。すぐ戻ってくる」

「だったら、なぜナディアを連れて行くのです」

ツトムが言う。

「革命軍を出て行ったとは決まっていない。彼はこのあたりで育った。親戚も友達も多い。会いに行っただけだ」

「ナディアを連れてですか。あの女と知り合ってから、彼の行動は信用できません」

「フェルナンデスは必ず戻ってくる。あいつは死を恐れない。それに、目的がある」

俺を殺して、家族と同胞の仇を討つという目的が。ジャディスは心の中で呟いた。

「フェルナンデスが出て行ったことは誰にも言うな。当分、おまえが指揮を執れ」

ジャディスは副官に告げた。

「厳しい状況です。兵が思っていたように増えません。兵士たちもここにきて弱気になっている」

　ジャディスと二人になったとき、ツトムが呟いた。ルイスの呼びかけで増えると思っていた兵士が予想より少ないのだ。

「普通に考えれば、僕たちは完全に不利です。この状況を考えれば、いつもならとっくに逃げ出しています。他人の戦争に命まで懸けるつもりはありません」

　しかし、と言ってツトムがジャディスを見た。

「今回は逃げ出す気が起こりません。不思議なことに。言ってはみましたがね」

　ツトムが肩をすくめた。

「あなたが言った、大義のせいかもしれない。戦争なんて、どちらの側にも言い分がある。国民ではなく、国家の理屈です。戦争は大部分の国民にとっては、勝っても負けても迷惑なものだ。単なる殺し合い。お互いの言い分を武力で主張し合う集団殺戮です。双方が正義を主張し合って、殺し合う。結果、勝った方が正義ということになる。だが、ここでの戦いは純粋です。生きるためのもの。自分や子供たちが生き延びるための戦いです。あなたも、それが分かってるから残ってるんでしょ」

　ツトムがテントの外に視線を移した。

　相変わらず雨が降り続いている。心まで萎えさせ、憂鬱にする雨だ。

　ブライアンの姿が見えないとツトムから報告があったのは、その一時間後だ。

「今さら、逃げ出したとは思えないが。戦友なら、何か分からないのか」

ジャディスはツトムに聞いた。

「彼は家族持ちで、去年、子供も生まれています。今回の作戦で引退だと言ってたのも事実です。しかし――」

「自分の役割は済んだと判断したのか。だったら、早急すぎる。いずれにしても、フェルナンデスとブライアンがいなくなったことは、他の兵士には悟られるな。雪崩式に脱走は増えるものだ」

ジャディスは脱走という言葉を使ったことを後悔した。二人はジャディスが最も信頼していた兵士だ。それは今も変わっていない。

雨脚が激しくなっている。木々に当たる雨の音が、ジャディスの不安を高めていく。


コルテス大統領は執務室で鏡の前に立っていた。

建国式典と軍事パレードで着る制服の最終チェックを行っていた。

着ているのは大佐の軍服だ。将官になると戦場からは遠ざかる。直接戦闘に加わるのは、せいぜい大佐までだ。昔を忘れないために、式典では大佐の軍服を着ることにしている。

「共に戦おう」というメッセージを込めているのだ。部下たちもそれを理解していて、自分に忠誠を尽くしている。そして何より、強さと若さをアピールできる。

「革命軍の動向はまだつかめないのか。ラキシ近郊に到着しているはずだ」

「前の攻撃以来、日々キャンプ地を変えています。賞金をかけて情報提供を呼びかけてはいますが、有効なものはまだ得られていません。しかしラキシに迫っているのは確かです」

「式典では必ず、何か仕掛けてくる。対抗準備はできているのか」

コルテスはラミネスに聞いた。

「主力部隊を官邸と建国広場周辺におき、作戦通りに配置しています。広場周辺の主要ビルにはスナイパーを配置。どこから攻撃してきても、万全の態勢を取っています」

ラミネスが地図を指しながら落ち着いた口調で説明した。

説明を聞いてもコルテスの苛立ちは解消されなかった。苛立ちの原因がどこにあるのか分からない。それが徐々に不安に変わりつつある。

「ルイスは生きて捕まえろ。いや、難しいなら殺しても構わん。生きて逃がすことだけは許さん。革命軍の幹部は、必ず生かして捕らえるんだ。何としても、俺とホセの金のありかを吐かせる」

「承知しています。官邸の裏には戦車と装甲車を待機させています。ことが起これば、直ちに出動できます」

司令官の一人が答える。考え込んでいたラミネスが顔を上げた。

「ルイスの救出といい、銀行へのハッキングといい、革命軍だけでは難しい。やはり他の何者かが関わっている」

「麻薬組織、革命軍以外というと――」

「アメリカだ。アメリカ合衆国が革命軍に手を貸している」

ラミネスが言い切った。

「それはない。ウォールの悲劇で、テイラーはさんざん世界と議会に叩かれた。コルドバへの介入はしないだろう。公になれば今度こそ命取りだ。再選などあり得ない」

「そうですね。テイラーは臆病な腰抜け大統領です。世間の目ばかりを気にする」

ラミネスが軽くため息をつき、吐き捨てるように言う。

コルテスは鏡を見て背筋を伸ばし、笑みを浮かべた。

何も恐れるものはない。今、目の前に立つ男は偉大な軍人であり、コルドバ大統領のゴメス・コルテスだ。

3

あたりがぼんやりと明るくなった。

ジャングルの深い木々の隙間から薄い陽の光が差し込んでいる。一晩中降っていた雨がやみ、木々の葉についた水分が蒸発して霧のように漂っている。

ラキシ到着の日が近づいていた。ジャディスが地図を見ていると、テントの外が騒がしい。覗くと兵士たちが集まってくる。

「何が起こった」

テントから出て見張りの兵士に聞いた。彼もジャングルの一点に目を留めたままで、分からないと答えた。

ジャングルからは次々に現地人が出てくる。クワやカマ、古い銃を持っている者もいる。全員が農民のようだった。

集まったのは二百人を超える農民だった。

フェルナンデスがツトムに連れられてジャディスの所に来た。

「彼らはフェルナンデスが連れてきた兵士です」

「使えるのか」

「銃は撃てる。ただし撃ち方を教えればです。今は銃も弾薬も足りませんが、ラキシに入って敵のを奪えばいい」

ツトムが淡々と答える。

「申し訳ありませんでした。指揮官として軽率な行動でした。兵士としてもです」

フェルナンデスがジャディスに頭を下げた。

「ナディアを村に連れて行きたかった。このまま行軍を続けると彼女は死んでしまう。ペネロペ先生にもそう言われました」

「なぜ、言っていかなかった。指揮官の一人が消えれば、兵士の士気が下がることは分かっているだろう」

「この時期に一時的にでも部隊を抜けることは、反対されると思いました。私には指揮官の資格はありません」

「ナディアの具合はどうだ」

ジャディスは聞いた。

「知り合いの所に預けてきました。後は彼女の生きようという意志と運です」

フェルナンデスが軽い息を吐いた。彼の表情からするとナディアの具合はよくないのだろう。

「しかし二百人とは、よく集まったな」

「ルイス教授を慕う者は多い。共に立ち上がろうと呼びかけただけです。時間があれば、もっと多くが加わりました」

それに、と言って言葉を切った。しばらく何かを考えている。

「革命軍の大部隊がラキシに迫っていると聞きました。五千人の大部隊です。戦車や自走砲で武装されているとも。その話を聞いて参加した者もいます」

「部隊は我々だけだ。そんな大部隊がどこにいる」

「俺だって知りたいです。実際に見たという者もいるようです」

フェルナンデスの言葉を聞いても、ツトムの表情は変わらない。おそらく、ブライアンと傭兵たちが村々でばらまいているデマだろう。

ジャディスはフェルナンデスに部隊に戻り、新しい兵士たちの世話をするように指示した。

「我々は現実を考えるべきです。兵士の数も兵器もまだまだ十分ではありません。銃の撃ち方さえ知らない者も多い。年齢だって、十代から八十代までいる。コルテスの軍は少なくとも兵士です。銃の撃ち方を知り、敵を殺せと訓練されている。彼らは我々に向かって、躊躇なく引き金を引きます。革命軍にそれができるか」

ツトムが革命軍に歓声を上げて迎えられている農民たちに目を向けて言う。

ルイスは本心では政府軍との戦いを躊躇している。戦闘を目前にした今も、戦いを避ける方法を考えている。

ジョンは車椅子を止めて、視線を中央に向けた。

正面の中央スクリーンにはラキシの町が映っている。

ウォー・ルームは人で溢れていた。ジョンがスタッフ全員に招集をかけたのだ。

「作戦終了後の準備はできていますか」

「ネクスト・コルドバの論文は書き上げています」

経済学者のサミュエル博士が答える。

「まず国連に要請し、食料と医療援助の体制を整えます。これは問題ありません。次にルイス教授が大統領官邸に入り次第、五億ドルの経済援助を表明します。私の教え子が国連職員の幹部です。それとなく打診しましたが、問題はなさそうです。それに次いで、各国に経済援助と産業誘致の要請を出します。提案と資料は私がすでに準備をしています。これはあなたの力を借りた方が良さそうだ」

「ルイス教授は我々の提案を受け入れると思いますか」

「私は彼とは学会で何度も会っています。理想主義者ではあるが、非常に柔軟で賢明な頭脳の持ち主です。ＡＩを駆使して作り上げた、現時点では最高のコルドバ再生計画です。彼は政治学だけではなく、経済学の博士号も持っている。喜んで受け入れると信じています」

サミュエル博士が言った。その声と顔には自信が溢れている。

中央スクリーンには、計画が実行された場合のコルドバの今後三年間の経済予測が示されている。すべての指数が右肩上がりのかなり明るい予測だ。

「外国政府、企業が優位に立って、コルドバに不利益が生じることはないでしょうね」

「十分に考慮しています。対等か、コルドバ政府が優位にあります。最終決定権はすべて、コルドバ政府にあります。あなたの指示通りです」

「資源を適切に使えば、決して貧しい国ではない。短期間の内に投資国も企業も十分な利益を上げることができます。今まではコルテスの独裁政治とホセの麻薬組織が一国を牛耳っていた。ルイス教授が立ち上がろうとしたが、基盤もなく、見通しも甘かった。だが、これからは違う。科学的に合理的なやり方で国を立て直します」

「数年で、国のＧＤＰは倍増します。そのころには、国際社会に認められ、さらなる援助も得られるでしょう。後は得られた富をいかに平等に分配するかです。ルイス教授なら不正は許さないでしょう」

「最重要課題として経済と共に、教育と医療が挙げられています。今まで、どちらも世界的に最下位レベルでした。至急整備する必要があります」

この会議での議事録はすべて、コルドバ新政府に届けられる。大いに参考になるだろう。

「ジャディスたちの戦争もきみたちのＡＩで計画できるのか」

　ニックが皮肉混じりの口調でビリーに聞いた。

　ビリーがサミュエル博士を見る。博士は頷いた。ここ数日、ビリーとサミュエルは空き時間は常に一緒に過ごしていた。戦闘、武器、地形、兵員……ニックの聞き取れた単語だ。

「可能です。知りたいですか」

「すでにやっているのか。見せてくれ」

「チェスと同じ理論です。二つのグループの条件を入れて、お互いを戦わせる。条件には兵力、武器、熟練度、経験、さらに戦場となる場所など可能な限りのデータを入力します」

「ゲームと実際の戦闘とは違う。地勢や天候、兵士のモチベーション、数値化できない様々な要素が関係してくる」

「同じです。データさえそろえば」

「結果はどうなった」

「戦闘が始まって数時間後には、勝敗が決まります。ジャディスたちの革命軍ニュー・コルドバはほぼ壊滅状態です」

　サミュエル博士が言ってから、大きなため息をついた。

「その予測にはエリザ博士が言う心理面は入っているのか」

「入れています。ただ――」

サミュエルの言葉が止まった。

「民衆の意識は入れていません。データが不足というより、ほぼありません。それにルイス博士のカリスマ性の評価も十分とは言えません。現実に近づけるなら、さらなるデータが必要です」

「我々に残された希望は、そのデータ不足の部分か。そしてジャディス」

ニックはジャディスをことさら強く発音した。

サミュエルは答えない。ビリーが笑みを浮かべて片目を閉じた。


会議の後にスチュアートの部屋にジョンがやって来た。

「あなたはプロの軍人だ。あなたから見た今回の計画はどう思う」

「悪くはない。しかし、幸運に頼りすぎると、それから外れた場合のダメージも大きくなりすぎる」

「あなたは今まで革命軍は幸運に頼っていたと考えるのですか」

「コルドバは小さいとはいえ、ひとつの独立国だ。その政府軍と戦うのだから、容易ではない。ジャディスはよくやっている。そして、送り込んだ傭兵と革命軍の兵士たちも。だが、麻薬組織が壊滅し、ホセが殺害された今、コルテスの敵は革命軍に絞られる。兵士の数も兵器も政府軍が数段上だ」

「負けると思っているのですか」

ただ――と言ってスチュアートは息を吐いた。

「革命軍と政府軍とでは兵士の士気が違う。エリザ博士が言っていたように、士気は大事だ。革命軍の兵士がどれだけ勝利を願っているか。勝利に命を懸けることができるか。それは、ルイス教授のカリスマ性にかかっている」

スチュアートは遠慮がちに言った。ジョンの落胆を感じたからだ。

ジョンがさらに考え込んでいる。

「我々にできることは？」

「もう十分にやっている。きみにできることは、眠ることだ。ここ数日、眠ってないだろう」

「コルドバは雨です。暑く湿気も多いジャングルです。ジャディスたちはそこで戦っています」

「我々が現場で直接できることはない。ジャディスたちにウォー・ルームから情報を送ることだけだ。もともと我々が関与できない戦いなのだ」

「そうでした。我々は表に出てはならない存在です」

ジョンは呟くような声で言うと、車椅子の方向を変えた。

「ウォー・ルームのスタッフも、ジャディスたちを助ける手立てを全力を挙げて模索している」

スチュアートはジョンの背中に語りかけた。

4

キャンプは出発準備で兵士と輸送車でごった返していた。

早朝にもかかわらず、昨日の倍以上の兵士が集まっている。ルイスが周辺の村に帰っていた兵士に集合を呼びかけたのだ。

いよいよ今日の昼過ぎには、ラキシ手前の村にキャンプを設営して攻撃準備を整える。

「父を止めて」

ジャディスの所にペネロペが来て言った。

「父が兵士と一緒にラキシ進攻の用意をしている。明日には戦いが始まるんでしょ。とても行軍と戦闘に耐えられる身体じゃない。同行しても邪魔になるだけ。ここにとどまるべき」

「医者ではなく娘として、あんたが説得できないか」

「よけい無理。だから、あなたに頼んでる。彼はあなたを信頼している。あなたの言葉なら聞くかもしれない」

ジャディスはルイスの所に行った。

ルイスが大地に座り込み、靴ひもを結んでいる。ジャディスに気付き笑みを浮かべた。しかし、どこか疲れた、寂しさを感じさせるものだ。

ジャディスはルイスの前にしゃがみ、靴ひもを結び直した。

「コツがあるんです。軍に入れば一番に覚えさせられます」

「あなたには感謝しています。私にも、そして国民にも希望を与えてくれました」

「俺が与えたんじゃない。彼らが自分たちでつかんだんです」

しかし、と言ってジャディスは顔を上げてルイスを見据えた。

「希望だけではいつか疲れ果て、倒れてしまう。理想の未来を引き寄せ現実にすることこそ、目的です」

「我々はこうして、ラキシに近づいている。国民の目的が見え始めています」

「あなたには重要な役割がある。戦後の国造りです。それこそ国民の目的です。我々はそのためにあなたを救出した」

「だから皆と共に行く。まず勝利が必要です。私が先頭に立たなくて、国民がついてくると思いますか」

「政府軍は我々を待ち受けています。これからは戦闘の連続です。それもかなり激しいものです。今までとは違う。あなたは我々の邪魔になるだけです」

ルイスが立ち上がり、横の若い兵士から銃を取った。二、三度、重さを確かめるように上げ下げしたが、兵士に返した。

「確かに戦いは私には難しい。あなたの言うように、これからの行程は戦闘の連続でしょう。だが、戦いは銃を撃つだけではありません。ウォー・ルームの心理学者も言っていました。私を見て、声を聞いて、心を一つにしてくれる者たちも多くいる。そう言ったのはきみだ。私は彼らと共にいたい」

ルイスがジャディスを見つめている。その目には強い意志を感じる。ジャディスに反論の言葉はなかった。

政治犯収容所から逃げてきた政治犯の中では、カリスマ性を発揮できる唯一の人物がルイスだ。彼抜きではこの革命は成功しない、と言い切ったジョンの言葉がよみがえった。

「これを着けてくれ」

ジャディスは防弾ベストを脱いでルイスに差し出した。

「他の兵士は誰も着けていない。私は兵士たちと共にいたい」

ペネロペがジャディスに目配せをした。言い出したら後には引かないと言っている。

「約束してほしい。あなたは戦闘終了後の国造りに欠かせない人だ。私の指示に従い、側を離れないようにしてください」

「あなたの言葉を受け入れよう。ただ、ここにいる全員がコルドバにとっては欠かせない重要な国民だ」

ジャディスは軽く息を吐いた。

「私も行く。反対はしないで。もう決めたことだから」

ペネロペが二人に向かって宣言するように言う。やはり父親同様、言い出したら後には引かない性格なのだ。

「出発の準備ができました」

フェルナンデスが報告に来た。

「陽が昇る頃にはジャングルを出て国道に入ります。そこからはトラックです。行軍は楽だが、政府軍に行動が知られます。迅速に動かなければなりません」

ジャディスたちがテントを出ると、広場は革命軍ニュー・コルドバの兵士たちで埋まっていた。

千人を超える兵士の視線がジャディスに注がれている。

「我々はこれからラキシに向け出発する。新しいコルドバを造る。子供たちに誇れる国だ。

外国に逃げ出すことなく、平和に、豊かに生きることのできる国だ」

ジャディスは兵士たちに向かって叫んだ。兵士たちは無言で聞いている。

「子供たちのために、逃げ出さなくてもいい国を造りたい者は声を出せ」

突然、ツトムが拳を振り上げて叫んだ。ツトムのこんな行動は初めてだった。

「子供たちが平和に暮らせる国を。新しいコルドバを」

兵士たちの間に歓声が沸き起こった。

「声が小さい。おまえらに、本当にその気があるのか」

セバスチャンの声で、今度は数倍の声が上がった。

ペネロペがルイスを支えてジャディスに並んだ。

「新しい我々のための国を造りましょう。子供たちが飢えることなく、平和に、笑いながら生きていくことのできるコルドバです」

ルイスが低いが力強い声で言う。

「子供たちのために、新しいコルドバを」

ルイスの呼びかけに兵士たちが拳を突き上げて叫ぶ。声はさらに増えた。

「子供や妻、親たちの顔を思い浮かべろ。おまえたちが愛している者たちの顔だ。彼らが安全に、幸せに暮らせる国をおまえらが造れ。そのために命を懸けろ」

「子供たち、愛する者たちのために」

初めは冷めた表情で見ていたフェルナンデスも、いつの間にか兵士たちと一緒に叫んでいる。

早朝のジャングルに兵士たちの上げる声が響き渡った。

革命軍の兵士たちはラキシを目指して行軍を開始した。


ダグラス、バネッサ、アダンの三人は、ヘリでボストン空港まで行きＦＢＩ専用機に乗り込んだ。

「すごいですね。プライベートジェットは初めてです」

「私もよ。あなた、最高に幸運なのよ。まだ、訓練期間の途中なのに重要捜査に参加してるんだから。それもあなた主体で動いている」

「上司が超優秀だからです」

「浮かれるのは早すぎる。下手をすると帰りは二人でバス、ってことにもなりかねんぞ。砂漠の真ん中のホテルに集まった連中の身元は分かったのか」

ダグラスの言葉でアダンはカバンからファイルを出して二人に渡した。

「リーダーはおそらくeテックの元ＣＥＯジョン・クラーク。彼はテイラー大統領の友人であり最大の政治資金寄付者です。スチュアート・ゴベル大佐。ジャディス・グリーン大尉の元上官でした。ジョンの義父でもあります。娘のカトリーナはジョンの妻です。彼女と孫のローズは、ニースのトラックテロで亡くなっています。そのときジョンとスチュアートも大けがをしました。ジョンは両足の脛から下を切断。車椅子生活です。ユージン・サミュエル博士は二年前のノーベル経済学賞の受賞者です。AIと経済学を融合させました。最適国家経済という新分野の開拓者です。その他に心理学者、傭兵訓練会社の社長などがいます。ビリー・カーターは天才ハッカーと言われています。服役中の囚人ですが、社会奉仕という名目で仮出所しています。心理学者のエリザ・ワトソン博士は――」

アダンは書類を読み上げていく。

「企業家と戦争屋と学者と服役囚か。彼らが砂漠のホテルで何をやらかしているんだ」

ダグラスが呟いた。

「肝心のジャディス・グリーン元大尉はどうした」

「ホテルにいなければ、今頃は――」

アダンは言葉をのみ込んだ。分かってはいるが言葉に出すことはためらわれた。三人とも同じことを考えているはずだ。だが、何の証拠もない。

ジェット機は太陽を追いかけるように東から西に向かって飛んだ。

アダンはファイルを膝においてここ十日間のことを考えていた。

通路を隔てた席からはバネッサの低い寝息が聞こえてくる。

二人はウォールの悲劇の映像を見て以来、満足に寝ていない。

アダンは砂漠のホテルに集まっている者たちについて考えた。ダグラスの言葉通り、企業家、戦争屋と学者。犯罪者もいる。共通項は何だ。ジャディスはコルドバにいる可能性が高い。すべてはウォールの悲劇に関係があるのだろう。パズルのピースは集まっているが、バラバラでどう並べるかが分からない。しかし——。考えているうちに眠ってしまった。

明るい光で目が覚めた。窓を見ると抜けるような青空が広がっている。下を見ても雲はなく、白い砂漠と緑の森がまだらに続いている。

「あと一時間でネバダ空港だって」

バネッサが話しかけてくる。

「あなた、見かけによらず図太いのね。どこででも眠れるタイプ。私はダメね」

コーヒーを飲みながら言う。

ジェット機はネバダ空港に着陸した。

空港の隅には、輸送ヘリCH47が三機待機している。アダンたち三人は一号機に乗り込んだ。完全武装したFBI特別捜査官が四名座っている。

「各機に四名ずつの完全武装の特別捜査官が計十二名。その他に技術関係の捜査官が十名。我々を助けてくれる」

ダグラスがシートベルトを着けながら、ローター音に負けない声で二人に怒鳴った。

「何なんです。戦争にでも行くつもりですか」

「FBIの戦術チーム。ホテルには戦争屋と犯罪者もいると言ったのは、あなたよ」

バネッサがアダンの耳に口をつけて言う。

ダグラスは無線機を持つと、全機に向かって話した。

「これは戦闘ではない。おそらく到着時には、我々はすでに発見されている。相手は我々と軍にハイテク装置を提供している者たちだ。危険な者たちじゃない。戦術チームは我々の意志を示すためだ。私の指示に従ってほしい。早まった真似は、絶対にしないように」

ヘリは三十分ほどでホテル上空に到着した。

ホテル内部の者たちがデータ通りの者たちであれば、すでに気付いている。その対策も取っているだろう。

ヘリはホテルの前のロータリーに着陸した。

ダグラス、アダン、バネッサは並んでホテルの入口に向かった。

背後には十二人の武装したFBIの戦術チームが続いている。

ホテルに入ったダグラスＦＢＩ副長官は立ち止まった。

ガランとしたホールの正面にフロントがある。その前に十人ほどの男女が並んでいる。

中央の車椅子に乗った男がジョン・クラークだ。両側の男はスチュアートとサミュエル博士。その他の男女もアダンのファイルに載っていた顔だ。

ダグラスは一歩前に出て、ＦＢＩのバッジを見せた。

「こんなところまでＦＢＩが何の用ですか」

ジョンが聞いてくる。

「衛星画像で不審な映像を捉えたので調べに来ただけです。ミスター・ジョン・クラーク、元ｅテックＣＥＯ」

「それにしては大げさですね。まるで映画かテレビドラマのワンシーンのようだ。完全武装のＦＢＩ捜査官とは」

「あなた方もそうだ。こんな砂漠の朽ち果てたホテルに集まって、何をしているのですか」

「捜査令状はありますか」

「付近の状況を調べに来ました。周辺捜査の一環です。協力してください」

「それだけの数の武装捜査員を引き連れてということですか」

「この辺りは物騒だと聞いているので。ＦＢＩといえど、身を守る必要はあります」

「砂漠のコヨーテからですか、それともガラガラヘビですか」

「もっと危険なものが出没しているという噂もあります。そのための捜査です」

ダグラスはホール内を見回した。

「この奥は宴会場ですか。見せていただけませんか」

ジョンがついてくるように合図した。

ドアを入ると巨大な空間が広がっていた。中央にＵ字型のテーブルがあり、部屋の正面には大型スクリーンが並んでいる。ＩＴ企業の展示会場に見えなくもないが、やはり違う。部屋中の空気がピンと張り詰めて息苦しいほどだった。部屋には数十名の男女が忙しそうに働いている。ダグラスたちの方を気にはしているが、全員が真剣な表情で自分自身の仕事をしていた。どこか神聖な場所のような気さえした。

ダグラスの脳裏にひょっとして、自分は大きな間違いを犯しているのではないか、という不安に似た感情が湧き上がってくる。彼らは重要で崇高なことをやっているのではないか。それを自分たちが邪魔をしている。しかし、ダグラスはその思いをＦＢＩとしての使命感で心の奥に押し込めた。

ジョンの声が耳に入り、我に返った。

「ここはｅテックの最先端情報研究所です。半年前から稼働しています。サンノゼにあるｅテックの中央研究所と結んで、ＡＩを駆使した次世代の情報通信技術の研究と実証実験を行っています」

「そんな話は初耳だ。まだ本格的には稼働していないのでしょ」

「しています。世界各地と宇宙を結んで新時代を切り開いています」

アダンが珍しそうに辺りを見回している。

「自由で居心地がよさそうな空間ですね。学生時代のＭＩＴの研究室を思い出します」

アダンがバネッサに囁きかける声が聞こえる。

「調べさせてもらっていいですね」

ダグラスは合図をした。武装した捜査官の背後から十人の技術系の特別捜査官が現れた。

ジョンがため息をついて、車椅子を彼らの前に進めた。

「ちょっと待ってくれませんか。友人に相談してみます」

ジョンがスマホを出して、壁の時計を見てかすかに息を吐いた。諦めたようにタップを始めた。

やがて、車椅子を回し、背を向けると話し始めた。

着信音が鳴り始めて、終わる前に声が返ってきた。

〈何かよくないことか。きみの方から電話があるとは〉

「こんな時間に申し訳ありません。ロバート」

〈まだ執務室だ。眠れるわけがない。始まっているんだろ。私もそっちに飛んでいきたい〉

「緊急事態が起きました。私たちは全力で、ジャディスたちの支援に集中したい。あなたの出番だと判断しました」

〈了解だ。私が解決しよう〉

ジョンは声を潜めて話していたが、スマホをダグラスに渡した。

眉根を寄せてスマホを受け取り、耳に当てたダグラスの表情が変わった。

背筋を伸ばし、ハイと分かりましたを連発しながら聞いている。

「分かりました。しかし、後ほど必ずご説明を願います」

ダグラスが遠慮がちに言うと、スマホをジョンに返した。

「引き揚げるぞ。全員だ。この作戦は極秘とする。今日見たこと、聞いたことはひと言なりとも他言してはならない」

「しかし、我々は――」

「黙ってろ。行くぞ」

言いかけた若い捜査官の言葉を制して、ダグラスは出口に向かって歩き始めている。二十四名におよぶ部下たちもあわてて後に続いた。

ビリーがウォー・ルームを出て行くＦＢＩに向かって、中指を立てて舌を出した。そのビリーの頭をスチュアートが平手ではたいた。

ジョンの脳裏には様々な思いが交錯していた。

なぜ彼らは、この砂漠のホテルに行きついたのだ。背後に控えていたのは、ＦＢＩの技術系捜査官だ。自分は大統領に対して、取り返しのつかないミスを犯してしまったのかもしれない。

「仕事に戻りましょう。数時間後には作戦が始まる」

スチュアートの声にジョンは我に返った。

ダグラスはホテルを出た。自分でも大陸を横断して、こんな砂漠の真ん中まで来てなぜ一本の電話で引き返すのか分からなかった。しかしあの電話には、そうさせるだけの迫力、いや誠意と熱意を感じた。

「いいんですか、こんなに簡単に引き下がって」

追いかけてきたバネッサがダグラスに問いかける。

「だったら、おまえ一人で残れ」

「あの電話、誰なんです」

「テイラー大統領だ」

ダグラスはぶっきら棒に言って歩き続ける。バネッサが一瞬立ち止まったが、あわてて後を追って問いかける。

「でも本物かどうか――」

「あの声は間違いなく、本人だ。私は彼の演説を聞き、一票を投じた。その男が、今日はこのまま帰ってほしい、いずれすべてを説明する、と私に頼んできたんだ。あの大統領が私にプリーズと言ったんだ」

ダグラスは興奮気味の口調で自分自身に言い聞かせるように言うと、ヘリに乗り込んでいく。


「どんな魔法を使った」

席に戻りながら、スチュアートがジョンに聞いてくる。

「東海岸に助けを求めました」

ジョンが中央スクリーンの画面を切り替えた。ホテルの前のロータリーが映っている。そこには三機の輸送ヘリが止まっていた。ホテルから出たダグラスが、女性捜査官と話しながらヘリに乗り込んでいく。

「さあ、一件落着だ。なにをボンヤリしてる。さっさと仕事に戻るんだ。コルドバの連中は命懸けだ。私たちもミスは許されない。集中してかかれ」

スチュアートが大声を出した。全員が我に返ったように、自分たちの持ち場に帰っていく。

「なぜ、ＦＢＩがここに来たのです。あのダグラスとかいう男は確信を持ってここに来ています。彼らはどこでこの場所を知って、何をつかんでいるのでしょう」

ジョンはスチュアートに小声で囁いた。

「我が国の捜査機関もただのお飾りじゃないということだ。胡散臭いことをやってるのを嗅ぎ付けた」

スチュアートが平然とした顔で答える。

その言葉を聞いた周囲の者がスチュアートに視線を向けた。

スチュアートに代わってジョンが答えた。

「ここもあと二、三日で閉鎖して、ニューヨークに移ります。オペレーション・キャラバンは第二段階に移るのです。それまでは、ここでジャディスたちを全力で支援します。何としても全員をアメリカに連れ戻します。そうしなければ彼らは――」

ジョンは中央スクリーンに視線を向ける。三機のヘリコプターが離陸していく。

「彼らはどうやってこの場所をつかんで、何を知っている」

今度はスチュアートが低い声で呟いた。


ビリーがキーボードをピアノを弾くように叩いている。

「サイバー・ウォーって言葉があるだろ。電子戦争だ。現地に居なくても、銃を撃ったことがなくても、戦争はできる。それが近代戦だろ。僕にも参加させてくれ」

昨日の夜、ビリーはジョンに言った。

「きみはすでに十分な働きをしました。銀行から二つの口座の金の移動だけで、コルドバの二年分の国家予算を手に入れたのです」

「しかしジャディスたちは現地で血を流している。俺だって手伝いたい。俺にもできることがあるだろう」

「私よりスチュアートかニックに聞いてくれないか。彼らもきみと同じ気分らしい。部屋のベッドで横になるより、ウォー・ルームにいてジャディスたちの援護を考えている」

何人かの専門家たちは部屋の片隅に簡易ベッドを持ち込んだり、デスクの下に寝袋を置いてもぐり込んだりして二十四時間仕事を続けている。衛星画像から政府軍の規模と動きを解析して、ジャディスたちに送っている。

ビリーはニックの所に行った。

「コルドバ政府軍の通信網にハッキングしたらどうなる」

「ここはアメリカのネバダだ。戦争は四千キロ離れた中米の国で起きている」

「使ってる兵器は先進国が作ったモノだろう。ミサイルにはデジタル装置が付いているし、通信装置はインターネットに接続されてるんじゃないの。eテックの技術がなきゃ、ただのプラモデルなみの兵器も多い」

「おまえの言う通りだ。偽情報を流して政府軍を混乱させることもできるし、敵の電子機器にこっちの思い通りの指示が出せれば、ジャディスたちには強力な援護になる」

ニックの言葉にビリーは考え込んでいる。

「そんなに難しいことじゃない。俺ならね」

呟くように言うと、自分のデスクに戻っていった。

第八章　最後の戦い

1

未明からジャングルを歩き始めて、すでに二時間がすぎていた。

ルイスはペネロペに助けられながら懸命に歩いている。

「あと少し。がんばって。国道に出ればトラックに乗れる」

あたりはすっかり明るくなっている。

革命軍はラキシの北二十キロ地点に達していた。

突然あたりが開けた。木々が途切れて乾いた道路が現れた。ラキシへ続く道、建国道路だ。

「すぐにトラックが来る。それまでここで休憩だ」

ジャディスはキャンプを設営して、革命軍の幹部を集めた。

セバスチャン、ジャディス、ツトム、ルイスとペネロペ、そしてフェルナンデスが地図を前に座っていた。ラキシは地図の中央付近だ。

「ウォー・ルームからの情報だと、政府軍は首都ラキシに向けて国境付近の部隊を大移動させている。明らかに我々を待ちかまえるつもりだ」

「式典と軍事パレードの警備かもしれない。外国からの要人も招待されている。国連からも来ている。そんなところで戦闘が始まったら、コルテスの権威がガタガタになる」

「それ以上に、コルテスは革命軍を壊滅させることに必死だ」

「我々が必ず来ると確信しているということか」

様々な意見が飛びかう中で考え込んでいたジャディスが顔を上げた。

全員に視線を送ると、話し始めた。

「式典は明日の午後だ。ウォー・ルームからの情報だと、コルテスは招待している要人や国連幹部と観閲台で軍事パレードを見る。コルテスが人前に現れることなどめったにない。コルテスを捕らえるには、またとないチャンスだ。逆に、コルテスにとっては我々を殺害するチャンスでもある」

「警備は厳しいでしょう。コルテスのいる広場まで進むことは難しい」

「昼までにラキシに到着して、式典が始まると同時にラキシに入り、そのまま広場まで攻め込む。コルテスは官邸に逃げ込むだろう。大統領親衛隊が守っている」

「ラキシ市内には政府軍が待ちかまえています。現状で政府軍と交戦すると、我々に不利です。まだ圧倒的に兵士の数が少ない」

　ツトムがジャディスを見て言う。

「おまえも戦闘は数ではないと言った。俺もそう思っている」

「たしかに兵士の数と武器には大きく左右されます。加えて兵士の士気が重要です。だが、今回は差が大きすぎる」

「式典の時間は変わらない。攻撃までに何とかしろ」

　ジャディスの横ではルイスとペネロペが何も言わず聞いている。

　道路際でトラックを待っていた兵士たちが騒ぎ始めた。

　テントの外に出ると、かなたに砂埃が上がっている。大型トラックの隊列がこちらに向かってくる。トラックの数は五十台近い。

「全員、武器を取れ。政府軍だ」

　兵士の怒鳴り声が上がる。キャンプは騒然となった。ジャディスたちは銃を持って道路に走った。集まっている革命軍の兵士が銃を構えたまま道路を見つめている。

「あれは革命軍だ。発砲はするな。我々の仲間だ」

　どこからか声が上がり始めた。

　トラックには武器を持った様々な服装の男が乗っている。

　先頭のトラックから身を乗り出して手を振っているのは、ブライアンと傭兵たちだ。

道の両側に並んだ革命軍から歓声が上がった。

　ツトムがブライアンを連れて、ジャディスのところに来た。

「間に合いました。しかし、兵も武器もまだ十分ではありません。時間があればもっと集められたんですが」

「十分だ。銃と弾薬が間に合わないほどだ」

「多少は運んできました。政府軍から奪ったものです」

　ブライアンは革命軍が集結してるという噂を流すと同時に、国境に配備されている政府軍を襲って、武器を奪ったことを話した。

「政府軍を襲ったのは隣国だと噂を流してきました。しばらくは、国境警備の部隊は国境を離れられないでしょう。コルテスもうかつに軍を呼び戻せない。ラキシの防衛も強化できません」

　ブライアンが地図の何点かを指した。

　近隣との国境は常に緊張状態にあった。年に何度かは小競り合いが起き、犠牲者が出ている。コルドバは政府軍の戦車のほとんどを配備していた。その戦車をラキシに戻せないとなると、革命軍に有利になる。

　テントの外では、新しい兵士を迎える歓声がまだ続いていた。

大統領官邸は静まり返っていた。

コルテスは正装したまま執務室の中を歩き回っている。

ソファーに座ったラミネスがその様子を見ていた。

コルテスが立ち止まった。麻薬組織ディオスのホセはすでにいない。革命軍を迎え撃つ準備はできている。しかし、この胸騒ぎは何だ。じっとしていると身体の芯から重苦しいものが湧き上がってくる。

執務室の外はベランダになっていて、建国広場が見渡せる。

広場では明日の午後からの建国式典と軍事パレードの最終準備が行われていた。時折式典に関して指示する声がスピーカーから聞こえる。

ドアが開き、兵士が入ってきた。

「革命軍がジャングルを出てラキシに向かう用意をしていると情報がありました。その数は約二百。全員がカラシニコフかM16で武装しています」

「二百か。思っていたより少ないな。ルイスも一緒か」

「そう聞いています。革命軍のリーダーはセバスチャン・ロイドです」

コルテスはラミネスに視線を向けた。

「彼らを広場におびき寄せます。その前に、革命軍のリーダーを始末する。ルイスを殺した者には賞金を出すと伝えています。リーダーを失った寄せ集めの軍は大混乱に陥るでしょう。スナイパーは配置ずみです」

「革命軍が広場に入ったところで、政府軍と大統領親衛隊とで一気に攻撃する。革命軍が全滅するのを国民に見せつけてやる」

コルテスはラミネスに続けて言う。何度も打ち合わせたことだ。

「念のために国境警備部隊の一部も呼び戻しておきましょう」

コルテスは頷くと部屋の端にあるドアからベランダに出た。

式典の舞台と軍事パレードを見る観閲台の建設は終わっている。広場の周囲は政府軍によって厳重に警備されていた。

式典には国連関係者も参列する。彼らが見守るところに革命軍がなだれ込んでくる。これはテロだ。テロ集団を政府軍が壊滅させる。

新たなるコルドバが始まる。私の国、コルドバだ。

コルテスは背筋を伸ばし、自分自身を鼓舞するように靴のかかとを打ちつけた。

ジャディスとルイス、兵士たちの乗ったトラックの列がラキシを目指して建国道路を進んでいく。

革命軍はトラックに乗って駆けつけた新たな兵士を含めて、千五百人を超えている。

ラキシに向かう間も、ルイスの呼びかけは続いていた。ラキシに近づくにつれて、反応はさらに顕著になった。ジープから呼びかけるルイスの声に、家からは人が飛び出してきた。ジープが止まると、周りには人垣ができた。コルテスに拘束されていたルイス・エスコバルが革命軍に救出され、立ち上がった。コルドバ全土からルイスが率いる革命軍に合流している、という噂が広まっているのだ。

ジャディスはコルドバにおけるルイスの影響力の大きさに今さらながら驚嘆した。

「声を上げよう、兄弟たちよ。沈黙と従順が難民を生み出し、ウォールの悲劇を起こしました。我々は自らが立ち上がり、自分たちの国家を造っていくべきです」

ルイスの声はラキシに近づくにつれて、力強くなり、熱を帯びてきた。

それを支えているのはペネロペだ。確執のあった年月の空白を埋めるように、父親の体調を気づかい、献身的に世話をしていた。

しかし同時に、ジャディスはペネロペ自身もコルドバの国民に愛され、支持を得ていることに気づいた。ルイスの娘というより、長年にわたり病院や学校を造り、国民の医療や教育に尽くした一人の女性としての人気だ。とりわけ、女性と子供たちに慕われている。

ジャングルを出てから、首都ラキシに入る間に革命軍はさらに増えていた。トラックに乗りきれない者は、歩いてついてくる。

大半が銃を持ったことのない農民や町の住人で、すでに彼らに持たせる銃器はない。

「まるでピクニック気分だ。すでにラキシから政府軍を追い出したかのようです。カマやナタで銃に勝てると思っているのか。このまま政府軍と衝突すると、大惨事が起こります」

ツトムが深刻な表情でため息をついた。

「革命軍ニュー・コルドバが先発隊を務める。武器は倒した敵の銃を使う。そのためにも、銃器の扱いには慣れさせろ」

「セバスチャンとブライアンもそのつもりで訓練しています。しかし――」

「二度とウォールの悲劇は起こさない」

ジャディスがツトムの言葉をさえぎり、強い意志を込めて言う。

行軍の間も時間が許す限り、革命軍兵士の訓練は続けられた。銃の扱い方と恐ろしさ、手榴弾の投げ方、ＲＰＧの扱い方、銃弾の飛んでくる方向の見つけ方、銃弾から身を隠す方法など、命を守る最小限のことを繰り返し教えた。

ジャディスは集まってきた農民と町の住人、兵士たちの前で、自分が〈ウォールの虐殺者〉であることを告げた。

「俺を見ろ。俺の目の前で、おまえらの同胞が死んでいった。頭や腹を撃ち抜かれて。俺を憎め。全員が俺を殺す気で引き金を引け。チャンスは一度だけだ」

農民と兵士たちは静まり返って聞いている。ジャディスの周りには、異様に緊迫した空気が漂っていた。


ラキシに近い、小さな集落で最後の野営をした。

作戦を練り直して、明日は一気にラキシに進攻する。

兵士たちは疲れ切り、大部分の者は眠り込んでいた。

キャンプを一歩外れると完全な闇だ。ジャングルから小動物の声が聞こえてくる。

ジャディスはツトムと別れて、司令部のテントに戻ってきた。隅の簡易ベッドに座った時、テントの入り口に人影が立った。暗くて顔は見えないが、全身の雰囲気からペネロペであることは分かる。

「いつも用心深いのね。銃はしまって」

声と共に入ってきて、ジャディスの横に座った。

「早く寝た方がいい。明日はラキシに入り、そのまま建国広場に進む」

「だから来たの。あなたに、どうしても言っておきたいことがある」

心なしか声が震えている。

「あなたを見ていると悲しくなる」

ジャディスはペネロペの視線を強く感じた。

「あなたには、死に場所を探しているようなところがある」

「俺はもう死んでいる。一年前にあの壁の前で死んだ」

「あなたには、生きていてほしい。コルドバの国民のために」

「俺はウォールの虐殺者だ。俺のせいで多くの女子供が死んだ。いつでも死ぬ覚悟はできている」

「あなたは間違っている。革命軍の兵士にわざとあなたに対する憎しみを植え付けて、士気を高めようとしている」

「もう、自分を欺いて生きたくはない。俺はウォールの虐殺者であることに間違いない」

ペネロペが黙り込んだ。静かな沈黙が二人を包んだ。ペネロペの全身が細かく震えている。泣いているのかもしれない。

「勝手にすればいい。でも悲しい人ね。いつか、必ず後悔する」

「後悔なら、し尽くしている」

「コルドバの国民は、少なくとも、キャンプの者たちは、今ではみんなあなたを仲間だと思っている。そう思わない者は私が許さない」

さらに沈黙が続き、ペネロペの息づかいだけを感じていた。

やがて立ち上がる気配がした。黒い影がテントを出て行く。

ジャディスは長い時間座って、ペネロペが消えていった闇を見ていた。


革命軍はラキシに近い、小さな村で最後の会議を行っていた。一時間後には建国広場に出発する。

テントの中は人で溢れていた。全員が緊張と興奮で強張った顔をしている。

ジャディスはルイスとペネロペの前に座っていた。

「ラキシに入ると戦場と同じです。あんた方は戦闘部隊の背後にいて、危険なところには近づかないでもらいたい」

「私はあなたと共に戦いたい」

ルイスは強い意志を込めた視線をジャディスに向けている。

「そうしてほしいが、危険すぎます。俺の指示には必ず従ってもらう。あんたが我々と来る条件です」

ジャディスはペネロペに視線を向けた。彼女は自分の父親がジャディスの負担になることを恐れている。

ツトムがセバスチャンと共に部屋に入ってきた。ツトムのタブレットには、ジャディスがウォー・ルームに要求していた最新のラキシの衛星画像が入っている。

ルイスとペネロペを見て、戸惑った顔をしている。

「言ってください。私も知っておきたい」

ルイスがツトムに言う。

「問題が起きました。ウォー・ルームから送られてきた最新の衛星画像です」

ツトムがタブレットの衛星画像をジャディスに見せた。

政府軍の配置が分かる精巧なものだ。

「政府軍は広場と官邸を囲むように配置されています。さらに国境に配備されていた政府軍がラキシに向かって動く気配がある。コルテスが指示を出したのでしょう。それに対して、ラキシ市内の政府軍の配置は少ない。これでは我々にラキシに入ってくれと言っているようなものです」

「わざと誘い込んで退路を断つということか」

ジャディスは衛星画像を見て言った。

「部隊の配置も通常とは違います。広場正面の部隊は手薄です。その分、両翼に多くを割いている」

　さらに、と言って画面にバツ印を付けていく。印は七カ所ある。

「広場に通じる道にスナイパーが配置されています。数が多すぎるし、中央通りの建物に多い」

「スナイパーが狙っているのは革命軍のリーダー、ルイス教授です。コルテスはあなたの力を知っている。何としても殺害したいようだ。広場に進攻する前に、スナイパーを片付ける必要があります」

　ツトムがルイスからジャディスに視線を向けた。

「難しそうだ。コルテスは狡猾だ。我々がスナイパーを攻撃することは十分に承知している」

「それに対抗しようというのです。犠牲は覚悟しています」

　ツトムの言葉にジャディスは頷いた。

「数名の先発隊がラキシに潜入して、まずスナイパーを片付けます。本隊はそれを確認してから進撃してください」

　ジャディスはルイスとペネロペに言うと、ツトムに向き直った。

「スナイパーを含めて、連れて行く者を選んでくれ」

十分後、ツトムが四名の現地兵と共に現れた。

肩にはスナイパーライフルを担いでいる。ロスからの輸送機内で見たものだ。

「おまえがスナイパーか。射撃の腕も一級なのか」

「悪くはないと思います。軍にいたとき、オリンピック代表候補にはなったことがあります」

「結果は？」

「アメリカ代表として出発の日、アフガンに出動命令が出ました」

「残念だったな」

「どうせ予選落ちです。飽きっぽいんです。射撃には忍耐と集中力が必要です。それに競技と実戦は違います。僕には僕の撃ち方があります」

「連絡があるときは、おまえの方から入れてくれ。こちらからは電話はしない。ウォール・ルームからの最新情報はタブレットに送る」

ジャディスはツトムの手からタブレットを取った。もう一度、政府軍のスナイパーの位置を確認しておきたかった。

ツトムにタブレットを返そうとした時、画面に指が触れ新しい画面に変わった。

コルテスを中心に十名ほどの男が立っている。その半分が軍服姿だった。

「閣僚の就任式の写真です。コルテス大統領とその側近たちです。これから戦う相手の顔くらいは十分に知っておかないとね」

ツトムがタブレットを切りながら言う。

コルテスが側近たちと一緒に撮った写真は、多くは見ていない。

「俺は多少の変装なら見抜けるほど頭に叩き込んでいる」

コルテスの背後にスーツ姿で、サングラスをかけた長身の男が立っていた。眉が濃く無精ひげのような顎ひげも特徴的だ。ジャディスは、男の顔に丸印が付いているのを見逃さなかった。コルドバに出発する日、元部下のジェイソンが送ってきた写真と話した内容がジャディスの脳裏をよぎった。

ジャディスはツトムの顔を見据え、声を潜めた。

「コルテスを殺すつもりか」

「逮捕して、裁判にかける。ルイス教授の言葉ですね」

「彼だって、自分のやったことは理解している。簡単には逮捕されない。だったら――」

ジャディスは最後の言葉をのみ込んだ。

「歴史上の多くの独裁者は、市民によって殺されています。ルーマニアのチャウシェスク、リビアのカダフィもそうでしょう。シリアのアサドも北朝鮮の金正恩も、自分たちの独裁が失敗すれば、国民に殺されることを知っている。だから必死で現体制を維持しようとしている。彼らの最も恐れる敵は、自国民です」

「だからコルテスも必死だ。生死をかけた戦いになる」

「政権交代というのはそういうことでしょう」

ツトムはタブレットを肩からかけたカバンに入れた。

歩きかけたツトムが足を止めた。ジャディスに向き直ると姿勢を正した。

「スズキです。ツトム・スズキ。僕のフルネームです」

ツトムはジャディスに笑みを見せると、部下と共にラキシの町に入っていった。


広いホールは冷房が効いているにもかかわらず、緊張と熱気で息苦しいほどだった。

一時間も前からウォー・ルームのU字テーブルの周りには、ここで働く者の大半が集まっていた。そのすべての目が中央スクリーンに注がれている。そこには、リアルタイムのラキシの衛星画像が映っている。

中心にある青い点がジャディスだ。今はラキシ近くの村の家に止まっている。

スチュアートの衛星電話が鳴り始めた。ジャディスからだ。

スピーカーに切り替えた。情報は全員で共有した方が正確で早い。

〈ツトムが四人の兵を連れて、ラキシに入りました。建国道路と広場周辺のスナイパーの掃除です。援護がほしい〉

「ツトムは衛星電話を持っていないのか」

〈現在使えるのはこれ一台だけだ。ツトムが現地仕様のタブレットを持っている。俺が情報を伝えている〉

「衛星画像をツトムに合わせろ。彼にも位置特定のチップが入っている」

スチュアートの指示で画面が変わっていく。広場から四キロの地点に固定された。ツトムの腕に入れたチップからの信号だ。

「ここからはニックに代わる」

「拡大しろ」

ニックの指示で、画像が拡大されシャープになった。ツトムに先導された数名の兵士が進んでいく。

「ツトムをキャッチした。そっちのパソコンでも見えるはずだ。ツトムとの交信は続けているか」

〈問題ない〉

中央スクリーンにはツトムが映っている。右の片隅のビル上に人影が見えた。

「スナイパーだ。ツトムたちからは建物の陰になっている。彼はまだ気づいていない」

ニックがジャディスに伝えた。

ツトムの動きが止まった。ジャディスがツトムにスナイパーの存在を報せたのだ。

ツトムが二人の部下と共に、建物に入り屋上に上がっていく。スナイパーの背後に近づいた。数分後にはスナイパーが倒れている。

ツトムたちは政府軍のスナイパーを倒しながら、広場に向かって進んでいく。

ツトムのスマホから音楽が聞こえてくる。建国広場に近づいている。


ＦＢＩのプライベートジェットの中はひっそりとしていた。

アダン、バネッサ、ダグラスは、ネバダ空港でヘリからジェット機に乗り換え、以後ひと言も発してはいない。しかし、三人が考えていることは同じはずだ。

「僕たち、これからどうなるんですか。何の成果も出せなくて」

アダンがダグラスに聞いた。バネッサもダグラスを見ている。

「最高とは言わないが、それなりの成果は出ただろ。私は大統領の声を聞いた。直接にだ」

「何を言ったんです、大統領は。本当に、今日は帰ってほしい、だけですか。プリーズ付きで」

「いずれすべてを説明する。ＦＢＩは信頼に足る、誇れる組織だ。きみたちはよくやったとも」

「何をやったって言うんです」

「私は大統領に何もしゃべっていない。イエスと分かりましただけだ。きみらも聞いていただろう」

「あのホテルに行き着いたってことじゃないですか。誰もあんなところは知らなかった。何なんですか、あれは」

　バネッサが言ってから息を吐いた。

「我々は他にも多くをつかんでいます。ウォールの悲劇の映像から、砂漠のホテルに行き着いたのもその一つですが。最も重要なのは、最初に発砲したのはメキシコにいた難民側で、それに呼応したアメリカ軍兵士はすでに死んでいるってことです。それも喉を切られて」

「その兵士は事件の日の前後に合計三万ドルもらっている。振り込んだのはフロリダのオーシャン・カンパニーという、コルテスの関係している会社の口座からだった」

　アダンがバネッサの後を続けた。

「つまりウォールの悲劇は仕組まれたものだった。コルドバのゴメス・コルテス大統領が、国民が自国から逃げ出すのを止めるために起こした事件だということです」

アダンが確認を取るようにバネッサに視線を向ける。

「僕は大統領の前でも証言できます。一年たった今、ウォールの虐殺者、ジャディス・グリーン大尉がコルドバに乗り込んで何かをやっている。砂漠のホテルでは、世界有数の富豪が戦争屋と学者、おまけに犯罪者まで集めている。おそらく大統領も承知している」

「前半の部分だけでも、詳細な報告書を作れ。おまえの初仕事だ」

ダグラスがアダンに視線を向けた。

「後半は白紙ですか」

「もう少し待とう。大統領が電話をくれるまで」

アダンはデイパックからパソコンを出してテーブルに置いた。


ビリーは懸命にキーボードを叩いていた。時折正面の中央スクリーンに目をやって、コルドバの状況を確かめている。

「政府軍のミサイル部隊の通信用パソコンをハッキングしました」

ビリーは大声を出した。ウォー・ルーム中の視線が集中する。

スチュアートとニックがビリーの所に飛んできて、パソコンのディスプレイを覗き込んだ。

「敵のミサイルを自由に発射できるということか。目標設定はどうなってる」

「目標も発射も自由ということ。何なら爆発させることも」

「コルドバのミサイルは手動式のはずだ。遠隔操作はできない」

スチュアートが別のパソコンを操作して衛星画像を映し出す。

ビリーがモニターを覗き込む。

「おまえがハッキングしたのは隣国のミサイル部隊だ」

コルドバと隣国との国境に沿って、両国の移動式ミサイルが設置されている。ビリーはその中の一部隊にハッキングしたのだ。

「このミサイルを使って、ラキシの政府軍を攻撃すれば五分で片が付く」

「ミサイルの有効射程はせいぜい十キロだ。だが、ラキシに戻る政府軍の部隊は攻撃できるぞ」

ニックが衛星画像の一点を指した。国境のコルドバ政府軍に動きが見える。数台のトラックが移動している。

「ダメ。僕には人の乗っているトラックは狙えない」

「だったら、到着を遅らせるだけでいい。道路、橋、トンネル、何でもいいから破壊して行軍を遅らせろ」

ニックが橋とトンネルの位置を示した。

「距離としては十キロ程度だ。しかしミサイルの精度は分からない」

ビリーはマウスの上に手を置いたままだ。

「発射するんだ。命令だ」

ミサイルがコルドバの橋に向けて発射された。これが平時ならば、二国間に戦争が起こる。兵士たちの頭上をミサイルは飛んでいった。唖然と見送る兵士たちの顔が浮かぶようだ。

ディスプレイに映る衛星画像に白煙と炎が上がった。ミサイルはラキシへと続く橋とトンネルを破壊していく。

2

〈広場までの道は工事終了。ノンストップで行けます〉

ツトムからジャディスに連絡があったところだった。スナイパーの排除に出かけて約二時間がすぎている。

革命軍の建国広場への進攻準備は終わっている。

ジャディスが指揮する主力部隊約千名はラキシ入口の村に待機していた。

セバスチャンの指揮する部隊はテレビ局とラジオ局、新聞社を同時に占拠するために、別行動をとる。市内の地理に詳しいセバスチャンが指揮を申し出たのだ。地味だが、成功のカギを握る重要な作戦だ。

兵士の間には緊張した空気が漂っていた。普段は陽気な農民たちも不安そうな表情を隠せない。

ラキシには建国道路が町を横切って通り、建国広場まで続いている。

ジャディスはフェルナンデスを呼んで、部隊の指揮を執るように指示した。

「部隊を二つに分ける。建国広場を正面から攻撃する主力部隊と、後続部隊だ。主力部隊は広場に続く建国道路を進む。これは囮で、政府軍と正面からぶつかる危険な攻撃だ。中央に敵を引き付けて、後続部隊は側面を攻撃する。先に官邸に着いた方がそのまま官邸に入り、コルテスを拘束する」

ジャディスは指揮官たちに説明した。

兵員と火器は圧倒的に政府軍が有利だ。革命軍にはここ数日でかなりの人数が加わっているが、政府軍の兵員はまだ倍以上だ。武器は寄せ集めの銃で、十分な射撃訓練もできていない。

「合図があってから、主力部隊が建国道路を進む。そのとき、五百人を千人、二千人の部隊に見せるんだ。派手にやってくれ」

フェルナンデスが頷いている。

三十分後には、ラキシ入口の建国道路に革命軍の部隊が集結した。

建国広場正面には観閲台が作られていた。

コルテスは国連関係者、コルドバの政財界の要人たちと、観閲台で軍事パレードを見ていた。

背後にはラミネスが立っている。

軍事パレードも終盤に入っていた。

目の前をコルドバ陸軍の部隊が行進していく。

規模的には小さな軍隊だが、コルテス自身の命令で動く部隊だ。コルドバの軍隊であって、コルテス自身の軍隊なのだ。それは、隣に座る国連の幹部もその他の要人たちも知っている。

パレードの最後に、大統領親衛隊の行進が始まった。参加しているのは二百名の精鋭部隊だ。残りの百名は現在も大統領官邸と大統領自身の警備に当たっている。

政府軍大尉の制服を着た兵士が、親衛隊の隊員に導かれてコルテスに近づいてきた。耳元で囁く。

「革命軍がラキシ入口に集結しています。数は約五百というところです」

「昨日聞いたときより増えている」

「途中で合流した農民や町の住民のためです。銃の撃ち方さえ、満足に知りません。銃を持っていない者もいるという報告もあります。戦力にはなりません」

「容赦するな。徹底的に叩け。やはりルイスは生け捕りにしろ。最初の計画通り広場で吊してやる。スナイパーに伝えろ。傷を負わせる程度にしろと」

「スナイパーとの連絡が途絶えています」

背後で聞いていたラミネスが身を乗り出してきた。

コルテスの心に重苦しいものが流れた。最近折に触れて湧き上がってくる不安と恐怖の入り混じったものだ。

「ただちに偵察隊を出せ。至急、報告させろ」

ラミネスが押し殺した声で大尉に指示を出した。

国連の役人が不審そうな視線をラミネスに向けている。

「私はこの軍で麻薬組織ディオスを壊滅させました。今後、中南米の麻薬カルテル撲滅に力を注ぎます」

コルテスが笑みを浮かべて話しかけた。

革命軍はラキシの入口で待機していた。

予想していた政府軍の攻撃はなかった。やはり広場に誘い込む計画か。

目の前には広い建国道路が広場まで続いている。

コルドバ国歌がかすかに聞こえてきた。軍事パレードがまだ続いている。

ジャディスはツトムが帰ってくるのを待っていた。スナイパー一掃の報告は受けたが、ツトムが戻るのを待つべきだと判断したのだ。広場までの様子を直接聞いておきたい。衛星画像では政府軍は見当たらないが、建物の中に隠れているのかもしれない。

「ツトムはまだか。彼が戻るまで部隊は待機する」

ジャディスは無線機を横に置き、広場に続く通りを見ていた。

いつもより数は少ないが、人や車が行き交っている。建国式典と革命軍の進攻の噂は聞いているはずだ。この国の国民は、銃撃戦にはよほど慣れているということか。

陽の光の中を数人の革命軍の兵士が歩いてくる。スナイパーライフルを肩にかけている兵士はツトムだ。

「スナイパー九名、排除しました。味方の被害はありません」

ツトムがジャディスの前に来て告げる。

「ウォー・ルームの情報より二名多いな」

「広場までの通りにはこれで全員です。しかし、注意するに越したことはありません。正確な数字が分かっていませんから」

「ルイス教授は標的になりそうなところには立たせない」

ジャディスは腕時計を見た。そろそろ式典が終わる時間だ。

ツトムは広場までの町の様子を報告すると、部下を連れて再び偵察のため広場に向かった。

広場からはブラスバンドの音楽が聞こえ、パレードが続いている。このまま戦闘に入れば、一般市民に犠牲者が出るのは免れない。

「これから建国道路を広場に向かって進む。問題があれば報せてほしい。衛星画像は引き続き送ってくれ」

ジャディスはスチュアートに告げると衛星電話を切った。

「官邸に向けて攻撃を開始する」

ジャディスの命令で革命軍ニュー・コルドバは、建国道路を広場に向けて進み始めた。


ウォー・ルームでは全員が中央スクリーンに見入っていた。

画面の中央にコルドバ大統領官邸があり、その前に建国広場が映っている。その中を動いていく集団が軍のパレードだろう。

現状はジャディスからの報告通りだ。衛星電話から聞こえていたのは、軍事パレードの音楽だ。

「官邸前にパレードの観閲台ができている。おそらく正面中央にいるのが、コルテスだ。カリブ海の空母打撃群から巡航ミサイル一基を発射すれば、十分で片が付くのに」

「その瞬間からアメリカ合衆国の良心と信頼は地に落ちる。他国の元首を平気で暗殺する国として、世界から非難を受ける。この政権交代はコルドバ国民の意志と彼ら自身の手で行われなければならない」

ビリーの言葉をスチュアートが否定した。

ジョンは車椅子に座ったまま身じろぎもせず、中央スクリーンを見ている。

軍事パレードが終わると同時に、建国広場から人が消えたようにいなくなった。いつの間にか観閲台に並んでいた要人たちもいなくなっている。

「何かおかしい。ジャディスを呼び出せ」

スチュアートの声でウォー・ルームに緊張が走った。

すでに軍事パレードは終わり、コルテスは大統領官邸に戻っていた。

式典が終わると同時に国連関係者と各国の要人たちは、専用車でコルドバ空港に向かっていた。死傷者が出ればコルドバの責任になるという、ラミネスの意見にコルテスが従ったのだ。

革命軍がラキシに入ったという報告は三十分前に受けていた。その数は千五百名と聞いている。報告を受けるごとに増え、数時間前に聞いた数の三倍に膨れ上がっていた。それでも政府軍の敵ではない。

コルテスはラミネスと数名の側近を連れて、執務室に入った。

「革命軍が建国広場に近づいています」

大佐の襟章をつけた長身の司令官が報告に来た。

「革命軍の進撃速度が速すぎる。スナイパーはどうしたんだ。偵察隊を送るように指示したはずだ」

いつもは落ち着いているラミネスの声にも苛立ちが混ざっている。

「連絡が途絶えたままです。予定より、二名多く送っていますが、全員との連絡がとれません」

大佐が答えた。

スナイパーを使ってルイスと革命軍のリーダーを狙撃する。混乱を起こすと共に、進撃を遅らせる。その間に戻ってきた国境警備隊が革命軍を包囲して攻撃する。当初の計画が崩れている。

「呼び戻している国境警備隊はどうなっている」

「橋とトンネルが破壊されて遅れていると報告が入っています」

「急がせろ。官邸を護っている政府軍を回せ。革命軍を包囲して、一斉攻撃をかける」

「予備隊も出しましょう。衛星でも捉えられていません。奇襲のチャンスです」

ラミネスがデスクの上の地図を指しながら言う。

「そうしろ。一気に革命軍を叩き潰す」

コルテスは怒鳴った。

「官邸部隊と予備隊を出動させて、革命軍を一掃します」

大佐は復唱して執務室を出て行った。


先頭のトラックにはフェルナンデスが乗って、トラック部隊を指揮していた。

その数台後に続くトラックにはジャディスとルイス、隣にはペネロペが乗っている。ルイスの安全を考えたのだ。

トラック部隊は自転車なみの速さで走った。

突然トラックのスピードが落ちて止まった。

通りのわき道から現れたツトムが、ジャディスが乗ったトラックに走り寄ってくる。

「なにかおかしい。政府軍部隊に動きがあります。官邸から出た政府軍が、広場の外を移動しています。我々の背後に回るつもりでしょう。広場に入ると同時に、両翼から攻撃される恐れがあります」

「広場にゴメス・コルテスはいたか」

「すでに官邸内に引き揚げています。広場に人影はありません。流れている国歌はスピーカーからです」

ジャディスはパソコンを立ち上げた。リアルタイムの衛星画像を出すと、たしかに政府軍部隊の配置が変わっている。官邸の背後に待機していた政府軍がいない。

建国広場には革命軍を誘い込むように誰もいない。

衛星電話が鳴り始めた。

〈異常はないか。政府軍の動きが慌ただしい。なにか企んでいるのかもしれない〉

スチュアートの声が聞こえる。ツトムと同じようなことを言っている。しかし、ここで止まるわけにはいかない。

「広場まで進んで、状況を見ます。フェルナンデスの部隊は別動隊として、敵の攻撃が始まる前に迂回して背後に回り込め」

ジャディスは覚悟を決めて前進の指示を出した。

建国広場から聞こえていた国歌もいつの間にか止んでいる。我々革命軍の動きは、すべてコルテスに知られているのか。

ウォー・ルームは混乱していた。

「ジャディスを呼び出せ」

スチュアートは中央スクリーンに目を留めたまま大声を出した。

広場の両側にあるビルの地下駐車場から、政府軍の兵員輸送車が出てきたのだ。その数は十台近く。兵員は百名以上だろう。

輸送車は広場から離れ、革命軍の背後に回っていく。同時に官邸から出てきた政府軍が広場に土嚢を運んでいる。

「衛星から隠すために、兵員輸送車は地下の駐車場に待機させていたんだ。作戦もぎりぎりまで伏せている。ジャディスはまだ出ないのか。このままだと革命軍が広場に入ると同時に包囲される」

スチュアートの声がさらに大きくなった。

革命軍が広場の手前で止まった。輸送車に気付いたのか。

「ジャディスの信号を見失わないようしてください」

ジョンの祈るような声が聞こえる。

革命軍は建国広場に続く道路にトラックを止めていた。

百メートルほど先に広場が見える。ツトムの報告通り人影はない。

「なぜ止まるのです。広場はすぐそこです」

ツトムがジャディスに言う。ジャディスは身を乗り出すようにして辺りを見回した。やはり何か変だ。広場で何かが動いている。

衛星電話が鳴り始めた。

ジャディスは電話のスイッチを入れると同時に反射的に叫んだ。

「注意しろ。政府軍が待ちかまえている」

ジャディスの言葉が終わらないうちに、銃声が響き始めた。

重いエンジン音が轟き始めた。建国広場に続くいくつかの道から、複数の兵員輸送車が姿を現した。政府軍だ。

兵員輸送車が広場の中央辺りに止まると、兵士たちが飛び出してきた。その数は百名を超えている。

彼らは銃を乱射しながら、広場の周りにいる革命軍や市民に迫ってくる。逃げ惑う市民たちの悲鳴と叫び声が響いた。

「政府軍だ。反撃しろ」

ジャディスが声を出す前に革命軍からも銃撃が始まっていた。

「車を降りて銃撃を続けろ。すぐに後方部隊が来る。それまでの辛抱だ」

ジャディスの言葉に反して、政府軍の銃撃はますます激しくなった。予想より、政府軍の数が多く移動が速い。国境警備隊がすでに到着したのか。

ジャディスの横ではツトムが懸命にスナイパーライフルを撃っている。

「後方部隊を急がせろ。回り込んで敵の側面を突け」

ジャディスは無線機でフェルナンデスに指示した。

〈政府軍の攻撃にあって動けません。撤退すべきです。態勢を立て直しましょう〉

「引くな。全滅するだけだ」

政府軍の攻撃はますます激しくなった。前後からの銃撃で、革命軍は動きを封じられた。側面からも銃声が聞こえ始めた。このままだと包囲される。

「後方部隊の掩護はまだですか。このままでは損害が増えるだけです」

ツトムがライフルを撃ちながらジャディスに言う。

広場の中からは政府軍が撃って来る。背後からも政府軍が迫っている。

「このままだと持たない。応援は来ないのか」

「後方部隊は政府軍に阻まれて、動けない」

そのとき、通りから喊声《かんせい》が上がった。銃撃と手榴弾が爆発する音が聞こえてくる。今までとは違う男女の声も混じっている。

〈市民たちです。ラキシの市民たちが立ち上がった。その数、百名。いや、もっとです。ますます増えています〉

無線機からフェルナンデスの興奮した声が聞こえる。

市内は市民と政府軍兵士と革命軍兵士が入り交じり、大混乱に陥っていた。戦闘は市街戦の様相を呈した。

これを機に、広場周辺の戦闘状況は変わっていった。押されていた革命軍が政府軍を次第に追い詰めていった。

「側面の政府軍部隊の動きも鈍い。このまま広場を突っ切って官邸を攻撃する」

ジャディスの命令で革命軍は建国広場に向けて動き始めた。

ウォー・ルームは落ち着きを取り戻していた。

一時間前には広場周辺では、政府軍と革命軍、市民が衝突し、激しい銃撃戦があった。

戦闘に入る前に衛星電話のスイッチが入れられてそのままになっている。

自動小銃の音と時折ロケット砲と手榴弾の爆発音が聞こえるが、戦闘と言うほどではない。

「ジャディスはどこだ」

「まだ広場には入っていない」

スチュアートの声が響いた。衛星電話に呼びかけても返事はない。トラックのシートに置かれたままになっているのだ。

中央スクリーンには現在の建国広場と周辺の様子が映っている。

通りには多数の政府軍の兵士が倒れている。興奮した市民がなだれ込んできて、袋叩きにあったのだ。市民たちは政府軍の兵士を倒し、その武器を奪って戦闘に参加している。市民の遺体も少なくはなかった。兵士の銃撃を受けたのだ。

「画像を拡大してください。コルドバテレビ局の映像と音を拾うことはできませんか。作戦通りなら、すでにテレビ局は革命軍が占拠しているはずです」

ジョンが誰にともなく言った。

通りを挟んで建国広場が見えている。

その広場の奥に見える建物がコルドバの大統領官邸だ。

千五百名の革命軍と市民たちが道路を隔てて待機していた。革命軍の半数以上が、この一週間で銃の撃ち方を覚えた者たちだ。

ジャディスはフェルナンデスとトラックの陰から、建国広場を見ていた。

いつの間にか広場の入口に土嚢が積まれ、機関銃座が置かれていた。大統領親衛隊が動いている。それを見て、ジャディスは広場を目の前にして、待機の指示を出したのだ。

激しい銃撃の音が聞こえ、二人は思わず首をすくめた。機関銃座からの発砲だ。威嚇のために撃っているのだ。

「機関銃座がある限り、広場を突っ切ることはできない。官邸に入るには、破壊する必要がある」

「あんたでも無理です。正面から攻めるには戦車がいる」

「近づいて手榴弾を放り込む。危険だが、それしかない」

双眼鏡で見ていたジャディスが言う。

「無茶は止めてくれ。どこかから必ず撃たれる。広場を迂回して官邸に突入しましょう」

フェルナンデスがジャディスに頼むような口調で言う。

至近距離で銃撃音がひっきりなしに聞こえる。時折聞こえる爆発音は、ＲＰＧか手榴弾か。

「官邸の両翼はコルテスの親衛隊が護っている。突入は無理だ」

「今なら何とかなります。これ以上政府軍が増え、味方の兵が減ると――」

フェルナンデスの声をかき消すように、背後で歓声が上がった。女の声も混ざっている。

トラックの重いエンジン音とホーンの音が響いた。

振り向くと、大型トラックが広場に続く道を疾走してくる。革命軍がラキシまで乗ってきたトラックだ。近付くにつれてスピードを上げている。

「よけろ。突っ込んでくる」

ジャディスの声で兵士たちは両側に飛び退いた。

トラックは音を立てて縁石を乗り越えると、広場入口に突っ込んでいく。

エンジン音と機関銃の音が重なり一つになったとき、大きな火柱と爆発音が上がった。炎が広場に広がる。トラックは可燃物を積んでいたのだ。炎は機関銃座にも到達し、政府軍の兵士が飛び出してくる。

爆発地点の三十メートルほど手前に男が倒れている。トラックが広場に突っ込む前に飛び降りたのだ。男は立ち上がろうともがいている。ツトムだ。

ジャディスはツトムのところに走った。腕をつかんでトラックのところに連れてきた。

「バカ野郎。死にたいのか」

「生きて国に帰りたいだけです」

ジャディスの怒鳴り声にツトムが答える。

再び爆発音が上がった。広場の入口が燃え上がっている。

「ガソリンの入ったドラム缶を満載したトラックです」

しばらく止んでいた銃声が聞こえ始めた。政府軍からだ。

「このまま官邸まで突撃する」

ジャディスが叫んだ。


市内からは銃撃の音が絶え間なく聞こえ、さらに激しさを増している。

コルドバ大統領官邸内は混乱していた。司令官の怒号に近い声が聞こえてくる。出入りする兵士が増え、負傷している者も多数いた。

官邸内の混乱はますますひどくなった。コルテスは茫然とその様子を見ていた。

「ラキシ市内に配置している政府軍を官邸に呼び戻すんだ。官邸の警備が手薄になっている」

コルテスに代わりラミネスが命令した。

「すでに命令を出しています。ですが住民たちの通行妨害と革命軍の抵抗が激しく、移動が遅れています」

ラキシの住民たちが車で道路をふさいだり、タイヤを燃やしたりして政府軍の通行を妨害しているという。

自分は致命的な間違いを犯したのかもしれない。コルテスは思った。身体の芯から不安が湧き上がり、恐怖が全身を貫いていく。

「親衛隊を広場正面に配置して、革命軍を広場には絶対入れるな」

コルテスは不安を振り払うように大声を出した。

「戦車を出動させろ。広場に置いて、革命軍を攻撃しろ」

コルテスは思い出したように命令した。

3

革命軍の全部隊が合流し、市民と一体になって建国広場を攻めていた。

広場が騒がしくなった。ディーゼルエンジンの重い響きが近づいてくる。

「官邸周辺にはいないはずじゃなかったのか」

ジャディスは思わず大声を出した。しかしその声もエンジン音にかき消されてよく聞き取れない。

広場に隣接するビルの駐車場から轟音と共に姿を現したのは戦車だ。道路を渡り、広場に入ってくる。

「ウォー・ルームは言ってなかった。戦車は国境警備に回されていて、ここから三十キロ地点のはずだ」

砲撃音と同時に大型トラックが火を噴き黒煙を上げた。トラック周辺には、多数の革命軍兵士が倒れている。

戦車はそれらを踏みつけ、ジャディスたちに迫ってくる。戦車の背後には数十人の政府軍兵士が従っている。銃を撃ちながら迫ってくる。

フェルナンデスが戦車に向かって自動小銃を撃ちまくっている。

「やめろ。弾の無駄だ。ＲＰＧはないのか」

ジャディスの声に誰も応じない。攻撃前には箱入りのＲＰＧを十挺以上見ている。

「敵の攻撃は激しさを増す一方です。一時、撤退しましょう」

フェルナンデスがジャディスに向かって叫ぶ。

「彼の言うとおりです。撤退しましょう。このままだと全滅だ」

ツトムがジャディスに告げた。

「戦車をつぶせば前進できる。おまえは、ルイス教授とペネロペを安全なところに連れて行け。俺が政府軍を引き付けておく」

「大尉、あなた──」

ツトムの言葉を無視して、ジャディスはツトムの身体を抱えるようにトラックの方に引き込んだ。

砲弾が至近距離で爆発して、爆風で二人は石畳に叩きつけられた。

中央スクリーンに青い点が見える。ジャディスに埋め込まれたカプセル型発信機が出す信号だ。

ウォー・ルームは異様な静寂に包まれていた。

「ジャディスは建国広場の入口付近です。炎上している車に近づいています」

「拡大できないのか。解像度も悪いぞ」

「衛星が違います。現在、コルドバ上空にあるのは旧型です」

「ジャディスと直接話をするか、ジャディスの声を拾え。戦況を把握しろ」

「衛星電話しかありません」

〈バカ野郎、死にたいか。頭を低くして、車の陰から出るな。官邸のベランダにスナイパーがいる〉

ジャディスの声だ。ビリーが衛星電話をスピーカーホンにして、テーブルに置いた。

「彼の衛星電話をこっちで起動させました」

「私たちにできることはないですか」

ジョンがジャディスに呼びかけるが、やはり返事はない。聞こえてくるのは、銃撃音とジャディスが部下に与える指示の声だけだ。

「ジャディスたちは優勢なのか。劣勢なのか」

ジョンがスチュアートに問いかける。

「ジャディスはよくやってる。だがコルテスは戦車を出してきた」

スチュアートが視線を中央スクリーンに向けた。

「ビルの地下駐車場に隠していた。おまけに、中央政府の建物内に無傷の政府軍と親衛隊が数百名います。ジャディスたちはそこを狙っている」

「どっちが優勢なんです。私には分からない。誰か説明してください」

ジョンがイラついた口調で繰り返した。

「現状では政府軍です。ジャディスたちは広場の前にくぎ付けになっています。このままだと全滅です。さらに親衛隊が投入されます」

「それを報せてやってください」

「衛星電話で呼びかけてはいますが返事がありません」

「我々にできることは」

「ここで静観することだけです。そして祈ることです」

　スチュアートの言葉で、ウォー・ルームから私語が消えていった。

「戦車は僕がやります」

　ツトムがスナイパーライフルを置いて、トラックの後部座席から大型のキャリーバッグを引き出した。ロサンゼルスを飛び立ったときから武器の入った木箱の横に置かれていたものだ。

　中から四十センチ四方のケースを出した。

　ケースには機体と四つのプロペラが入っている。

「玩具を戦争に使うのか」

「一機十万ドルの玩具です。高精度カメラ、集音器、拡声器、加速度センサー、電子コンパス、GPSなどで手動操作なしに高度維持、障害物回避が可能です」

　ツトムが組み立てながら説明する。数分後には一辺一メートル四方の大型ドローンができた。

「武器は積めるのか」

「小型ミサイル二基を搭載中です。コントローラーで目標設定できます。機銃に付け替えることもできます」

「携帯型戦闘機というわけか」

「コントローラーはディスプレイ付きで、本体のカメラと連動しています。正確にターゲットを狙えます」

ディスプレイには風景が映り、中央に十字マークが付いている。ミサイルの照準器だ。

ツトムがコントローラーを操作すると、ドローンが上昇していく。

「戦車を破壊する」

「キャタピラを狙え。あの型の戦車は天井のハッチ付近は頑丈にできている。ミサイル二発では破壊は無理だ。キャタピラを破壊して走行を止める」

ドローンは急速に高度を上げていく。敵はまだドローンに気づいていない。

戦車は広場の中央で止まり、砲塔をジャディスたち革命軍に向けてくる。

「ミサイルを発射する」

ツトムの声とともにドローンからは二基のミサイルが発射された。

連続して爆発音が聞こえ、戦車近くの広場は砕けた敷石で覆われた。その中に破壊された戦車のキャタピラが見えた。背後の政府軍の兵士たちは、自動小銃を撃ちながら後退していく。

戦車から兵士が飛び出してきた。その後すぐ、轟音が響いた。戦車が爆発して炎を上げている。ミサイルの一発がエンジンを破壊したのだ。

「ドローンを呼び戻します」

ツトムの声と共にドローンは高度を下げて戻ってくる。

「ミサイルを積み替えて、折り返し攻撃する。急いで用意しろ」

部下に指示しながら、数メートル先にドローンを着陸させた。部下が機体の回収に飛び出して行った。十分ほどでミサイルを再装塡したドローンが飛び立っていった。

ドローンはビルの屋上や路地、通りの角に作られた政府軍の機関銃座を次々と爆破していく。

ドローンを投入して、戦車を破壊してから形勢は逆転していった。

革命軍が攻勢に転じている。

コルドバ大統領官邸は異様な空気に包まれていた。

コルテスは広場から聞こえてくる銃撃音と爆発音に耳をふさぎたい想いに駆られていた。

かろうじて耐えているのは、部下たちがいるからだ。

「国境警備隊はまだ戻らないのか。ラキシに戻って来る政府軍はどうなっている」

　コルテスは司令官たちに怒鳴った。

「橋と道路が破壊されて、到着が遅れています」

「どのくらいだ」

「分かりません」

　コルテスは目の前の司令官を殴りつけてやりたい衝動に駆られたが、何とか堪《こら》えた。

「革命軍の仕業だ。もっと早く呼び戻すべきでした」

　ラミネスが言う。

　思わず上げそうになった腕を辛うじて止めた。そんなことは分かっている。

「親衛隊を出せ」

「すでに広場を護っています」

　では今戦っているのは親衛隊と革命軍なのか。

「ヘリを出せ。戦況を知らせろ」

　コルテスはソファーに座り込んだ。横になりたかったが、部下たちの前で弱みを見せてはならない。

ツトムは懸命にドローンを操作していた。

政府軍の機関銃座、官邸ベランダのスナイパー、迫撃砲を撃ち、ＲＰＧを構えている政府軍にミサイル攻撃と銃撃を行った。攻撃後は急速に上昇させ、撃墜されるのを防いだ。

「静かにしろ、聞こえないか」

ジャディスが怒鳴った。

銃撃音に混じって、重く低い音がする。

そのとき、官邸の上に黒い影が現れた。ロシア製の軍用ヘリだ。

「政府軍がヘリを投入してきた」

ヘリが高度を下げ始める。

ジャディスは自動小銃をヘリに向けて撃ち続けた。

ヘリは革命軍に向かって機銃掃射を続けながら、ジャディスたちの頭上を通りすぎていく。

銃弾がツトムの横をかすめ、地面の土を巻き上げていく。

ツトムの手からコントローラーが弾き飛ばされた。コントロールを失ったドローンは大きく傾いて迷走を始め、ヘリの横をかすめて広場に激突して砕け散った。

ツトムの腕からは血が流れている。

ヘリが再び戻ってきて、銃撃を続けながら頭上を通りすぎていく。

「スナイパーライフルがトラックにある。誰か取ってきてくれ」

腕の止血をしながらツトムが叫んだ。

声と同時に革命軍の若い兵士が走り出した。ジョージだ。

ジョージはライフルを取ってくるとツトムに渡した。

ヘリは広場上空から革命軍と市民たちに銃撃を続けている。

ツトムが構えたスナイパーライフルの銃身が震えている。撃たれた右腕が自由に動かないのだ。

頭上を飛び去ったヘリが再度戻ってくる。

ジャディスはツトムからスナイパーライフルを取ると、照準をヘリに合わせた。

引き金を引いたがヘリは銃撃を続けながら飛び去っていき、再び戻ってくる。

「ジャディス、あなたならできる。まず、狙いやすい身体を撃ち、確認のために頭を撃ち抜く」

祈りのようなツトムの声が聞こえる。

「落ち着いて。狙いをつけて引き金を引く。優しく、女の髪を撫でるように――」

ジャディスはツトムの言葉を聞きながら立ち上がった。ヘリがさらに高度を下げてジャディスたちの方に向かってくる。

銃の照準にパイロットの顔が入った。

ジャディスが引き金を引くと同時にパイロットの身体が後方にのけぞる。

機体が大きく揺れバランスを崩すと、広場中央に突っ込んでいった。炎が噴き上がり、まわりの革命軍の兵士から歓声が沸き起こった。

ジャディスはツトムの傷を調べた。弾は貫通しているが手当てが必要だ。

「戻って手当てしてもらえ。これでは満足に銃は撃てない」

ツトムは頷くとスナイパーライフルを持って広場から出て行った。


コルテスは思わず耳をふさぎたくなった。

銃撃は広場から聞こえてくる。それも官邸の近くだ。革命軍は広場に入り、すでに官邸に迫っている。

大統領官邸前の広場で行われている戦闘は、ますます激しさを増している。官邸にも銃弾が撃ち込まれ、広場に面した窓ガラスの大半が割れている。大統領執務室に一カ所ある窓のみが防弾ガラスで、割れてはいない。

火薬の臭いが室内にも流れ込み、銃撃音と兵士の叫び声が聞こえる。

大きな爆発音が聞こえた。同時に悲鳴のような声が上がる。あれは手榴弾かロケット弾か。

敵が広場に攻め込んだのか、味方が敵を撃退したのか。コルテスの脳裏に様々な思いがよぎった。

初めは優勢だと思われていた政府軍が押され気味だという報告が、次々に入り始めた。

「革命軍には後続部隊がいたのか。兵の数が増えている」

ラミネスの声が聞こえた。

「一般市民です。ラキシの住民が合流しているようです。彼らは政府軍や革命軍の遺体から武器を取って向かってきます」

広場から聞こえる銃撃音がさらに激しさを増している。

「残っている親衛隊を官邸の裏に回せ。官邸の背後には敵を近づけるな。万が一のときの退却路だ」

ラミネスがコルテスに言いながら、拳銃の弾倉を調べてベルトに差した。横にいた兵士の自動小銃を取り、腰の弾倉帯からマガジンを抜き取ると自分のポケットに詰めている。

「親衛隊を出せ。広場の革命軍を追い出すんだ。官邸には絶対に入れるな」

コルテスが将校に向けて怒鳴った。将校が慌てて部屋を出て行く。

官邸内を走り回る親衛隊の足音が増えている。敵が官邸に近づいているのか。

コルテスは立ち上がり、室内を意味もなく歩いた。

4

「何だこれは」

テレビをつけたコルテスが声を上げた。

画面にはルイスが映っている。やつれと白髪が目立つが、確かにルイスだ。背景はおそらくジャングル。革命軍のキャンプで撮影したものだろう。

〈――私たちの祖国コルドバを共に再建しましょう。逃げ出す必要のない国に、誇りを持って生きることができる国に、子供たちが安全に豊かに暮らせる国に。あのような悲劇を二度と繰り返さないために――〉

映像は繰り返し流れている。テレビ局が革命軍に占拠された。ラジオ局も同様だろう。

「兵を送って、放送を中止させろ。テレビ局を護っていたのは、親衛隊ではなかったのか」

「親衛隊はすでに呼び戻し、広場の防衛にあたっています。放送局の警備は軍だけです」

広場からは銃撃の音が聞こえてくる。前より激しくなっている。

「たかが千名程度の革命軍に対抗できないのか」

「数が増えています。ラキシ市民が合流しています。今では倍近くになっていると思われます」

「スナイパーはどうした。ルイスとセバスチャンさえ殺せば、あとは烏合の衆ではなかったのか」

「スナイパーは何者かによって、すでに――」

「戦車を出せ。ヘリも残っているだろう。広場に革命軍を入れるな。広場を死守するように伝えろ」

コルテスは叫びながら、広場が見える部屋に移動した。

窓から離れて広場を見ると、道路側に数台の車が横転している。中には黒煙と炎を上げている車もあった。まわりに政府軍の軍服を着た兵士が十名以上倒れている。

「国境の部隊を呼び戻せ」

「すでに命令を出しています。しかし時間がかかります。動かない部隊も出ています」

動かない部隊。命令に従わない部隊が出ている。どういうことだ。

「ラミネスはどこだ」

辺りを見回したが姿が見えない。

「すでに退避したかと思われます」

確かにしばらく前から姿が見えない。

コルテスは自分の中で何かが崩れるのを感じた。

ヘリが撃墜されてからは、広場での戦闘は革命軍が優位に進めた。

官邸を護っていた親衛隊が投入されたが、市民が加わった革命軍の数は遥かに勝っていた。政府軍の中にも逃亡を始めた者もいるとの報告があった。

広場のいたるところに政府軍と親衛隊の戦死者が横たわっている。

その光景を茫然とルイスが見ていた。

「ジャディス・グリーン大尉、革命軍だけでも銃撃を止めることはできませんか」

突然の声に振り向くとルイスがジャディスを見ている。ペネロペがルイスの身体を支えていた。

「無理だ。目前で起こっている現実を見ろ、これは戦争なんだ。どちらかが倒れるまで、戦闘は続く」

「ドローンはもうありませんか。これ以上の殺し合いはたくさんです」

ジャディスは広場中央に目を向けた。ドローンの機体とプロペラが散乱している。

「予備機がある」

ツトムがM16を撃ちながら答えた。

「ドローンのスピーカーで、私に話させてください。建国広場の上空から政府軍の兵士に呼びかけてみます」

　ルイスがツトムに言う。

「さっきは攻撃に使った。撃ち落とされる危険があります」

　ツトムが広場中央付近に散らばるドローンの残骸に視線を向けた。

　一瞬、躊躇したように見えたが、ジープに向かって走っていく。

　すぐにデイパックを持って戻ってきた。デイパックから新しいドローンを出すと、組み立て始めた。

　ルイスにマイクを渡した。

「マイクに話すと、ドローンに内蔵されているスピーカーから声が流れます。同時に国営テレビ、ラジオに音声を送ります。コルドバ全土にあなたの言葉を伝えることができます」

「感謝します」

　ツトムがコントローラーの音量を最高レベルにする。

　革命軍の兵士が見守る中、ドローンが飛び立った。その間にも政府軍の銃撃は続いている。

　ドローンは建国広場の中央付近の上空に止まった。

「政府軍の皆さん、革命軍の皆さん、なぜ我々が戦うのか。殺し合うのか。我々はコルドバの兄弟です。手を取り合って、新しい国を建設しましょう」

ルイスが懸命に語り掛けるが、その声は銃声にかき消され、ほとんど聞こえない。

「これじゃ聞こえない。何とかならないの」

ペネロペが悲痛な声を上げ、ジャディスに訴えるような視線を向けている。

「ドローンの高度が高すぎて声が聞こえない」

ドローンが下がっていく。ツトムは必死でコントローラーを睨んでいる。

「これ以上下げると標的になる。これでも危ない状態です」

そう言いながらもドローンの高度がさらに下がった。

ルイスの声が建国広場に聞こえ始めた。

「もっと高度を下げろ。全員、射撃を止めろ」

ジャディスが背後の革命軍に向かって叫んだ。

革命軍の兵士が銃撃を止め始めた。銃撃の音が低くはなったが、政府軍の銃撃は続いている。

〈私はルイス・エスコバル、祖国コルドバの国民です。皆さんの兄弟です。どうか、銃撃を止めてください〉

ルイスの声が広場上空から降ってくるように響いた。

その言葉と共に銃撃の音が引いていった。政府軍の中にも上空を見つめている者がいるが数は少ない。

銃声が止まった。辺りは一瞬静寂に包まれた。しかしすぐに、銃撃が始まる。

「ドローンをもっと降下させろ。まだ声が小さい」

「撃ち落とされたら、終わりだ。これでぎりぎりだ」

ツトムが呟きつつコントローラーを操作している。それでもドローンの高度がさらに下がった。

コルテスは大統領執務室に、数名の親衛隊の将校といた。

親衛隊の出動を命令したことは覚えている。その後のことは記憶にない。

「ヘリはどうなった」

いつの間にかローター音が消えている。

ベランダに出ようとするコルテスの前に親衛隊の将校が立った。

「撃墜されました」

将校の肩越しに見た広場では、ヘリの残骸が黒煙と炎を上げている。

〈私はルイス・エスコバル、祖国コルドバの国民です。皆さんの兄弟です――〉

広場上空から声が聞こえてくる。

声の方を見ると広場中央あたりに小さな物体が見えた。ドローンだ。声はそこから聞こえてくる。スピーカーがついているのだ。

「あのドローンを撃ち落とせ」

コルテスは叫んで将校の銃を取ると、ベランダのドアに手をかけた。その手を将校がつかんだ。

「革命軍が迫ってきます。直ちに官邸を脱出した方が賢明と思われます」

「用意はできているのか」

「官邸の裏にはまだ革命軍は来ていません。急いでください」

広場から聞こえる銃撃音が気のせいか少なくなっている。しかしまだ、戦闘は続いている。

「国境には無傷の部隊が残っています。一度退いて、彼らと合流して反撃の機会をうかがいましょう」

将校の声が緊迫感を増している。状況から考えると、他の選択肢はなさそうだった。

コルテスは覚悟を決めて銃を将校に返した。

〈私はルイス・エスコバル、祖国コルドバの国民です。皆さんの兄弟です〉

広場一帯にルイスの声が響いている。この声明はテレビとラジオを通じて、コルドバ全土に流れている。コルテスが官邸にいれば聞いているに違いない。

政府軍と親衛隊の銃声が次第に少なくなったが、まだ続いている。ここにいる政府軍と親衛隊兵士は徹底抗戦を命じられているのだ。

ジャディスの脳裏に一年前の光景が浮かんだ。銃声と悲鳴、怒号と叫び声。人々が一斉に逃げ出した後には、屍と負傷者が折り重なって倒れている。血で染まり、はらわたが覗く遺体にすがる子供、あるいは親たち。何度も夢に現れ、ジャディスを血の闇に引き込んできた。二度と、あの光景は見たくない。一発の銃声が人々の恐怖と怒りを呼び起こし、狂気へと引き込みあの悲劇が生まれた。

「撃つのを止めろ。ここにいる者、全員、銃を撃つのを止めるんだ」

ジャディスは無意識のうちに立ち上がっていた。

「止めてください、ジャディス・グリーン大尉」

フェルナンデスの声がジャディスの背に響いた。

ツトムがジャディスの腕をつかんだ。ジャディスはそれを振り払って、自動小銃を両手で掲げて広場の中央に進んだ。

「止めろ。これ以上の殺し合いは無意味だ」

ジャディスは振り返って味方の革命軍に叫んだ。一瞬、革命軍の銃撃が止んだ。しかし政府軍の銃撃は続いている。

ジャディスは銃を高く上げて、広場の中央に向かって歩いた。

みぞおちと胸に衝撃を感じた。大きく身体が揺れ、倒れそうになったが、なんとかバランスを保った。防弾ベストを着けてはいるが被弾箇所が激しく痛む。

「なにをするんです。戻ってください、グリーン大尉」

フェルナンデスが叫んでいる。

〈政府軍、革命軍の兵士の皆さん、銃を捨ててください。コルドバは本来は豊かな国なのです。緑のジャングルと青い海が輝いています。協力して、子供たちに誇れる祖国を造りましょう。二度と、逃げ出すことのない祖国を〉

広場上空のドローンのスピーカーから流れるルイスの声が、広場に、ラキシの町に響いていく。

ジャディスがよろめき、その場にひざまずいた。腕からは血が流れている。

銃にすがって立ち上がると、その銃を広場に投げ捨てた。腰の弾帯を取ると投げた。

政府軍の銃声が次第に引いていった。しかしまだ、散発的な銃撃は続いている。

フラフラと立ち上がり、歩き始めたジャディスの胸に銃弾が当たる。ジャディスは弾かれるように背後に倒れた。

ルイスが飛び出してきた。その後にペネロペが続いている。

二人がジャディスを助け起こそうとしたが、ジャディスは自力で立ち上がると防弾ベストを脱ぎ捨てた。

いつの間にか両軍の銃撃が止み、広場は静寂に包まれている。

革命軍の兵士が横転した車の陰、石塀の背後、広場の隅に建てられている銅像の陰から次々に姿を現した。彼らは自動小銃、拳銃、短剣を石畳に置いた。

それが合図のように、政府軍の兵士も立ち上がった。彼らも銃は持っていない。

両軍の兵士が広場の中央に進んでくる。

広場は両軍の兵士で埋まり始めた。

倒れそうになるジャディスの身体をペネロペが支えた。

ジャディスは広場を見回して、大声を出した。

「ルイス教授はここにいる。戦闘は終わった」

広場は静まり返ったままだ。兵士たちの目はルイスに集まっている。

ジャディスはペネロペに助けられルイスに近寄ると、彼の右腕を高く上げた。

広場は歓声に満ちた。

広場の一角が騒がしくなった。

セバスチャンと革命軍の兵士が、コルテスとその側近、親衛隊の将校数名を取り囲んで連れてくる。

コルテスの顔は鬱血したように赤黒く、恐怖と怒りで引きつっていた。

ツトムがジャディスを見て、笑みを浮かべた。

「抜け道は開けておくが、監視を付けることも重要だ」

コルテスの方に行こうとするルイスの腕をジャディスがつかんだ。

ルイスはジャディスに向かって笑みを浮かべ、その手をそっと振りほどくとコルテスの前に行った。

「新しいコルドバの建設が始まる。国民が愛し、誇れる国の建設です。もう逃げ出すことはない」

ルイスの穏やかな声が聞こえる。コルテスは無言のまま、ルイスを睨むように見ている。

突然、コルテスがルイスを突き飛ばした。ルイスを支えようとする革命軍兵士の銃を奪い、ルイスに向ける。

銃声が轟いた。ルイスの身体が後方にのけぞり、崩れるように倒れた。

「やめて」

ペネロペの悲鳴のような声が上がる。

コルテスがペネロペに銃口を向けた。ジャディスがペネロペを包むように抱きすくめる。

銃声が響く。

コルテスがゆがんだ顔でフェルナンデスを睨む。もう一度、フェルナンデスの銃が火を噴いた。

5

ペネロペがルイスの胸を押さえ、必死に止血しようとしている。呼吸のたびにルイスの口からは血が流れ出た。銃弾は肺を貫いている。

ルイスの口が動いた。声は聞き取れない。ジャディスは口元に耳を近づけた。

「医者を呼べ。誰か、担架を持ってこい」

どこからか声が上がった。

身体を起こしたジャディスは、ルイスの首筋に指をあてた。すでに脈はない。

ジャディスはペネロペの肩を抱いて話しかけた。ペネロペは泣きじゃくりながら頷いている。

広場には一度は逃げ出していた市民たちが集まってきた。

テレビとラジオでルイスの姿を見、声を聞いた人たちが、建国広場に駆け付けてきたのだ。彼らが合流して、ラキシの通りは人で溢れていた。その数はますます増えていく。

いつの間にか広場とその周りは、人で埋め尽くされていた。

担架に乗せられたルイスの周りにだけ丸い空間ができた。

「なんかヤバい雰囲気じゃないですか。僕たちはアメリカ人だし、あなたはウォールの虐殺者だ」

ツトムがジャディスの耳元で囁く。


ウォー・ルームは静まり返っていた。

中央スクリーンには、ジャディスと担架に乗せられた男の姿が映っている。

横たわっているのは白髪の老人だ。

「マズいです。撃たれたのはルイス教授です。容体はどうなんです」

ジョンは低い声を出した。

誰も答えない。衛星画像には音がなく、情報がとらえづらいのだ。

「ルイスは死んだようです。読唇術です。ジャディスの口の動きをＡＩで解析しました」

ビリーが声を上げた。

いる。


「誰が撃った。分かるか」

「コルテスです。しかし彼も撃たれた」

「コルドバは求心力を失った。また、戦争が始まる」

アントニオの呟きが聞こえる。その声は悲痛な響きに満ち、顔には落胆と絶望的が滲んで
「第二計画の大前提が崩れたんだ。僕たちは何をすればいい」

ビリーがジョンの方を見るが、誰もが言葉を失っている。

「誰か、こういう筋書きを考えてはいなかったのか。AIはどうなってる。僕みたいなはみ出し者じゃなくて、頭のいい奴が集まってるんだろ」

ビリーの皮肉を込めた言葉に、ジョンは全員を見回して聞いた。

「ルイス教授が亡くなりました。その場合の計画はできていますか」

そのとき、中央スクリーンに一枚の写真と経歴が映された。

「AIの答えです。あまり歓迎できることではなかったので、公表しませんでした。私は最適だと考えています」

エリザ博士が立ち上がって説明を始めた。

「まさに想定外です。至急、大統領を入れ替えた場合の第二計画を作ります」

サミュエル博士が席に戻っていく。その後をビリーが追っていった。

確かに誰も思いつかなかったストーリーだ。


ペネロペがジャディスに促され、ルイスの横に跪いた。ルイスの顔に手を当てて、何事か呟いている。もう泣いてはいない。祈りを捧げているのだ。


しばらくしてペネロペが立ち上がった。

「私はルイス・エスコバルの娘、ペネロペ・エスコバル」

ペネロペは広場に立つ人々に向かって大声を上げた。

「私が父の後を継ぐ。もし許されるなら、国民が賛同してくれるなら、私が父の志を継いで、新しいコルドバを築きます」

高く澄んだ声は、静まり返っている広場に染み入るように響いていく。その凛とした声と姿は、ペネロペの強い意志と共に気品すら感じさせた。

「今日、この広場で多くの血が流され、命が失われました。私の父ルイス・エスコバルもその一人です。しかし、その志と精神は私たち、コルドバ国民の中に生きている。父はコルドバとその国民を愛していました。私も今、初めて父の真の心と愛を感じます。この広場にいる人たち、共に父の志を継いで新しいコルドバを建設しましょう」

数秒の間をおいて歓声が上がり、それはペネロペの名を連呼する大歓声へと変わっていった。

やがて、周りの男たちがルイスが横たわる担架を担ぎ上げた。

「道を開けろ。ルイス教授を大統領官邸にお運びする」

セバスチャンの声で集まっていた群衆の一角が割れ、ルイスを乗せた担架が通っていく。列はペネロペと担架を先頭に、官邸の建物に入っていった。


アダンとバネッサは、FBIアカデミーの一室にいた。

アダンはウォールの悲劇の報告書作りに没頭していた。訓練についてはバネッサは何も言わない。訓練で得るものの何倍も貴重な体験をしたのだ。

「早く来て。見なさいよ」

バネッサの大声で、アダンは持っていたコーヒーカップを落としそうになった。

テレビ画面では、ヒスパニック系で長身の女性がマイクの前に立っている。

顔は煤と土で汚れているが、黒髪で彫りの深い美しい顔立ちの女性だ。着古し汚れた軍服を着て、軍靴を履いている。カメラに視線を向けて、きれいな英語で話した。外国向け放送を意識しているのか。場所はどこかのロビーのようだが、背景に映るドアと窓のガラスはほとんどが割れ、壁には銃弾の痕が生々しい。

〈私たちの国は生まれ変わります。今日、このときから、新しいコルドバが生まれるのです。もう、祖国を捨てて逃げ出すことはありません。どんなに貧しくとも、どんなに苦労が多くとも、私たちは国を捨てません。私たちの前にあるのは、絶望と恐怖ではなく、希望と開かれた未来だからです。私たちの力で子供たちが幸せに暮らすことのできる国を築いていきます〉

「これって、キャラバンの起点になった中米の国でしょ。独裁政権と麻薬組織が支配してて、国民が逃げ出してきた国よね」

「コルドバです。ジャディスがいる可能性が高い国。この国がどうかしたんですか」

「革命が起こったみたい。政府軍が革命軍に降伏したんですって」

「じゃ、大統領のコルテスは。コルテス大統領はどうなったんです」

無意識の内にアダンの声は大きくなり、身を乗り出していた。

「知らないわ。まだ分からないんじゃないの」

女性はさらに続けた。

〈麻薬組織ディオスのホセ・モレーノは殺害され、組織は壊滅しました。ゴメス・コルテス政権も崩壊しましたが、すでに新政府が動き出しています。政府の枠組みは決まっており、行政も引き継がれています。国民の皆さんは安心して日常を維持してください。私たちの祖国コルドバは、今後、難民を生み出す国ではなく、国民の誰もが安全に安心して暮らせる国となります。世界の国家の一員として、国際社会に一歩を踏み出します。どうか温かい援助をお願いします〉

「この女性は誰なんです」

「ドクター・ペネロペ・エスコバル。お医者さんなんだけど、臨時政府の暫定大統領なんだって。新大統領の就任演説ってところね」

〈この革命は多くの人たちの犠牲の上に行われました。革命軍の兵士たち、彼らを支え援助してくれた国民たち、私たちに力を貸してくれた他国の人たちにも、感謝の意を捧げます。私たちは決して忘れません。祖国コルドバに奇跡をもたらしてくれた勇敢な大尉、そして彼の仲間たちのことを〉

「奇跡をもたらした勇敢な大尉——」

二人は顔を見合わせた。

「ジャディス・グリーン大尉。まさかね。彼はコルドバに行けば袋叩きにあう、ウォールの虐殺者だ」

ニュース映像は官邸前の建国広場に切り替わった。

戦車が燃え、軍用トラックが横転している。広場中央で煙を上げているのはヘリの残骸だ。新政府の兵士たちが遺体を収容している。すべてが戦闘の激しさを物語っていた。

「本当にジャディス・グリーン大尉が関係してるんですかね」

「確かめる必要があるけど、どうすれば――」

ニュースは終わった。

アダンはパソコンに飛びつき、キーを叩き始めた。

「今のニュース画像をパソコンに取り込んでいます」

バネッサの視線を感じたアダンが言う。

「戦闘場面がありました。あの女性の父がルイス教授ですね。彼は革命軍のリーダーです。ジャディスがいるとすると彼の側です。勇敢な大尉って言ってましたから。ニュース映像に映っているかもしれません」

バネッサが覗き込んでくる。

二人でしばらくニュース映像を見ていた。

「いないですね。五分程度の映像じゃ映ってないのかもしれません。関連映像をもっと、ダウンロードしてみます」

「待って。ここの部分を拡大して。女性の背後の男」

アダンが画像を替えようとしたとき、バネッサが腕を押さえた。

モニター画面の男が拡大されていく。

「もっと鮮明に」

「この男、ジャディスです。ジャディス・グリーン大尉です」

アダンは興奮した声を上げた。

「隣にいるのはルイス教授です。ジャディスは彼を助けている」

「もっと鮮明にして。ジャディス・グリーン大尉であれば、なぜ彼がコルドバの戦闘に参加してるの。それも、なぜ革命軍の指揮を執っているの。彼はウォールの虐殺者なのよ」

アダンはマウスを動かし、画面を拡大した。男の姿がさらに鮮明になっていく。

「まちがいなくジャディスです。彼は砂漠のホテルからコルドバに行った。ホテルにいたジョンたちもコルドバの革命を助けているということですか」

「テイラー大統領は時期が来れば説明すると言ったんでしょ」

「ジョン・クラーク、eテック元CEOがテイラー大統領と組んで、ジャディス・グリーン大尉を使って、ルイス教授たち革命軍を助けた。これで辻褄《つじつま》が合う。でもこれを公にすると、アメリカ合衆国は――」

「ウォールの悲劇は、コルテス大統領が自国民を亡命させないために仕組んだ虐殺。ジャデイスはそのとばっちりを受けた、というの」

「証拠をそろえましょう。一部はすでに出ています。最初に発砲したのはメキシコ側に止まっていた車に乗っていた男。おそらく彼はコルテス大統領の指示を受けていた。リカルド・セルサ一等兵も金をもらって、それに続けて銃撃を始めた。後はお互いに銃撃戦。ここまでは証明できます。金の流れもつかんでいます」

「ダグラス副長官を呼んでくる」

バネッサがアダンの肩を叩くと、ジャディスの写真を持って出て行った。

テイラー大統領は無意識のうちに声を出していた。

「成功なのか」

〈たった今、ジャディスから連絡が入りました。彼はルイス教授の遺体と共に、コルドバの大統領官邸にいるそうです。そして次期暫定大統領のドクター・ペネロペ・エスコバルと一緒です〉

いつもは冷静なジョンも興奮した声を出している。喜びを抑え切れないのだ。

「ドクター・ペネロペ・エスコバル。ルイス教授の娘さんだったね」

ジョンがルイスの死とその後をペネロペが継いだことを説明した。ウォー・ルームでのエリザ博士と、サミュエル博士の言葉も付け加えた。

「ペネロペ教授がルイス教授の後継者か。適任者かもしれないな。彼女は医者であり慈善家だ。コルドバでは著名で人望も厚い。大統領候補の父親を亡くした、悲劇の人物でもある。同情票も集まりやすい。それに——」

大統領は言葉を止めた。つい、政治家としての本音が出てしまった。

「後のことは神に祈ろう。ジャディスは負傷などしていないのか」

〈かなり傷は負ったようですが、命に別状はありません〉

大統領の改まった口調の声が返ってくる。

「私は彼に何もしてやれないのか」

〈アメリカは一切、関与していませんから。しかし、ジャディスには十分に報いてやりたいと思っています。彼はそれだけの働きをしました〉

「アメリカ軍に復帰というわけにはいかんだろうか。もちろん、彼が望めばということだが」

〈この作戦は存在しません。知っているのは、ウォー・ルーム以外では数えるほどです。しかし、あなたが彼にしてやれることは山ほどあります〉

「彼はどこに帰る。もちろん、作戦終了後だが。きみのところか」

〈ウォー・ルームは明日にでも解散です。ここは、元の廃墟ホテルに戻ります。しかし、ウォール街にオフィスができています。こちらは合法的なものです。現在、移転で大忙しです。ここのチームがほぼそのまま移ることになります。第二期プロジェクト、コルドバの再生の開始です。私が次にジャディスと会うのは、サンノゼのeテックの会長室になります〉

「私も是非、訪問したいね」

〈いつでもご招待します〉

「大統領としてかね、それとも友人として」

〈もちろん、友人として〉

ノックと共に、秘書が入ってきた。大統領はスマホを切った。

「大統領、ランドルFBI長官がお会いしたいと」

「電話じゃダメなのか」

「部屋の前までいらしてます。ダグラス副長官とご一緒に。大統領に直接話したいことがあるそうです。時が来れば話す、とおっしゃったのですか。今がその時だとお伝えくださいと。時間ができるまで待つとも申されています」

「今すぐ会うと伝えてくれ」

「しかし、ハンベル副大統領との約束が――」

「こちらの話が終わり次第、私の方から出向くと伝えてくれ」

「大統領、自らですか」

「そうだ。私からだ。ただし、いつになるか分からないが」

秘書と入れ違いにランドルＦＢＩ長官とダグラス副長官が入ってきた。

ＦＢＩ長官と副長官との会談は二時間にも及んだ。大統領が説明をするというより、ＦＢＩの説明を聞く方に時間は費やされた。

彼らが帰ってから、首席補佐官が入ってきた。

大統領はＦＢＩ長官たちとの話をした。補佐官は神妙な顔つきで聞いている。だが頬の筋肉が時折引きつるように震えるのは、かなり興奮している証拠だ。

「ウォールの悲劇をまだ国民は覚えている。選挙戦までもう五ポイントは上げたい」

話し終わった大統領が言った。

「問題はこの結末を国民にどう説明するかだ」

「あの悲劇から一年、コルドバで独裁政権が倒れ、ルイス教授の娘が率いる民主的な政権が誕生する。おまけに、麻薬組織ディオスは壊滅した。アメリカ国民は、政府を好意的に受け止めるはずです」

「私の関与を公にしなくてもか」

大統領は頭を振った。これまでは、自分の関与を細心の注意を払って隠してきた。だが今は、関与が漏れることを願っているのか。

「無言を通しましょう。マスコミは色々書きたてるでしょう。大統領が否定しても、関与していないと思う者はいないでしょう」

「そうだな――」

秘書が入ってきて、自分の腕時計を指さした。

副大統領との約束の時間を延ばしてくれと言ってから、すでに三時間以上すぎている。

大統領は頷いて立ち上がった。


ジャディスはコルドバの大統領官邸執務室にいた。ソファーにはルイスの遺体が横たわり、コルドバ国旗がかけられていた。

執務机にはペネロペが座っている。セバスチャンたち、革命軍の幹部たちと一緒にコルテス政権の生き残りの閣僚たちの話を聞いていた。

ルイスと行動を共にしてきた政治犯たちも、今後の手順を話し合っている。

「今日中に国民に呼びかける必要があります。ラキシのテレビ、ラジオ局の幹部を官邸に呼んでください」

ペネロペが手際よく、指示を出している。ルイスを政治犯収容所から救出した時から、彼らの話を聞いていたのだ。あるいは、その前からルイスの著書や論文を読んでいたのかもしれない。

ジャディスの胸ポケットでスマホが震えている。

大統領官邸内ではインターネットが使えるのだ。

〈状況を知らせろ〉

スチュアート大佐の声が返ってきた。初めて聞く感情を露わにした声だ。

「衛星でしっかり見ているんじゃないですか。我々の行動のすべてを」

〈分からないから聞いている。そっちで、何が起こっている〉

「目的は達しました。あなたとジョンの目的も」

一瞬、スチュアートが沈黙した。しかしすぐに声が返ってくる。

〈我々の目的は、新生コルドバの建設だ。コルテスは排除したのか〉

「ルイス教授はコルテスに撃たれ死にました。コルテスは革命軍の兵士に射殺されました。

それに、ラミネスもね」

〈確かなのか〉

スチュアートが息をのむ気配が伝わる。数秒の間をおいて声が返ってくる。

「ツトムから連絡はいってないのですか。彼はニックの部下というより、あなたの部下なんでしょう。彼はデルタフォースにいた。あなたもデルタフォースには、関係があった。今回の作戦の第一目標はラミネス・ドーン。本名アーデル・ビン・サウードの殺害」

返事はない。ジャディスは続けた。

「俺にも軍の情報関係の友人はいます。今回の作戦はあまりにも突飛すぎる。いくら、あんたとジョンがテロリストを憎んでいても、ヨーロッパのテロと中米の独裁国家が結びつかなかった。金持ちの気まぐれにしても、話が大きすぎる。それでここに来る前に調べさせました」

〈なにが分かった〉

「ニースのテロ首謀者のうち、一人の大物の行方が不明でした」

スチュアートの息づかいが荒くなっている。

〈それがどうかしたのか〉

「コルテス前大統領の軍事顧問がラミネス・ドーン。アーデル・ビン・サウードでした」

〈誰が言った。いずれにしても、おまえは間違っている〉

「俺にとっては、どうでもいいことです。あんたとジョンを憎んではいない。俺は俺のためにやっただけです」

ジャディスはスマホを切った。

大統領執務室を出て、一階のホールに下りた。

ホールの壁際にはコルテス政権の幹部たちの遺体が並べられている。中央にはコルテス前大統領の遺体があった。

ジャディスは遺体に近づき、一人一人の顔を見ていく。そして、ある一人の遺体の前で立ち止まった。ツトムのタブレットで見た顔だ。額と胸に銃弾の痕がある。まず狙いやすい身体を撃ち、可能なら確認のために額を撃ち抜く。ツトムの言葉が脳裏に浮かんだ。

スマホで写真を撮り、転送した。

エピローグ

〈ウォールの悲劇は演出されたものでした。先日、死亡が確認されたゴメス・コルテス前コルドバ大統領が、自国民を国に戻すために仕組んだものと、今日の昼にＦＢＩが調査結果をテイラー大統領に提出しました。夕方には、大統領は正式に国内外に発表しました。なお当事者であるジャディス・グリーン元大尉の不名誉除隊の名誉回復も、近く大統領令により行われることが決まっています〉

テレビでは女性レポーターがラキシの建国広場で話している。

〈コルドバ暫定政府のペネロペ大統領もそれを正式に認めました。また、ペネロペ大統領は近くワシントンを訪れ、テイラー大統領に会う予定です。その後、ニューヨークに移り、国連でコルドバ初の大統領演説を行います。そのとき、コルドバの新国家建設のために、広く諸外国に協力を求める予定です〉

広場の奥には大統領官邸が見える。

町の家々や広場、議事堂、大統領官邸などの壁には銃弾や砲撃の痕が生々しく残っている。しかしその他は元のラキシの風景を取り戻していた。

通りには多くの国民たちが行き交っていた。国民の顔からはつい最近、激しい戦闘があったとは感じられない。むしろ新大統領への期待と未来への希望で輝いていた。

〈今回の捜査にはＦＢＩが大きな貢献をしました。その中心となって――〉

アダンはテレビを消した。次はアダンとバネッサがインタビューを受ける場面のはずだ。

アダンの捜査報告書は、東海岸、西海岸の有力紙がその抜粋を載せて、ＦＢＩの捜査能力を高く評価したのだ。大統領に提出した翌日にマスコミが大きく取り上げたので、おそらく上層部が意図的にリークしたのだろう。

「どうして見ないのよ。あんた、なかなかカッコよく映ってたわよ」

バネッサがテレビをつけ直した。

ちょうど二人がＦＢＩアカデミーの入口でインタビューを受けているところだった。

始まって数分でバネッサがテレビを消した。

「私もダイエットが必要ね。ここ二週間余り、デスクワークが多かったから。あんたに付き合って、ドーナツとピザばかりだったからね」

ジムに行って、汗を流してくると言って、部屋を出て行った。

アダンはパソコンに向き直り、録画していたニュース番組をクリックした。

大統領執務室は慌ただしかった。テレビカメラとクルーが十人以上入っている。その他に首席補佐官や国務長官以下、重要閣僚と官邸スタッフが緊張した表情で並んでいる。

テイラー大統領がアメリカ全土、さらに世界に向けて話すのだ。

「準備はできています。用意はいいですか、大統領」

女性ディレクターの声にテイラー大統領はネクタイに手をやって大きく頷いた。

大統領は椅子に座り直すと、マイクの位置を直した。頬を二、三度軽く叩いてカメラに視線を向けた。

「コルドバで政権交代が起こりました。一年前、ウォールの悲劇で多くの不幸な人々を出した国です。この問題では、我が国も大きなダメージを受けました。しかし、FBIのランドル長官から新しい報告を受けました。その詳細についてはすでにFBIから公式発表され、全米、全世界が知ることになりました。そうした事実を踏まえ——」

大統領は言葉を止めた。何かを訴えるように、一瞬カメラから視線を外した。

用意していた原稿をそっと横に寄せた。今日はアメリカ国民と世界に自分の気持ちを率直に語りかけよう。

大統領はかすかに息を吐いて、カメラに強い意志を感じさせる眼差しを向けた。

「私はアメリカ合衆国大統領として、大きな決断に至りました」

大統領は心持ち背筋を伸ばし、カメラを睨むように見た。

執務室は静まりかえっている。予定外の大統領の行動で、これから先の言葉については誰も事前に聞いてはいないのだ。

「私、アメリカ合衆国大統領ロバート・テイラーはメキシコとの国境の壁を撤去することを決めました。祖国を捨て難民となる、あるいは不法移民となる。これこそ、大きな悲劇です。人はそれぞれ祖国を持っています。自分たちの先祖が造り上げ、自分たちが育ち、家族が住んでいる国です。その国に誇りを持って住み続けることができない、逃げ出さなければならないことこそ、最大の悲劇です」

大統領は執務室の入口に小さな姿を見つけていた。娘のパトリシアだ。大統領の方を見て、しきりに口を動かしている。

「パパ、ゴメンね。私はパパが大好き」

大統領にはそう言っているように見えた。

「多くの誤解を生む事件でした。私たちはさほど長い時間をかけずに、この誤解を解消していかなければなりません。私はメキシコを含む中南米の国々の元首と会談をひらき、お互いの最善の策を模索することを約束します。国境を隔てる壁と同時に、心の壁も取り除くことに全力を尽くします」

さらにと言って、大統領はテレビカメラを見据えて姿勢を正した。

「ヨーロッパにおいても、海を渡る難民が命を落とし、テロを含む多くの悲劇が起きています。世界はこうした圧政と貧困と暴力が引き起こす悲劇と、真剣に向き合うときが来ていると思います。アメリカはそのために最善を尽くします」

頬を紅潮させたパトリシアが懸命に拍手をしている。それに呼応するように、部屋のスタッフ、テレビクルーの間からも拍手が沸き起こった。


ジョンとスチュアートは何もなくなったウォー・ルームに立っていた。

すでにすべての機器は、ニューヨークの新しいウォー・ルームに送っている。部屋の準備をしているときに、誰からともなくウォー・ルームと呼び始めたのだ。今度は銃ではなく、経済による戦争になるに違いない。必ずコルドバを裕福な国に変えてみせる。メンバーは新たな専門家が加わるが、ほぼここと同じだ。

窓からは赤く染まった砂漠が見える。ジャディスがコルドバへと発った日に見た光景と同じだ。

「終わったな」

スチュアートが呟くような声を出した。

「本当にこれでよかったのでしょうか」

ジョンは今まで心の奥に封じ込めてきた言葉を口に出した。

「これで妻と娘は浮かばれるのでしょうか」

「少なくとも我々は、新しい一歩を踏み出すことができる」

ジョンはスチュアートの言葉を素直に受け止めることができなかった。

一年半前のスチュアートの訪問を思い出していた。


まだ病院に入院していて、リハビリを勧める医者の言葉にも無関心だった。頭にあるのは妻と娘の思い出だけだ。ベッドで目を閉じていると、娘が膝に上がってくる感触、それを見詰める妻の穏やかな眼差しが全身によみがえってくる。そして、犯人に対する激しい憎悪が湧き上がる。

「テロの主犯はまだ生きている」

ベッドの横に立ったスチュアートが、長い沈黙の後、言った。ジョンは初めその意味が分からなかった。

「テロ後、警官に射殺されたのではないのですか」

「あれは実行犯にすぎない。計画を立て、資金を出して用意した首謀者は生きている」

ジョンの脳裏に、鮮烈にあのときの光景がよみがえった。娘をかばうように抱きしめる妻の姿が心に焼き付いている。次に見たのは肉を裂かれ、骨を砕かれて血まみれになった二人の姿だった。

「事件以来、私はアメリカのあらゆる情報機関で調べた。テロの首謀者は中米の国の大統領の政治、軍事顧問となっている」

スチュアートの言葉に、ジョンの全身を衝撃が貫いた。

テーブルに置かれた一枚の写真を凝視した。着飾った数十人の男女が並んでいる。晩餐会の写真だった。

「中米の国、コルドバの大統領の誕生会だ。大統領はゴメス・コルテス」

コルテスの背後に立っている長身の男を指差した。

「ラミネス・ドーンだ。本名アーデル・ビン・サウード。この男がニースのテロの首謀者の一人だ」

ジョンは食い入るようにその男を見た。耳を隠す長髪に細い目。強く閉じられた薄い唇からは、強い意志の背後に潜む残虐性を感じさせた。

ジョンとスチュアートは、全力を挙げてラミネスを調べた。しかし、独裁国家コルドバに潜むラミネスに接近する方法は見つからなかった。

その半年後に、「ウォールの悲劇」が起こった。二人はある計画を立てた。すべての筋書きは、ラミネス殺害のために行われたのだ。


ジョンは車椅子を部屋の隅に進め、壁を見上げた。中央スクリーンがあった場所だ。今はシミのついた古びた壁があるだけだ。

自分は妻と娘の仇を討ったのか。彼女たちは満足しているのか。彼女たちが望んでいたことなのか。ジョンの脳裏をかけめぐった。この計画が始動したときから思い続けてきたことだ。ずっと、疑問に思ってきたことだ。

「我々はジャディス・グリーン大尉を、テイラー大統領を、いや世界を騙したことにはならないでしょうか」

「二人を救ったのだ。ジャディスは新しい道に踏み出すことができる。大統領も同じだ。なにより、コルドバの人々を救った」

「あまりに多くの血が流れました」

「何事にも犠牲はつきものだ。その代わり、彼らは誇りと自信を取り戻した。今後、祖国を捨てることはないだろう」

「そう思うことにします。彼らのために、全力を挙げて新しい国造りに取り組みます」

ジョンは心から思った。世界から難民をなくす。祖国を捨てて逃れていく人たちを救う。

「妻と娘は我々の行動を望んでいたのでしょうか」

ジョンはもう一度、口の中で呟くと、頭を振ってその考えを振り払った。

初めの目的はラミネスの殺害であったかもしれないが、今はコルドバ国民の安全と平穏な暮らしを真剣に願っている。彼らの新しい国造りを全力で手助けする、ジョンは強く心に誓った。

「ジャディスは我々の思惑を知っているのでしょうか」

ジョンはスチュアートから送られた写真に目を落とした。額と胸を撃ち抜かれたラミネスが横たわっている。

「どうでもいいことだ。彼が知っても我々に賛同する」

スチュアートが突き放したように言った。

ジョンはゆっくりと頭を振った。

二人はホテルを出た。ロータリーに車が待っている。

ジョンがスチュアートに支えられて乗り込むと、車は静かに走り出した。

ふと前方を見た。目の前に紅い砂漠が広がっている。

砂漠に太陽が沈んでいく。血のような赤い光は最後に人間の身体を貫くような輝きを見せると、急激に赤味を失っていった。

辺りは薄闇に包まれ、その深さと濃さを増していく。

「新しい国造りに全力を尽くします」

ジョンは呟くと、強く心に誓った。

ジャディスは立ち上がり、辺りを見回した。

空は晴れ渡っている。空港を取り囲むジャングルの緑の輝きが目に眩しかった。

コルドバ空港で、ジャディスはフェルナンデスを待っていた。

ジョンがよこしたチャーター機が離陸準備を整えて待っている。乗り込めば三時間後にはロサンゼルス空港に到着する。

傭兵たちはすでに機内でシャンパンを飲んでいるころだ。

時間が来てもフェルナンデスは現れなかった。

彼にはジェット機の出発時間を知らせておいたのだ。

ジャディスはチャーター機から離れて止まる車に目をやった。「少し待ってほしい」そう言ってからすでに一時間がすぎている。

「フェルナンデスはまだか」

ジャディスは呼びに来たツトムに聞いた。

ツトムにはラミネスについては何も話してはいない。

「彼と何があったんです。彼があなたを見る目は普通じゃなかった。前にも聞いたが、あなたは何も言わない」

「人には皆秘密があると言ったのはおまえだ」

ジャディスは再度、空に視線を移した。熱気をふくんだ風が身体を包み込む。

自分の行動は果たして正しかったのか。ふとそんな思いが心をよぎった。この戦闘で数百、いやそれ以上の死者が出た。それだけの価値があったのか。あったと信じたい。少なくとも、祖国を逃げ出さざるを得ない恐怖からは解放されたはずだ。祖国に留まり、希望と誇りを持つことができる。彼らの子供に未来を与えることができる。

ジャディスの脳裏にジョンとスチュアートの顔が浮かんだ。俺は彼らに踊らされていたのか。頭を振ってその考えを振り払った。どうでもいいことだ。

そのとき車のホーンが聞こえた。

滑走路に沿った道路をホーンを鳴らしながら、車がすごいスピードで走ってくる。車はそのスピードのまま滑走路に入り、ジャディスたちに迫った。

ツトムが腰の拳銃に手をやった。まわりの軍服の男たちも銃を向けている。

車はジャディスの手前数メートルのところに止まった。ドアが開き降りてきたのは、ジョージだった。息を切らしながらジャディスの前に来ると姿勢を正して敬礼した。

「フェルナンデスさんからの伝言です。勝手に国に帰ってくれ。俺はおまえどころではない。とのことです」

「何か起こったのか」

「ナディアさんが急に産気づきました。彼は彼女につきっきりです。二人は完全にできてます」

ジョージが途中から笑い出した。

ジャディスは空を見上げた。

中米の強い日差しが直接、目に飛び込んでくる。思わず目を細めた。

ワークシャツが汗で湿っている。早く国に帰って、冷たいシャワーを浴びたい。

「やはり行ってしまうのね」

車から降りてきたペネロペが名残惜しそうに言う。政治日程が詰まっていたが、コルドバ大統領としての重要な役目だと見送りに来たのだ。

「俺はコルドバ国民の目にあまり触れないようにしたい」

「昨日のテイラー大統領の演説とＦＢＩの発表は聞いたでしょ。あなたに非はなかった。あの悲劇は、すべてコルテスが仕組んだ罠だった」

ＦＢＩのアダン特別捜査官とバネッサ特別捜査官が、〈ウォールの陰謀〉として、ニューヨーク・タイムズ、ワシントン・ポストなど全米の有力紙に発表し、テレビにも出たのだ。

「父は本当に言ったの。私に父の志を継げと」

「俺にはそう聞こえた」

「あなたにはしばらくここにいてもらって、国の治安維持のアドバイスを得たい。セバスチャンもそう望んでいる」

セバスチャンは新政府軍の司令官となり、ペネロペの警護も担当する。

「俺の役割は終わった。これからは俺よりも適任者がいる。ジョンが近いうちにやって来る。彼に相談すればいい。いい奴だ。頭もいいし気前もいい。なにより金を持っている。だから――」

ジャディスの言葉は最後までは続かなかった。ジャディスの口はペネロペの唇でふさがれた。

ツトムのわざとらしいため息が聞こえた。

我に返るとペネロペはすでに背を向けて、止められている車の方に歩き始めている。

ツトムがジャディスを促して、タラップに歩き始めた。
ジェット機は飛び立った。眼下には緑の世界が広がっている。

解説

ロバート・D・エルドリッヂ

二〇二〇年二月四日、アメリカ合衆国のドナルド・J・トランプ大統領は、今の任期で最後となる一般教書演説を連邦議会両院議員の前で行った。文書または口頭による「国の現状についての報告」である一般教書（年頭教書）は、合衆国憲法第二章第三条の「大統領は連邦議会に対し、随時連邦の現状に関する情報を提供」の義務を満たすものだが、今回の演説は、政治的に特に「アメリカが分断されている」という空気の中で行われた。

象徴的だったのが、ナンシー・ペロシ下院議長の握手を大統領が拒んだことである。大統領への招待状は二〇一九年十二月二十日に発送されたが、この日は同下院で行われた大統領の「職権乱用」「議会妨害」という弾劾訴追決議の二日後であった。また大統領の演説は、上院で採決を行う前夜でもあった（その後の弾劾裁判では無罪の評決が下された）。さらに全国で生放送中でありながら、大統領が演説を終えるとペロシは演説の写しを破り捨てた。まさに野党である民主党とトランプとの間にある怨恨を象徴するかのようであった。大統領は一時間十八分の演説で、移民問題、不法移民による犯罪や医療制度の「悪用」、そして国境警備について長く触れた。

私たちがアメリカの医療を改善しようとする中、民間保険を完全に廃止したいと考える人たちがいます。ここにいる百三十二人の議員は、社会主義者に医療保険制度を乗っ取らせる法案を支持し、国民一億八千万人の民間医療保険制度を廃止しました。（略）何百万人もの不法滞在外国人に税負担のない医療を提供することで、国を破綻させる法案を承認したのです。（略）

彼らのシステムは完全に制御不能であり、納税者に莫大なお金を負担させています。納税者に、不法滞在外国人への無料医療を無制限に提供するよう強制するのが公平だと思うなら、急進的左派を支持すればいいでしょう。しかし病人や高齢者の国民を守るべきだと思うなら、私を支持し、不法滞在外国人への無料の政府医療を禁止する法案を通過させてください。

　これは、すでに厳重に警備されている南部の国境地帯に大きな恩恵をもたらすでしょう。そこでは長く、高く、とても強力な壁が建設されています。現在百マイル以上が完成し、来年初めまでに五百マイル以上が完成する予定です。

　すべてのアメリカ人にとってより良い明日を迎えるには、アメリカを安全に保つことも必要です。つまり、勇敢なＩＣＥ（移民税関執行局、U.S. Immigration and Customs Enforcement）職員を含む、あらゆるレベルの法執行機関の男女を支援するということです。

　昨年、ＩＣＥの勇敢な将校たちは、一万件近い強盗、五千件の性的暴行、四万五千件の暴力事件、二千件の殺人で十二万人以上の外国人犯罪者を逮捕しました。

　悲劇的なことに、過激な政治家たちの手で不法犯罪外国人のための聖域を提供している多くの都市があります。危険な外国人犯罪者をＩＣＥに引き渡して安全に移動させるのではなく、一般市民を餌食にするため釈放するよう警察に命じているのです。

　つい二十九日前、ニューヨーク市が釈放したある外国人犯罪者が、九十二歳の女性を残忍にレイプし殺害した罪で起訴されました。この殺人犯は以前に暴行容疑で逮捕されていましたが、市の保護政策の下、釈放されました。市がＩＣＥの留置要請を受け入れていれば、被害者は今日も生きていたでしょう。カリフォルニア州は、州全体が犯罪不法移民の聖域であると宣言するとんでもない法律を可決し、壊滅的な結果をもたらしました。

これは悲劇的な一例です。二〇一八年十二月、カリフォルニア警察は強盗と暴行での有罪判決を含む過去五回の逮捕歴を持つ不法入国者を拘留しました。しかし州の聖域法によって、地元当局は彼を釈放しました。数日後、その外国人犯罪者は恐ろしいほどの暴力を振るいました。(略)

私は議会に「聖域都市被害者のための正義法 (Victims of Sanctuary Cities Act)」を早急に通過させるよう要請します。アメリカ合衆国は、法を守るアメリカ人の聖域であるべきで、外国人犯罪者の聖域であってはなりません!

過去三年間で、ICEは五千人以上の悪質な人身売買者を逮捕しました。私は人身売買の脅威を根絶するため、国内外で九つの法案に署名しました。

私の政権は、南部国境を確保する前例のない取り組みに着手しました。(略) 我々は、メキシコ、ホンジュラス、エルサルバドル、グアテマラの各政府と歴史的な協力協定を締結しました。こうした前例のない取り組みの結果、不法就労者の割合は、今年五月から八カ月連続で七十五パーセントも減少しています。壁が高くなるにつれて麻薬の押収は増加し、国境の通過は減少しているのです。

昨年、私はテキサスの国境を訪れ、国境警備隊長のラウル・オルティス捜査官に会いました。この二十四カ月で彼のチームは二十万ポンド以上の有毒な麻薬を押収し、三千人以上の人身売買業者を逮捕し、二千人以上の移民を救出しました。数日前、オルティス捜査官は国境警備隊副長官に昇進しました。隊長、どうか立ってください。アメリカは、あなたと国境パトロールの英雄たち全員に感謝します。

このような歴史的成果をさらに発展させるため、私たちは時代遅れでランダムに選ばれた移民制度を能力に基づく制度に置き換え、規則を守り、経済に貢献し、財政的に自立し、私たちの価値観を守る人々を歓迎する法律制定に取り組んでいます。

二〇一九年に行われたトランプにとって二回目の一般教書演説では、不法移民について語る時間を約三分の一ほどと長く割いた。その中に、いわゆる「キャラバン」の問題が語られている。

本書の舞台は、私の母国アメリカをはじめとする西半球全体だ。著者は、数多くの本を出されている高嶋哲夫氏である。

高嶋氏に最初に会ったのは、二〇〇七年のことだった。私が准教授として勤めていた大阪大学大学院国際公共政策研究科で、自衛隊大阪地方協力本部と共同開催する授業に、講師として来ていただいた。この授業は「国際安全保障ワークショップ（WINS）」と名付け、現在国連大使である星野俊也教授と組んで創設したもので、自衛官、院生、留学生をはじめとする人々が共に学ぶ場であった。後にインド洋大津波を受け、二〇〇五年からは伝統的な安全保障問題に加えて災害救援活動についても取り入れた。

高嶋氏は二〇〇六年に出版した『巨大地震の日』（集英社新書）をはじめ、様々な専門的観点から受講生や教員らに刺激を与えていた。その五年後、私は東日本大震災の救援活動である「トモダチ作戦」に携わった。そして東北から当時政治顧問としてつとめていたアメリカ在沖海兵隊の基地に戻り、高嶋氏に『巨大地震の日』を英訳したいと持ちかけたところ、承諾が得られた。そこで二〇一五年に『MEGAQUAKE』（Potomac Books）と題する翻訳版を出すことができた。こうして東日本大震災をきっかけに、高嶋氏との知的交流が再開し、以後いろいろと学ばせていただいている。

私が特に高嶋氏から感じるのは、現場主義だ。氏が取材で沖縄に来られた際には、恩返しとして少しお世話させていただいた。高嶋氏は在沖海兵隊の運用部隊である第三海兵遠征軍司令部に集った幹部の前で、今後日本で考えられる災害について講演し、また地元防災課の関係者や研究所の方々の前でも同様のお話をしてくれた。

高嶋氏のキャリアはとても面白いものがある。岡山県に生まれ、現在もさほど遠くはない神戸市垂水区に住んでいる。慶應義塾大学工学部を卒業し、さらに同大学院を修了しているが、在学中に通産省（当時）の電子技術総合研究所で核融合研究に出合った。その後、日本原子力研究所（現・日本原子力研究開発機構）の研究員となった後、米カリフォルニア大学ロサンゼルス校に留学した。帰国後は学習塾を営みながら執筆活動を開始した。デビュー作となった『メルトダウン』は一九九四年に第一回小説現代推理新人賞を受賞。それから現在に至るまで多岐にわたる分野の本を出し、サントリーミステリー大賞をはじめ数多くの名誉ある賞を受賞されている。

筆者は高嶋氏のことを、自然災害や人災に関して常人より遥か先を見ることのできる人だと感じている。日本のため、そして世界のためを考えている小説家だ。著書、インタビュー記事、講演会、ブログ、その他の活動を通じて世間は彼の意見にもっと耳を傾けるべきだと思っている。

本書『紅い砂』では、独裁下の小国コルドバから脱出した難民たちのキャラバンがアメリカに向かい、国境で起きた争いによって多数が亡くなる。フィクションではあるが、世界各地の難民をはじめ、独裁政権や機能していない国家で生活せざるを得ない人々の日々の恐怖や闘いを表していると言える。

高嶋氏はこの物語を二年前から書き始めたという。そのきっかけは、ヨーロッパでの難民受け入れ問題をはじめ、大統領選を制したトランプによる、特定の国からの入国拒否や米墨国境に設置する「壁」の工事費をメキシコ政府に払わせるといった議論であった。「非人道的」と批判されるトランプ政権の政策は新たな悲劇を招いているが、それらのすべてが彼の大統領就任後に始まった訳ではない。実はずっと前から存在していたのだ。それは人間の持つ残酷さだ。

米墨国境の近くに住んでいた経験もある高嶋氏は、本書を通じ、アメリカひいては世界中でより人道的な移民・難民政策を実現するよう訴えている。この訴えは、海外だけではなく、難民、さらには移民の受け入れについてさえ極めて消極的な日本でも議論する必要がある。

氏は私の取材に対し、「もっと、真剣に考えるべき」と答えた。

「『難民』『移民』に対して、もっと関心を持つべき。日本にもできることがある」

読者の皆さんも本書を読んで、そう感じてくれたらと思う。

——政治学博士

この作品は書き下ろしです。原稿枚数707枚（400字詰め）。

幻冬舎文庫

●好評既刊
乱神(上)(下)
高嶋哲夫

北九州大学の考古学者・賀上俊が九州の海岸で棒状の物体を発掘した。八百年近い歴史を刻む中世ヨーロッパの剣——この発見が日本の歴史を覆す。圧倒的スケールで描かれた新感覚歴史ロマン!

●好評既刊
衆愚の果て
高嶋哲夫

無職の大場が国会議員になった。数々の特権を手にして歓喜するが、自身の身を削らずに国民にばかり負担を強いる政治家に次第に嫌悪感を抱いていく……。政界を抉る痛快エンタテインメント!

●好評既刊
首都崩壊
高嶋哲夫

国交省の森崎が研究者から渡された報告書。マグニチュード8の東京直下型地震が5年以内に90%の確率で発生し、損失は100兆円以上という。我我の生活はこんなに危ういのか。戦慄の予言小説。

●好評既刊
日本核武装(上)(下)
高嶋哲夫

日本の核武装に向けた計画が発覚した。官邸から全容解明の指示を受けた防衛省の真名瀬は関係者を捜し、核爆弾が完成間近である事実を摑む……。この国の最大のタブーに踏み込むサスペンス巨編。

●好評既刊
神童
高嶋哲夫

人間とAIが対決する将棋電王戦。トップ棋士の取海は初めて将棋ソフトと対局するが、制作者は二十年前に奨励会でしのぎを削った親友だった。因縁の対決。取海はプロの威厳を守れるのか?

紅《あか》い砂《すな》

高嶋哲夫《たかしまてつお》

令和2年4月10日　初版発行

発行人――石原正康
編集人――高部真人
発行所――株式会社幻冬舎
〒151-0051東京都渋谷区千駄ヶ谷4-9-7
電話　03(5411)6222(営業)
03(5411)6211(編集)
振替00120-8-767643
印刷・製本―図書印刷株式会社
装丁者――高橋雅之

幻冬舎文庫

ISBN978-4-344-42967-3　C0193　た-49-9